Von James Blish
sind bereits im Goldmann Verlag erschienen:

Die Original-Abenteuer von Raumschiff Enterprise 1
Der unwirkliche McCoy · 23730

Die Original-Abenteuer von Raumschiff Enterprise 2
Strafplanet Tantalus · 23731

Die Original-Abenteuer von Raumschiff Enterprise 3
Spock läuft Amok · 23732

Die Original-Abenteuer von Raumschiff Enterprise 4
Das Silikonmonster · 23733

Die Original-Abenteuer von Raumschiff Enterprise 5
Der Asylplanet · 23734

Die Original-Abenteuer von Raumschiff Enterprise 6
Die Lichter von Zhetar · 23735

Die Original-Abenteuer von Raumschiff Enterprise 7
Das Paradies-Syndrom · 23737

Die Original-Abenteuer von Raumschiff Enterprise 8
Der Doppelgänger · 23738

Die Original-Abenteuer von Raumschiff Enterprise 9
Rückkehr zum Morgen · 23739

Die Original-Abenteuer von Raumschiff Enterprise 10
Ein kleiner Privatkrieg · 23740

SCIENCE FICTION
ABENTEUER

JAMES BLISH

RAUMSCHIFF ENTERPRISE 11

Der Tag der Taube

GOLDMANN VERLAG

Aus dem Amerikanischen übertragen von
Leni Sobez, überarbeitet von Hermann Urbanek

Der Goldmann Verlag
ist ein Unternehmen der Verlagsgruppe Bertelsmann

Made in Germany · 8/88 · 1. Auflage
Previously published under the title
Star Trek 11 ®. Adapted by James Blish

Published by arrangement with Bantam Books, New York.

Eine frühere Ausgabe erschien im Moewig-Verlag unter den
Titeln »Der Junker von Gothos« und »Brot und Spiele«
Umschlagillustration: Bob Larkin/Agt. Vega
Umschlaggestaltung: Design Team München
Satz: IBV Satz- und Datentechnik GmbH, Berlin
Druck: Elsnerdruck, Berlin
Verlagsnummer: 23741
Herstellung: Peter Papenbrok
Lektorat: Hermann Urbanek/Christoph Göhler
ISBN 3-442-23741-6

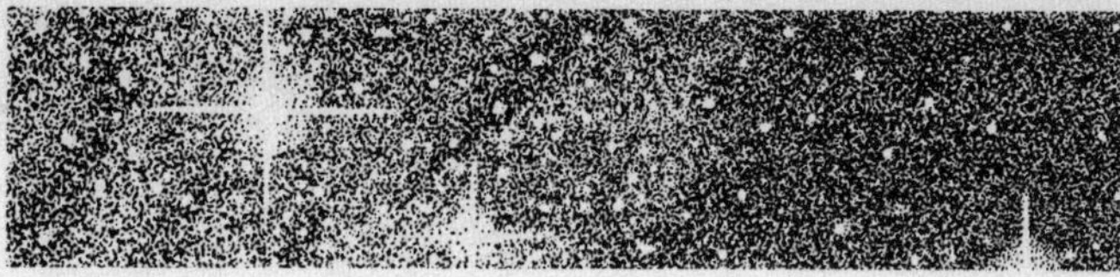

RAUMSCHIFF ENTERPRISE

INHALT

Woraus sind kleine Mädchen gemacht?
WHAT ARE LITTLE GIRLS MADE OF?
von Robert Bloch (Episode 7) 7

Der Junker von Gothos[1]
THE SQUIRE OF GOTHOS
von Paul Schneider (Episode 16) 39

Nur ein Lidschlag[2]
WINK OF AN EYE
von Arthur Heinemann und Lee Cronin
(Episode 65) 70

Brot und Spiele[3]
BREAD AND CIRCUSES
von Gene Roddenberry und Gene L. Coon
(Episode 53) 99

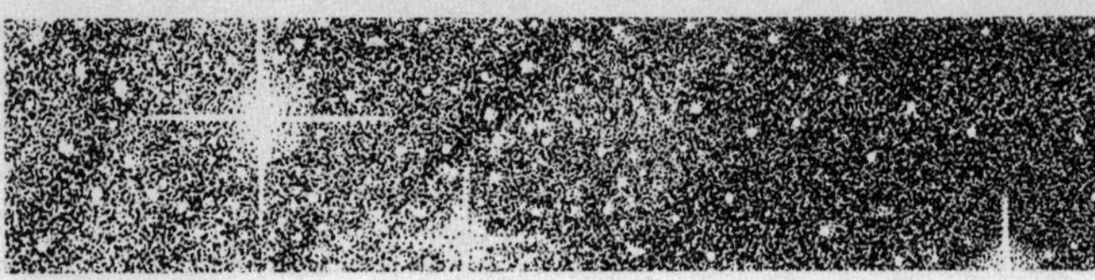

RAUMSCHIFF ENTERPRISE

INHALT

Der Tag der Taube
DAY OF THE DOVE
von Jerome Bixby (Episode 61) 135

Platos Stiefkinder
PLATO'S STEPCHILDREN
von Meyer Dolinsky (Episode 64) 162

[1] TV-Titel: Tödliche Spiele auf Gothos
[2] TV-Titel: Was summt denn da?
[3] TV-Titel: gleich

Woraus sind kleine Mädchen gemacht?

An diesem Tag übertraf sich das Brückenpersonal des Sternenschiffs *Enterprise* selbst. Je mehr sie sich dem Planeten Exo III näherten, desto schneller trieb das menschliche Drama unter ihnen seinem Höhepunkt entgegen.

Die Heldin des Dramas war Christine Chapel, die Chefschwester des Sternenschiffs. Sie stand neben Kirks Kommandantenstuhl und hatte die Augen auf den Hauptbildschirm gerichtet, auf dem der eisige Planet langsam rotierte. Ihn beeindruckte die Ruhe, die zu bewahren sie sich bemühte.

»Wir treten nun in den Standardorbit ein, Schwester«, sagte er.

Über ihr Gesicht huschte der Ausdruck jener nervösen Erwartung, die sie beherrschte. »Ich weiß, Captain, daß er da unten lebt«, sagte sie.

»Fünf Jahre sind seit seiner letzten Botschaft vergangen«, erwiderte Kirk. Er hielt es für anständig und unerläßlich, diese tapfere, liebende, wenn auch vielleicht vergeblich hoffende Frau an diese düstere Tatsache zu erinnern.

Aber sie antwortete ihm voll unerschütterlicher Sicherheit. »Das weiß ich, Sir. Aber Roger ist ein sehr zielbewußter Mann. Er hat ganz gewiß eine Möglichkeit zum Überleben gefunden.«

»Wir beginnen mit den Signalen an die Planetenoberfläche, Captain«, meldete Uhura von ihrer Konsole aus.

»Gehen Sie alle Frequenzen durch, Leutnant«, befahl Kirk und stand auf, um den Computerschirm der Bibliothek zu überprüfen.

Spock hatte sich schon darauf konzentriert. »Die Datenbanken des Schiffes zeigen wenig, was wir nicht schon wissen«, sagte er. »Schwerkraft des Planeten eins-Komma-eins der irdischen, Sir. Atmosphäre innerhalb sicherer Grenzen.«

»Aber die Oberflächentemperaturen liegen bei hundert Grad unter Null«, wandte Kirk ein.

Auch Spock war sich der Frau bewußt, die geduldig auf den Moment der Wahrheit wartete; deshalb senkte er die Stimme. »Vielleicht war er früher bewohnt, aber die Sonne dieses Systems wird seit einer halben Million Jahre ständig schwächer.« Er legte einen Schalter um. »Und wegen Doktor Korby, Captain, dem Helden unseres Dramas...«

Auf dem Computerschirm erschien das kleine Foto eines vornehm und tatkräftig aussehenden Mannes von etwa Mitte Vierzig. Spock las laut die unter dem Foto gedruckte Legende vor: »Doktor Roger Korby, häufig als der *Pasteur der archäologischen Medizin* bezeichnet. Seine Übersetzung der aus den Ruinen des Orion geretteten medizinischen Aufzeichnungen revolutionierte die Immunisierungstechniken...«

»Diese Aufzeichnungen waren Pflichtlektüre auf der Akademie, Mr. Spock. Ich habe mir schon immer gewünscht, ihm zu begegnen.« Kirk machte eine Pause und sprach dann sehr leise weiter. »Gibt es überhaupt noch eine Chance, daß er am Leben ist?«

Spock schüttelte ernsten Gesichts den Kopf. Er schaltete das Foto weg, und Uhura rief wie zur Bestätigung von Spocks Meinung: »Kein Antwortsignal, Captain. Auf keiner Frequenz.«

»Machen Sie noch einen Versuch, Leutnant.« Kirk kehrte zu der wartenden Frau zurück, die Uhuras Bericht gehört hatte.

»In seiner letzten Meldung teilte er mit, er habe unterirdische Höhlen gefunden«, sagte sie.

Ihr Wunschtraum, den sie damit ausdrückte, war klar. Korby hatte sich so tief in die Höhlen zurückgezogen, daß kein Signal ihn erreichen konnte. Er war in Sicherheit. Und *er lebte noch!* Kirk wußte genau, wie es war, wenn man von einer hoffnungslosen Hoffnung gequält wurde.

»Christine«, sagte er deshalb sanft, »seit diesem letzten Signal ist es zwei Expeditionen nicht gelungen, ihn zu finden...«

»Jetzt habe ich alle Frequenzen zweimal abgeklappert, Captain!« rief Uhura ihm ihren zweiten Bericht zu. »Da ist kein...« Ein statisches Gewitter prasselte aus allen Lautsprechern der Brücke.

Als es verklungen war, meldete sich eine starke männliche Stimme: »Hier ist Roger Korby. *Enterprise*, bitte kommen. Kommen, bitte kommen, hier spricht Roger Korby...«

Christine schwankte und klammerte sich haltsuchend an den Kommandantensessel. »Das ist... seine Stimme...« flüsterte sie.

»Können Sie mich verstehen, *Enterprise*? Hier spricht Doktor Roger Korby. Bleiben Sie auf Empfang«, ließ sich die Stimme wieder vernehmen.

Kirk griff nach dem Mikrophon. »*Enterprise* an Korby. Ich danke Ihnen. Wir haben Ihre Landungskoordinaten genau festgestellt. Wir bereiten eine Landegruppe vor.« Er lächelte Christine an. »Es wird Sie interessieren, wen wir an Bord dieses Schiffes haben...«

Korbys Stimme unterbrach ihn. »Captain, ich habe eine ausgefallene Bitte. Können Sie allein herunterkommen, nur Sie selbst? Wir haben Entdeckungen von so delikater Natur und unermeßlicher Tragweite gemacht, daß ich Sie um diesen Gefallen bitten muß.«

Verblüfft schwieg Kirk erst einmal. Spock hob die Brauen. Er hatte unheimlichen Respekt vor dem großen Wissenschaftler, mißtraute aber dieser Forderung. »Komisch, um es milde auszudrücken...«, bemerkte er.

»Der Mann, der dies verlangt, ist Roger Korby«, erklärte ihm Kirk.

Spock wandte sich an Christine. »Haben Sie die Stimme absolut sicher erkannt?«

Sie lachte ihn überglücklich an. »Mr. Spock, waren Sie je einmal verlobt und haben Sie unmittelbar vor der Hochzeit gestanden? Ja, es ist Roger.«

Kirk hatte schon seine Entscheidung getroffen. Er drückte auf die Sprechtaste und sagte: »In Ordnung, Doktor. Wir werden trotzdem zu zweit kommen.« Damit nickte er Christine zu und reichte ihr die Sprechmuschel.

»Hallo, Roger«, rief sie.

Erst folgte eine lange Pause, dann kam eine ungläubige Stimme. »Christine?«

»Ja, Roger. Ich bin hier oben.«

»Liebling... Wie... Was... Wo bist du?« Und nun überstürzte sich die Stimme fast vor Aufregung und Begeisterung. »Ja, natürlich! Bitte den Captain, er soll dich unter allen Umständen mitbringen! Ich hatte ja keine Ahnung... und keine Hoffnung... Liebes, geht es dir auch gut? Es ist fast nicht zu fassen...«

»Ja, Roger. Alles ist in Ordnung. Jetzt ist alles in allerschönster Ordnung.«

Die besorgte Spannung auf der Brücke war einer mitfühlenden Freude gewichen. Kirk nahm Christine die Sprechmuschel ab. »Wir sind schon unterwegs, Doktor. Wir beide werden bald bei Ihnen ankommen. Kirk Ende.«

Gefolgt von der strahlenden Schwester Christine eilte er zum Brückenlift.

Sie materialisierten in einer Felsenhöhle. Sie war sehr primitiv und völlig unmöbliert. Jenseits des grob behauenen Eingangs erstreckte sich eine endlose Schneewelt. Der Horizont war zerklüftet und von Bergzacken gesäumt. Im halben Zwielicht der sterbenden Sonne des Planeten sah Kirk, daß sie eisverkrustet, kalt und abweisend waren.

»Er sagte, er würde uns erwarten«, bemerkte Christine.

Kirk tat ein paar Schritte vorwärts, um tiefer in die Höhle zu spähen. Christine berührte eine der Wände und zog hastig ihre frierenden Finger zurück. Kirk legte die Hände um den Mund und schrie in die Dunkelheit hinein: »Korby! Korby! Doktor Korby!« Die in Wellen dröhnend zurückkehrenden Echos ließen die ungeheure Ausdehnung der Höhle ahnen.

Kirk fühlte sich plötzlich unbehaglich. »Es könnte ja sein, daß wir auf den falschen Höhleneingang getroffen sind«, meinte er, doch er war selbst nicht davon überzeugt. Die Koordinaten waren im Transporterraum genau mit Korby nachgeprüft worden. Und Spock hatte recht. Korbys Forderung war tatsächlich merkwürdig gewesen. Er nahm seinen Kommunikator vom Gürtel. »Captain an *Enterprise*.«

»Hier Spock, Sir.«

»Schicken Sie sofort ein paar Sicherheitsposten herunter«, bat Kirk.

»Gibt es Probleme, Captain?«

»Man hat uns nicht abgeholt, Mr. Spock. Vielleicht steckt gar nichts dahinter. Kirk Ende.« Er bedeutete Christine, zu ihm an die

Wand zu kommen, damit der Höhleneingang für die angeforderten Männer offen blieb. »Es kostet vielleicht viel mehr Zeit, zu uns heraufzukommen, als der Doktor ahnte«, sagte er. »Die Korridore dieser Höhlen könnten viel tiefer hinabgehen, als wir uns vorstellen.«

»Vielen Dank, Captain«, sagte sie. »Ich versuche, mir keine Sorgen zu machen.«

Kirk war deutlich erleichtert, als die beiden Besatzungsmitglieder Matthews und Rayburn in einem Funkenregen materialisierten. Spock hatte dafür gesorgt, daß beide Männer voll bewaffnet waren. »Bleiben Sie hier in dieser Höhle, Rayburn.« Dann wandte er sich an Matthews: »Schwester Chapel und ich stoßen jetzt ein wenig weiter vor. Sie kommen mit uns!«

Sie fanden den schmalen Gang, der aus der Höhle hinausführte, indem sie sich an der Wand entlangtasteten. Dieser Gang führte leicht abwärts. Die tintige Schwärze vor ihnen bestätigte das, was das Echo hatte vermuten lassen. Dieser Gang konnte sich in zahlreichen Richtungen verzweigen, doch zu sehen war da nichts.

Der letzte Lichtschimmer verblaßte. Kirk blieb abrupt stehen. »Ihr bleibt da, wo ihr seid«, befahl er den anderen, bückte sich nach einem Stein und warf ihn in die vor ihm liegende Schwärze. Sie hörten, wie der Stein immer wieder von den Wänden abprallte. Dann herrschte absolute Stille. Christine hatte sich an Kirks Arm geklammert, als plötzlich ein greller Lichtschein sie blendete.

Kirk riß seinen Phaser heraus und schützte seine Augen mit der linken Hand. Da trat eine Gestalt vor das Licht, ein gesichtsloser Schatten.

»Roger!« rief Christine und eilte vorwärts.

Kirk hielt sie fest. »Vorsicht! Dieser Abgrund...«

Die Gestalt berührte etwas, das eine Schalttafel für das Licht sein mußte. Das grelle Gleißen verblaßte zu schwachem Licht; es enthüllte das durchschnittliche Gesicht eines Mannes mittleren Alters. Christine starrte ihn erstaunt und enttäuscht an. Es war nicht Korby. Kirk richtete seinen Handphaser auf ihn und trat neben die junge Frau, als ein Schimmer des Erkennens über ihr Gesicht flog.

»Ah, das ist ja Doktor Brown!« rief sie. »Er ist Rogers Assistent.« Sie rannte ihm entgegen. »Brownie, wo ist Roger? Warum...«

Den Satz konnte sie nicht beenden. Hinter ihnen brüllte Matthews: »Capt... Ahhhhhhh...« Der Schrei verlor sich in den Tiefen des Abgrunds. Dann kollerten nur noch ein paar Steine nach, die Matthews bei seinem Fehltritt losgetreten hatte.

Nur mit Mühe konnte sich Kirk aus seinem Schock herausreißen. Er ließ sich auf die Knie nieder und rutschte gefährlich nahe an den Rand des Abgrunds. Brown trat zu ihm. »Vorsicht... Bitte, seien Sie doch vorsichtig«, bat er.

Kirk stand auf. »Gibt es da irgendeinen Pfad nach unten?«

»Captain, da gibt es keine Hoffnung mehr. Es ist ein bodenloser Abgrund.«

Brown hatte zwar vor der Gefahr dieses Abgrunds gewarnt, aber nicht vor dem Erscheinen eines riesigen, unbehaarten nichtmenschlichen Wesens an der anderen, im Schatten liegenden Seite der Grube. Vielleicht sah er die Gestalt auch nicht. Sie war nur einen Augenblick lang sichtbar und verschwand dann wieder.

»Ihr Mann muß ausgeglitten sein«, sagte Brown.

»Gibt es da vielleicht irgendwelche Vorsprünge? Eine Felsleiste oder so?«

»Nein, gar nichts, Captain. Wir haben auch einen Mann da unten verloren. Hören Sie...« Er rollte einen größeren Stein über die Kante des Abgrunds. Er schlug krachend immer wieder an die Wand, und dann herrschte erneut absolute Stille.

»Pech«, sagte Brown. »Scheußliches Pech. Doktor Korby wurde aufgehalten. Ich kam so schnell ich konnte.«

»Jedenfalls nicht schnell genug«, antwortete Kirk.

Er musterte Brown und dessen abgetragenen Laborkittel. Wenn man fünf Jahre lang mit der täglichen Drohung des Todes zu leben gezwungen war, lernte man Haltung im Angesicht eines menschlichen Endes. Seine Stimme hatte bedauernd geklungen. Tat es ihm wirklich leid? Bewahrte er nur Haltung? Oder war er kalten Herzens und eines Gefühls unfähig? Kirk stellte fest, daß auch Christine sich über eine gewisse Merkwürdigkeit in Browns Benehmen Gedanken machte.

Sie wischte sich die Augen mit dem Uniformärmel ab. »Brownie«, sagte sie, »erkennen Sie mich denn nicht mehr?«

»Was meinen Sie damit?« antwortete Brown.

»Sie erkennen mich also nicht mehr.«

»Christine, Sie sehen gut aus«, erwiderte Brown. Er wandte sich an Kirk. »Mein Name ist Brown. Ich bin Doktor Korbys Assistent. Ich nehme an, Sie sind Captain Kirk.«

Etwas war zweifellos sehr sonderbar. Christine hatte doch bereits Brown als Korbys Assistenten bezeichnet, und der Mann hatte Kirk einige Male schon als »Captain« angesprochen. Warum behauptete er nun, er »nehme an«, Captain Kirk vor sich zu haben.

Auch Christines Unsicherheit nahm zu, und das Gefühl, seine Persönlichkeit habe sich merklich verändert, blieb.

Kirk war zum Rand des Abgrunds zurückgekehrt. »Ich versichere Ihnen, er ist tot«, sagte Brown. »Kommen Sie. Doktor Korby wartet.« Er ging zur Schalttafel an der Wand und legte einige Schalter um. Nun flammten im Korridor die Lichter auf. Kirk kehrte zu Christine zurück.

»Kennen Sie ihn gut?« fragte er. »Ist dieser Brown jener Brown, an den Sie sich erinnern?«

Sie zögerte. »Ich... glaube, wenn man so lange hier allein lebt...«

Kirk griff nach seinem Phaser, dann ließ er den Kommunikator aufschnappen. »Captain Kirk an Rayburn.«

»Alles ruhig hier, Captain. Haben Sie Probleme, Sir?«

»Wir haben Matthews verloren. Offensichtlich ein Unfall. Teilen Sie der *Enterprise* mit, man soll eine ganze Sicherheitsgruppe bereitstellen.«

»Jawohl, Sir.«

»Und informieren Sie Mr. Spock, daß wir beide uns stündlich melden. Sollten Sie und ich den Kontakt verlieren, so ist sofort die Sicherheitsgruppe herunterzubeamen. Kirk, Ende.«

Er hörte, wie Rayburn seinen Kommunikator aufklappte, aber ihm entging, was folgte – Rayburns keuchendes Gurgeln, als die haarlose Kreatur mit einem riesigen Arm aus der Dunkelheit nach seiner Kehle langte, um sie abzuschnüren.

»Hierher, bitte«, sagte Brown. »Von hier an ist die Beleuchtung automatisch.«

Es war ein langer Weg. Brown schien das Bedürfnis zu haben, sich als Dolmetscher für Korbys Arbeit einzuführen. »Der Doktor hat entdeckt«, dozierte er, »daß die Ureinwohner dieses Planeten gezwungen waren, in den Untergrund zu gehen, als die Wärme ihrer Sonne nachließ. Als Sie, Christine, seine Studentin waren, hörten Sie ihn oft sagen, daß die Freiheit der Wahl den menschlichen Geist erzeugte. Die Kultur von Exo III bewies diese Theorie. Als die Bewohner gezwungen waren, sich aus dem Licht in die Dunkelheit zurückzuziehen, hatte ihre Kultur keine Wahl mehr. Der Doktor hat in ihr Elemente gefunden, die das ganze Universum revolutionieren werden, wenn sie erst aus dieser Höhlenumgebung befreit wird.«

Kirk dachte für sich, daß dies ja eine ins Grandiose übertriebene Vorhersage sei, doch Christine meinte höflich: »Das ist ja faszinierend.«

»Ich dachte mir schon, daß Sie daran interessiert sind«, antwortete Brown. »Wir sind hier, Captain.«

Sie standen in einem sehr weitläufigen und luxuriösen Arbeitszimmer. Natürlich bestanden die Wände aus Felsen, der fein poliert war. Eine uralte Rasse mußte den Bau geplant und ausgeführt haben, aber moderner Geschmack hatte die raffinierte Note hinzugefügt. In den fünf Jahren ihres unterirdischen Lebens hatten Korby und seine Leute offensichtlich unendlich viel Mühe darauf verwandt, es sich gemütlich zu machen. Das war ihnen ausgezeichnet gelungen. Es gab riesige Schränke mit schimmernden wissenschaftlichen Instrumenten, archäologischen Werkzeugen und vor allem antiken Gegenständen, die besonders geliebt und gehegt wurden. Seltsam aussehende Türen führten in andere Räume, doch sie waren nicht zu sehen. In einer Ecke war ein komplettes Eßzimmer mit Tischen, Stühlen und allem, was sonst noch dazugehörte, eingerichtet.

Eine der Türen ging auf. Ein Mädchen kam herein, blaß, sehr schlank und dunkelhaarig. Ihr Gesicht war von freundlicher Unschuld geprägt.

»Ich bin Andrea«, sagte sie. »Und Sie müssen also Christine sein. Mir hat dieser Name schon immer sehr gut gefallen.«

Christine war unangenehm überrascht, ja bestürzt. Das Mädchen war sicherlich von jugendlicher Unschuld, aber Frau bleibt Frau. Warum beschäftigte Korby sie in seinem persönlichen Arbeitszimmer als Empfangsdame?

Andrea machte ihre Sache gut. Sie schenkte Kirk ihr reizendes Lächeln. »Und Sie müssen Captain Kirk vom Sternenschiff *Enterprise* sein. Ich kann Ihnen gar nicht sagen, wie dankbar wir Ihnen sind, daß Sie Rogers Verlobte mitbrachten.«

Christine versteifte sich, als das Mädchen ganz selbstverständlich Korbys Rufnamen benutzte. »Ich kann mich nicht erinnern«, sagte sie, »daß Doktor Korby je von einer ›Andrea‹ bei seinem Personal gesprochen hätte.«

Das reizende Lächeln vertiefte sich. »Sie sind genau, wie Roger Sie beschrieb. Kein Wunder, daß Sie ihm sehr fehlten.«

Diese Erwähnung der intimsten Gefühle ihres Verlobten verstärkte ihre Abneigung noch, und Kirk war sich der Stimmung Christines bewußt. Er fragte also schnell: »Wo ist Dr. Korby?«

»Hier, Captain.« Ein Mann mit einem sehr ausgeprägten, männlichen Gesicht, das nach dem Foto auf der *Enterprise* leicht zu erkennen war, trat gerade durch eine andere Tür ein. Das erinnerte Kirk absurderweise an den Bühnenauftritt eines Stars. Es ließ sich auch nicht leugnen, daß Dr. Korby dieser Star war. Er streckte Kirk die Hand entgegen. »Ich freue mich, Sie endlich kennenzulernen«, sagte er.

Kirk hatte ein Mitglied seiner Mannschaft durch einen brutalen Unfall verloren. Er mochte diesen Brown nicht. Und auch an Andrea hatte er keineswegs sein Herz verloren. Und die ausgestreckte Hand übersah er. »Es ist mir ein Vergnügen, Sie kennenzulernen, Sir«, sagte er.

»Roger...«, rief Christine leise.

»Christine... mein Liebling...«

Sie lief ihm mit ausgestreckten Händen entgegen, und er beugte sich hinab, um diese Hände zu küssen. Kirk, noch immer mißtrauisch, erkannte die ehrliche Freude in den Gesichtern der beiden.

Christines Augen glänzten feucht. »Ich wußte es doch, daß ich dich finden würde«, flüsterte sie.

Roger drückte ihren Kopf an seine Schulter. »Verzeihen Sie, Captain. Es war eine so lange Zeit.«

»Da ist gar nichts zu verzeihen, Sir.«

»Der Captain hat einen Mann in den Höhlen verloren, Doktor«, sagte Brown.

Korbys Gesicht nahm einen Ausdruck des Entsetzens an. Er ließ Christine los und wirbelte zu Brown herum. »Was? Wie konnte das passieren?«

»Es war diese Grube an der äußeren Gabelung. Der Rand muß nachgegeben haben.«

Korby war sichtlich erschüttert und schwieg eine Weile. »Captain, was soll ich dazu sagen? Ich hätte selbst dort sein sollen, weil ich die ganzen Gänge wohl am besten kenne. Es tut mir wirklich unendlich leid.«

»Es ist ja nicht Ihre Schuld, Doktor.« Kirk hatte seinen Kommunikator herausgenommen. »Captain an Rayburn«, sagte er. »Rayburn, berichten Sie.« Er wartete auf Rayburns Stimme und wandte sich inzwischen an Korby. »Ich muß mein Schiff anrufen, um eine Sicherheitsbestätigung zu erhalten. Wenn Sie irgendwelche Vorräte brauchen oder besondere Wünsche haben, würde ich mich freuen...«

»Captain!« unterbrach ihn Korby aufgeregt. »Ich würde es vorziehen...«

Nun unterbrach ihn Kirk. Er sprach laut in seinen Kommunikator. »Kirk an Rayburn. Rayburn, können Sie mich hören?«

Er stellte den Kommunikator anders ein und versuchte es noch einmal. »Doktor, der zweite Mann antwortet nicht. Ich muß jetzt unbedingt mein Schiff anrufen.«

»Keine Verbindung, Captain!« Es war Brown, der das gerufen hatte, und er hielt ein altmodisches Phasergewehr in der Hand, das auf Kirks Herz gerichtet war.

Christine starrte ihn entgeistert an. »Roger, w-was...«, stotterte sie.

»Es tut mir leid, Liebes«, sagte Korby. »Aber wenn sie noch mehr Leute herunterbringen...«

Kirk war ehrlich verblüfft über die Wendung der Ereignisse. Er bemerkte, daß Andrea auf ihn eindrang und ihm den Kommunikator entriß.

»Roger!« schrie Christine. »Dieser Mann... dieses Mädchen...

Warum erlaubst du…«

»Deinem Captain geschieht nichts«, versicherte ihr Korby eiligst. »Christine, hör mir zu. Du mußt verstehen, daß es hier Dinge geben könnte, von denen du keine Ahnung hast, die aber so unglaublich wichtig sind, daß…«

»Doktor Korby!« brüllte Kirk. »Einer meiner Männer ist tot! Und mit dem anderen kann ich keinen Kontakt aufnehmen!«

»Andrea, nimm ihm seine Waffe ab«, befahl Korby.

Das Mädchen umkreiste Kirk, um an den Phaser zu gelangen, der hinten an seinem Gürtel hing. Der Captain zog sich zurück, doch Brown zielte nun auf seine Stirn. Kirk appellierte an die Vernunft. »Doktor, ich habe an ein Kommando zu denken, an meine Mannschaft, an ein Sternenschiff…«

»Das ist notwendig, Captain. Sie werden es verstehen.«

Da bewegte sich Kirk. Er riß seinen Phaser heraus und drückte sich im gleichen Moment hinter einen schweren Tisch.

»Lassen Sie Ihr Gewehr fallen«, befahl er Brown.

Aber Browns Finger krümmte sich um den Abzug. Kirk schoß – und Brown stürzte.

»Captain, hinter Ihnen…!« schrie Christine.

Aber ihre Warnung kam zu spät. Das haarlose Affenwesen hatte schon seinen Arm gepackt. Der Griff war hart und schmerzhaft, und sein vor Schmerz zuckender Körper wurde hoch in die Luft gehoben. Der Phaser landete klirrend auf dem Steinboden. Kirk stieß mit den Füßen, doch er war hilflos in dieser riesigen Pranke, und die andere landete auf seinem Kinn. Christine schrie vor Entsetzen. Dann ließ die Pranke ihn los, und der Captain stürzte, nur halb bei Besinnung, zu Boden.

Christine war vor Schrecken wie versteinert und schaute sich um, als versuche sie, irgendwo eine Antwort auf all dieses Unverständliche zu finden. Dann sah sie, was sie sehen mußte. Brown lag neben Kirk auf dem Boden mit dem Gesicht nach oben. Auf der Brust, wo ihn der Phaserstrahl getroffen hatte, war kein Blut zu sehen, sondern nur ein metallenes Durcheinander von verbogenen Skalen und Drähten, die aus dem Körper quollen. Das waren die Stromkreise, Instrumente und Schaltungen, die für einen anscheinend lebenden Androidenroboter unerläßlich waren.

Endlich fand Kirk die Kraft, seine Augen zu bewegen. Und dann sah auch er das, was Christine erblickt hatte.

Der besorgte Spock war an Uhuras Konsole, als sie endlich Kirks Signal auffing.

»Frequenz offen, Sir«, berichtete sie erleichtert.

Er griff nach der Sprechmuschel. »Hier Spock, Captain.«

»Kontakt mit Doktor Korby hergestellt«, erklärte die vertraute Stimme.

»Captain, wir machten uns schon allmählich Sorgen. Ihr Kontakt ist längst überfällig. Wir haben auch von den beiden Sicherheitsmännern nichts gehört.«

»Da gibt es kein Problem, Mr. Spock. Sie sind bei mir. Es wird etwa achtundvierzig Stunden dauern, bis wir zum Schiff zurückkehren. Doktor Korbys Berichte und Muster müssen sehr sorgfältig verpackt werden.«

»Wir können doch eine Arbeitsgruppe hinunterschicken, Sir.«

»Korby hat ausreichend Leute hier. Es ist nur so, daß die Arbeit außerordentlich heikel ist.«

Unvermittelt fragte Spock: »Captain... Ist dort unten alles in Ordnung?«

Da unten war gar nichts in Ordnung...

Spock hatte kein Signal von Kirk erhalten. Der Captain der *Enterprise* saß in einer Arrestkammer und mußte zuhören, wie seine Stimme aus dem Maul des haarlosen Affenwesens auf der anderen Raumseite kam. Sein Kommunikator sah in den Pranken der Kreatur wie ein Feuerzeug aus. Korby überwachte die Szene. Er genoß sie nicht, sondern schien um Kirk ehrlich besorgt zu sein. Aber echt oder unecht – Korbys Gefühle, seine Arbeit, ja, der Mann selbst hatten für Kirk aufgehört, wichtig zu sein. Kirk war wütend, und seine brennende Wut ließ nichts übrig als die Tatsache, daß ein neolithischer Wilder den Kommandanten der *Enterprise* spielte.

Er spannte seine Muskeln an, doch das kahle Biest bemerkte es und schaltete den Kommunikator ab, um für Muskelarbeit bereit zu sein.

»Bitte, verhalten Sie sich ruhig«, sagte Korby. »Wenn Sie sich bewegen oder wenn Sie schreien, könnte Ruk Sie verletzen. Warten Sie wenigstens solange, bis ich mich mit Ihnen unterhalten kann.«

Der Kommunikator wurde wieder eingeschaltet, und ein noch besorgterer Spock sagte zu Ruk: »Captain, bestätigen Sie bitte. Sie scheinen sehr müde zu sein.«

Kirk hörte wieder, wie von den Schlapperlippen seine genaue Sprechweise produziert wurde. »Es ist nur die Aufregung über das, was wir hier herausgefunden haben, Mr. Spock. Korbys Entdeckungen sind wissenschaftlich äußerst erstaunlich. Alles ist unter Kontrolle. Bleiben Sie in Bereitschaft für regelmäßigen Kontakt. Kirk Ende.«

Ruk schaltete den Kommunikator ab.

»Das ist nicht nur eine Spielerei, Captain«, sagte Korby. »Sie kennen doch meinen Ruf. Vertrauen Sie mir.«

»Ja, Ihren Ruf kenne ich«, erwiderte Kirk. »Die ganze Galaxis weiß, wer Sie sind und was Sie darstellen.«

»Sie müssen noch sehr viel lernen, ehe Sie eine Beurteilung abgeben können«, antwortete Korby und wandte sich an Ruk: »Andrea«, befahl er.

Die Schlapperlippen öffneten sich und sprachen mit süßer Stimme: »Und Sie müssen Captain Kirk vom Sternenschiff *Enterprise* sein.«

Diese mädchenhafte Stimme klang schrecklich aus dem Maul dieses Ungetüms, doch das groteske, kahle Wesen schien sich an Kirks angewiderter Miene zu weiden. Ruk begann sich großzutun.

Jetzt brachte er Korbys Stimme. »Verzeihen Sie, Captain. Es war eine so lange Zeit.« Dann kam Christine an die Reihe, und Ruk legte sogar ihr ganzes Gefühl in seine Stimme: »Ich wußte, daß ich dich finden würde.«

»Jetzt reicht es!« befahl Korby scharf. »Du hast Christine nicht zu verspotten. Und du wirst ihr niemals etwas zuleide tun.«

»Oder einem Befehl von ihr nicht gehorchen?« fragte Kirk.

Korby stellte sich dieser Herausforderung und wandte sich an Ruk: »Du wirst niemals Christines Befehlen nicht gehorchen.« Er schaute Kirk an. »Sind Sie jetzt zufrieden, Captain?« Er setzte sich neben Kirk; Ruk erhob sich drohend, und Korby winkte ihn zurück. »Captain, lassen Sie mir wenigstens vierundzwanzig Stunden Zeit, um Sie zu überzeugen.«

»Muß ich, um überzeugt werden zu können, Gefangener sein?«

»Was wäre Ihre erste Pflicht nach der Rückkehr auf Ihr Schiff? Ein Bericht! Sind Sie sich darüber klar, wie viele lebenswichtige Entdeckungen durch Aberglauben und Unwissen von Laien verlorengingen?«

»Hier ist die Frage eines unwissenden Laien an Sie, Doktor?« sagte Kirk. *»Wo ist mein Mann, mit dem ich mich nicht in Verbindung setzen konnte?«*

»Ruk ist dafür programmiert, daß er meine Experimente beschützt. Die Logik seines Maschinengeists erkannte eine Geführ für mich...«

»Wo ist mein zweites Besatzungsmitglied?« wiederholte Kirk.

»Ruk hat sie beide... vernichtet, Captain«, erwiderte Korby sehr leise. »Glauben sie mir, das geschah gegen meinen Willen.«

Kirk ballte die Hände zu Fäusten. »Er ist doch ein Roboter, nicht wahr?« fragte er. »So wie Brown?«

Korby nickte Ruk zu. Das Ding sprach langsam und schwerfällig: »Viel geschickter als Brown und ihm sehr überlegen. Mich haben noch die Alten gemacht.«

Korby sagte: »Ruk hat noch immer die Maschinen gepflegt, als wir hier ankamen. Nicht einmal Ruk weiß, wie viele Jahrhunderte er alt ist. Mit seiner Hilfe und mit den Aufzeichnungen, die er mir finden half, haben wir Brown gebaut.«

»Doktor, Sie haben mich überzeugt«, antwortete Kirk. »Sie haben mich davon überzeugt, daß Sie ein außerordentlich gefährlicher Mann sind.«

Er stieß Korby von der Pritsche, wirbelte ihn blitzschnell herum und warf ihn quer durch den Raum auf Ruk zu. Dann tat er einen Satz zur Tür. Aber Ruk war viel zu flink für ihn. Das Ungetüm bewegte sich mit erstaunlicher Geschwindigkeit, griff nach Kirks Arm und warf den Captain quer durch den Raum. Kirk schlug zu Boden, versuchte, wieder auf die Beine zu kommen; umsonst. Er wurde von der riesigen Hand gepackt und hochgehoben wie ein winziges Kinderspielzeug. Dann schlug das Ding Kirk über den Kopf und ließ den bewußtlosen Captain fallen.

»Wo ist Captain Kirk?«

Christine lief in Korbys Studierzimmer auf und ab und richtete diese Frage an Andrea, die plötzlich durch die Tür hereingekommen war. Die süße Unschuld schaute sie verwirrt an.

»Sie machen sich Sorgen um den Captain, wenn Sie doch wieder mit Roger zusammen sein können? Das verstehe ich nicht.«

Christine fühlte sich ungeheuer hilflos und verzweifelt. Sie verstand überhaupt nichts mehr, nicht den Mann, den sie so lange geliebt hatte, nicht sein Ziel, noch weniger die Leute, mit denen er sich umgeben hatte.

»Ja«, antwortete sie. »Ich sorge mich sehr um den Captain.«

Völlig aufrichtig und ohne Arg in der Stimme sagte Andrea: »Wie können Sie Roger lieben, wenn Sie ihm nicht vertrauen?«

Darauf antwortete Christine nicht, denn diese Frage hatte direkt in ihr angstvolles Herz getroffen. Wieder nahm sie ihr unruhiges Herumwandern auf.

In diesem Augenblick betrat Korby sein Arbeitszimmer. Bei ihm war Ruk, und der Riese hatte seine Hand fest auf Kirks Arm liegen. Summend schloß sich die Tür hinter ihnen. Korby trat zu Andrea. »Du wirst mich von jetzt an Doktor Korby nennen«, befahl er ihr.

»Ja, Doktor Korby«, antwortete sie.

Er nahm Christines kalte Hand. »Du siehst doch, Liebes, daß Captain Kirk nichts fehlt. Ihm wird nichts zuleide getan werden. Das, worum es hier geht, läßt es nötig erscheinen, daß er sich nicht mit seinem Schiff in Verbindung setzen kann. Ich brauche Zeit, ihm das alles zu erklären und vorzuführen – und dir auch. Fangen wir bei Andrea an?«

»Ja«, bat sie. »Fang bei Andrea an.«

»Ich bin wie Doktor Brown«, sagte die süße, unschuldige Stimme. »Ein Androidenroboter. Haben Sie das nicht gewußt?«

»Sie ist doch wirklich bemerkenswert, nicht wahr?« fragte Korby und sah Kirk dabei an. »Diese lebensechte Pigmentierung, diese unterschiedlichen Hauttönungen.« Er hob Andreas Handgelenk an. »Das Fleisch fühlt sich warm an. Sie hat sogar einen Puls, körperliche Empfindungen...«

»Wirklich bemerkenswert«, antwortete Christine.

Die bittere Ironie in ihrer Stimme drang zu Korby durch, und er ließ Andreas Handgelenke los. »Liebling«, wandte er sich an Christine, »ich verlange für meine Ziele nichts anderes als Gehorsam und Bewußtheit...«

Er hatte diese Worte sehr unglücklich gewählt, denn Christine wich vor ihm zurück. Für einen Augenblick verlor er seine Selbstsicherheit, dann folgte er ihr. »Christine, du mußt dir doch darüber klar sein, daß ein Androidenroboter nur ein Computer ist. Er tut doch nur das, was in ihn hineinprogrammiert wurde.«

Korby griff nach Christine und zog sie an sich. »Glaubst du etwa, ich könnte eine Maschine lieben?« hielt er ihr vor. »Liebe braucht Unvollkommenheiten, Momente der Verehrung, ebenso Momente des Hasses. Andrea kennt keinen Zorn, keine Angst – und keine Liebe. Sie ist für mich bedeutungslos. Sie gehorcht nur meinen Befehlen. Beobachte sie doch einmal.« Er wandte sich an Andrea.«

»Küsse Captain Kirk«, sagte er.

Sie küßte Kirk.

»Und nun schlägst du ihn.«

Sie versetzte Kirk eine Ohrfeige.

»Siehst du, Christine? Sie tut das, was man ihr befiehlt, und mehr kann sie nicht. Sie ist steril, ein Computer, ein Ding und keine Frau.« Er drehte sich zu Kirk um. »Captain, haben Sie dazu nichts zu sagen?«

»Oh, doch, Doktor, ich habe etwas zu sagen. Wenn diese Ihre Erfindungen nur das tun können, was ihnen befohlen wird, warum hat Brown mich dann angegriffen? Wer hat ihm das befohlen? Und wer hat diesem Ding hier...« – er deutete auf Ruk – »befohlen, zwei meiner Leute umzubringen?«

Korbys Gesicht zeigte eisige Kälte. Er nahm Christines Arm. »Komm mit, Liebling«, forderte er sie auf. »Das bist du mir schuldig.« Sie sah Kirk an, und die Glieder wurden ihr von trostloser Hilflosigkeit schwer. Dann ging sie mit Korby.

Sein Labor lag am Ende eines langen Korridors. Es war makellos weiß. Schränke mit schimmernden Instrumenten und Geräten wechselten ab mit computerähnlichen Konsolen. Aber der beherrschende Gegenstand war ein großer, drehbarer Tisch, mehr eine

Drehscheibe. Links und rechts davon standen zwei kompakte Dynamos. Ruk machte sich an der Drehscheibe zu schaffen. Oben hatte sie eine Höhlung etwa von der Länge und Breite eines menschlichen Körpers, und die füllte Ruk mit einem grünlichbraunen, pastenartigen Zeug auf. Mit seinen Riesenpranken knetete er diese Paste durch, damit sie in die Mulde paßte. Dann griff er nach einem sehr kompliziert aussehenden, glänzenden Mechanismus, der von der Decke herabhing. Christine hatte ihn schon bemerkt. Ein ähnliches Ding hing über der anderen Tischseite. Ruk ließ eines der Geräte herab, so daß es über der Mitte der Mulde hing. Langsam begann sich der Tisch zu drehen.

Nun wurde die andere Seite sichtbar. Darauf lag Kirk mit geschlossenen Augen und unbeweglich. Die zweite Maschine senkte sich von der Decke auf ihn herab und bedeckte ihn von der Brust bis zu den Schenkeln.

»Und so machten wir die Androidenroboter«, erklärte Korby voll Stolz.

Er gab Ruk ein Zeichen und ging zu den Konsolen an der Wand. Dort drehte er einen Knopf herum. In den Instrumenten blitzten grellblaue Lichter auf, die abwechslungsweise Kirks Körper und die Mulde einhüllten. Die schweren Dynamos glühten rot und tuckerten unter der Kraft der Energie, die von ihnen zu den Konsolen floß. Als Korby mit einem Handgriff die Drehbewegungen des Tisches erhöhte, fühlte Christine eine starke Benommenheit. Sie lehnte sich an einen Schrank und schloß die Augen, um die aufsteigende Übelkeit zu unterdrücken. Als sie die Augen wieder öffnete, pulsten die grellen Lichter im Rhythmus eines menschlichen Herzschlags. Der Tisch drehte sich nun mit hoher Geschwindigkeit, so daß die beiden Formen darauf nicht mehr einzeln zu erkennen waren, sondern zu verschmelzen schienen.

Sie wußte nicht, daß sie die Hände rang. Korby verließ die Konsole und trat zu Christine. »Du brauchst keine Angst um ihn zu haben. Ich verspreche dir, daß ihm nichts zuleide getan wird.«

»Einen Mann... an einem Tisch befestigen... wie einen Abstrich auf einem Objektträger... ich verstehe nicht... Oh, Roger, was ist mit dir geschehen? Als ich in deiner Klasse saß...« Tränen strömten über ihre Wangen, und sie schluchzte heftig. »Du konntest... kein Tier... verletzen, nicht einmal ein Insekt... Das Leben war für dich immer etwas Heiliges. Das habe ich so sehr an dir geliebt...« Sie konnte nicht mehr weitersprechen.

Er nahm sie in die Arme. »Ich habe mich doch gar nicht verändert, Christine. Das ist nur eine ganz harmlose Demonstration, um seinen skeptischen, militärischen Geist zu überzeugen. Bitte, versuch doch, mich zu verstehen. Wenn ich zusammen mit Brown und den anderen in sein Schiff gebeamt worden wäre, hätten sie uns alle wie Monstren begutachtet, und es hätte nur zu den wildesten Gerüchten und zerstörerischem Geschwätz geführt.«

»Du kennst ja Captain Kirk gar nicht!« rief sie.

Er tätschelte ihr die Schulter. »Und jetzt paß ganz genau auf...« Er ging wieder zur Konsole und nahm einige Handgriffe an etlichen Instrumenten vor. Die Drehscheibe schien ihre größte Beschleunigung erreicht zu haben, und nun wurde sie allmählich langsamer. Christine tat einen verblüfften und entsetzten Blick auf die Muldenform; sie hatte menschliche Gestalt angenommen, menschliche Hauttöne. Dann blieb der Tisch vor ihr stehen. Auf ihm lagen zwei genau gleiche Kirks.

Triumphierend trat Korby neben sie. »Welcher von den beiden ist nun dein Captain, Christine? Kannst du mir das sagen?«

Sie schüttelte den Kopf. »Ich... weiß es... noch nicht. Ich weiß... überhaupt nichts mehr.«

»Der hier ist dein Captain«, sagte Korby. »Siehst du jetzt, daß ihm gar nichts geschehen ist?«

Kirk öffnete die Augen. Er wußte sofort, daß er sich nicht bewegen konnte, und wehrte sich gegen das Gerät, das ihn noch immer bedeckte; dann sah er Korby. Seine Kiefermuskeln verhärteten sich. Er wollte schon zu sprechen beginnen, doch dann hörte er lieber zu, denn Korby erklärte nun Christine:

»Die synthetischen Organe des Androiden sind jetzt alle an der richtigen Stelle. Wir haben sie nur mit Kirks autonomem Nervensystem synchronisiert und seinen Körperrhythmus kopiert. Und nun müssen wir auch noch seine Geistes- und Seelenmuster kopieren.«

Und da kam Kirk eine Erkenntnis. Er sah Korby zu einer anderen Konsole gehen; und er sah auch, daß Andrea hereinschlüpfte.

Ruk kauerte neben dem Dynamo zu seinen Füßen. Er wußte, ehe Korby sprach, was dieser sagen würde: »Ruk, wir sind bereit zur endgültigen synaptischen Fusion. Andrea, beobachte die Kortex-Stromkreise. Dieser Androide, den wir da machen, wird so perfekt sein, daß er sogar den Captain ersetzen könnte. Er wird die gleichen Erinnerungen, die gleichen Fähigkeiten, die gleichen Verhaltensmuster aufweisen...«

Diese Prahlereien waren so eindrucksvoll, daß sie Kirks Denken zu einem Tempo anregten, das er selbst niemals für möglich gehalten hätte. Als Korby schrie: »Die Stromkreise aktivieren!« verzerrte sich sein Gesicht vor Wut. Als rede er mit sich selbst, murmelte er: »Kümmern sie sich um Ihre eigenen Sachen, Mr. Spock! Ich habe Ihre Halbbluteinmischungen gründlich satt! Verstehen Sie mich! Kümmern Sie sich um Ihre eigenen Sachen! Ich habe Ihre Halbblut...«

Mitten im Satz krümmte sich sein Körper zusammen. Blitze schienen seinen Kopf zu spalten. Das Summen und Tuckern der Dynamos wurden zu ohrenbetäubendem Röhren. Dann waren Schmerz, Blitz und Röhren vorüber. Christine lief zu ihm. »Ist schon gut«, sagte er. »Es scheint vorbei zu sein.«

Korby trat zu ihr. »Und jetzt, meine Liebe, kannst du meinen neuen Androiden kennenlernen.«

Er versetzte den Tisch in eine leichte Drehung. Auf ihm lag ein perfektes Duplikat von Kirk. Seine Lippen flatterten. Sein Blick richtete sich auf Christine, und seine Lippen bewegten sich lächelnd. »Schwester Chapel«, sagte er, »wie nett, Sie zu sehen.«

Andrea servierte Christine eine Mahlzeit im Studio, als Korbys neuer Androide die Tür öffnete. Er trug Kirks Uniform.

»Darf ich mithalten?« fragte er und setzte sich an den Tisch. »Der Doktor sagte mir, daß ich mehr oder weniger auf Ehrenwort hier bin. Er meinte, wir könnten uns ein wenig zusammensetzen.«

»Captain«, flüsterte Christine, »was werden wir...«

Auch der Androide flüsterte nur: »Wir müssen eine Möglichkeit finden, uns mit dem Schiff in Verbindung zu setzen.«

»Ich weiß nicht, was mit Roger geschehen ist.« Verzweifelt sah sie den an, den sie für Kirk hielt.

»Wenn ich Ihnen einen direkten Befehl gäbe, ihn zu verraten, würden Sie ihn dann befolgen, Christine?«

Sie ließ den Kopf hängen. »Bitte, Captain. Fragen Sie mich keine solchen Sachen, und stellen Sie mich nicht vor die Wahl. Lieber würde ich mich sogar in jenen Abgrund stürzen, in dem Matthews starb.«

Andrea stellte eine Schüssel mit Suppe vor sie. »Danke«, sagte Christine. »Ich bin nicht hungrig.«

Auch ihr Tischgenosse schob die Schüssel weg. »Ich auch nicht«, sagte er. »Aber ich bin ja schließlich auch nicht Ihr Captain, Schwester Chapel. Wir Androiden essen nämlich nicht, verstehen Sie?«

Sie hatte geglaubt, alle erdenklichen Schocks schon erlebt zu haben, und nun das! Aber dieser hatte etwas von einem Katz- und Maus-Spiel an sich, das sie frösteln machte. Sie war soeben dabeigewesen, diesem fabrizierten Ding, das in der Maske von Captain Kirk herumlief, ihre Herzensangst anzuvertrauen. Sie stieß ihren Stuhl zurück und stand vom Tisch auf, als Korby das Studio betrat. Bei ihm war der richtige Kirk, ein blasser, hagerer Kirk, der in das übliche Laborzeug gekleidet war, das Brown getragen hatte.

Er schnupperte, als er das Essen roch. »Ich bin hungrig«, sagte er und wandte sich an Korby. »Das ist der Unterschied zwischen mir und Ihrem Androiden, Doktor.«

Seine Kopie erhob sich. »Dieser Unterschied ist Ihre Schwäche, Captain, nicht die meine.«

»Essen ist ein menschliches Vergnügen«, entgegnete Kirk. »Traurig, sehr traurig, daß Sie das niemals kennenlernen werden.«

»Vielleicht. Aber ich werde auch niemals verhungern«, erwiderte der Androide.

Kirk sah Korby an. »Ist es wirklich ein genaues Duplikat?«

»In jeder Einzelheit.«

Kirk sprach mit seiner Kopie. »Erzählen Sie mir doch von Sam, Mr. Androide.«

Die Antwort kam prompt. »George Samuel Kirk ist Ihr Bruder. Nur Sie nennen ihn Sam.«

»Er hat mich zu dieser Mission verabschiedet.«

»Ja. Mit seiner Frau und drei Söhnen.«

»Er sagte, er werde zur Erdenkolonie Zwei, Forschungsstation, versetzt.«

»Nein. Er sagte, er wünsche es sich.«

»Sie könnten ebensogut versuchen, eine Rechenmaschine zu übertölpeln, Captain«, warf Korby ein.

»Das kann ich offensichtlich nicht«, antwortete Kirk. »Aber es gibt einige recht interessante Unterschiede zwischen uns.«

Korby ärgerte sich. »Sie sind recht unwichtig.« Dann entließ er unvermittelt seinen perfekten Androiden, setzte sich selbst an den Tisch und bedeutete Kirk und Christine, ebenfalls Platz zu nehmen. »Bring zu essen«, befahl er Andrea. »Viel. Sehr viel. Der Captain ist hungrig.«

Kirk begann zu essen, und Korby lehnte sich vor. »Den Rest haben Sie wohl nicht vermutet, oder? Was Sie sahen, war nur eine Maschine, nur *die Hälfte dessen, was ich hätte erreichen können, wäre der Prozeß der Duplikation fortgesetzt worden*. Ich hätte Sie, Captain, Ihr ganzes Bewußtsein in diesen Androiden hineinstekken können.« Er lächelte andeutungsweise. »Ihre ›Seele‹, wenn Sie diesen Ausdruck vorziehen. Alles von Ihnen, Sie ganz und gar. Brown war ein Beispiel dafür. Mein Assistent lag im Sterben. Ich gab ihm das Leben in Androidenform wieder.« Seine Stimme wurde immer eindringlicher.

»Ja, Menschen, die in Androiden verwandelt werden – das kann programmiert werden, aber mit großen Verbesserungen! Können Sie sich vorstellen, wie das Leben wäre, wenn wir Eifersucht, Gier und Haß ausrotten könnten?«

»Doktor, diese Münze hat auch eine Kehrseite«, erwiderte Kirk. »Sie können auch Zärtlichkeit, Liebe und Respekt ausrotten.«

Korby knallte die Faust auf den Tisch. »Kein Tod! Keine Krankheit! Keine Mißbildungen! Selbst die Angst kann hinwegprogrammiert und durch einen ewigen Frieden ersetzt werden. Öffnen Sie Ihren Geist, Captain! Ich spreche von einem in die Praxis umgesetzten Himmel, einem neuen Paradies – aber dazu brauche ich Ihre Hilfe.«

»Ich glaubte, alles, was Sie benötigten, wäre mein ›offener Geist‹«, erinnerte ihn Kirk.

»Ich muß eine Transportmöglichkeit zu einem Planeten mit den richtigen Rohmaterialien finden. Es muß unter Ihren nächsten Planeten, die Sie anlaufen, doch verschiedene Möglichkeiten geben. Nein, ich verlange keineswegs, daß Sie von Ihrer Route abweichen. Ich will auf keinen Fall irgendwie Aufmerksamkeit oder gar Mißtrauen erregen. Ich möchte nur eine viel sorgfältigere Androiden-Manufaktur aufziehen, eine, die eine ganz genaue Auswahl voraussetzt...«

Unter seinem Stuhl hatte Kirks Hand einen schmalen Riemen gefunden, der die rechten senk- und waagrechten Teile zusammenhielt. Der Captain tastete sich zu seinem Ende weiter. »Ich kann Ihren Standpunkt sehr verstehen«, sagte er. »Sollte ein solches Projekt an die Öffentlichkeit kommen, so könnte man ein einheitliches Vorurteil praktizieren.«

Korby nickte. »Meine Androiden müssen ihren festen Platz in der menschlichen Gesellschaft haben, ehe ihre Existenz bekannt wird. Sonst müssen wir mit einer wahren Flut hysterischen Aberglaubens rechnen, der alles vernichten könnte, was richtig und gut ist. Sind Sie nicht auch dieser Meinung, Captain?«

Christine starrte Korby ungläubig an. Hatten ihn die Jahre der Einsamkeit in den Wahnsinn geführt? Wie kam er dazu, dem Captain eines Sternenschiffs der Föderation einen solchen Vorschlag zu machen? Aber Kirk nahm die Sache ganz ruhig auf. »Sie haben ja Ihren eigenen Kirk geschaffen, Doktor«, sagte er. »Mich brauchen Sie doch nicht.«

»Ich habe ihn geschaffen, um Sie zu beeindrucken, Captain, nicht, um Sie zu ersetzen.«

»Sie täten aber besser, sich seiner zu bedienen«, meinte Kirk. »Ich bin beeindruckt, aber nicht so, wie Sie es beabsichtigt haben.« Nun hatte er den Riemen gelockert.

»Ruk!« rief Korby. »Ruk, bring den Captain in sein Quartier!«

Als sich dieser haarlose Rohling Kirk näherte, blieb er ruhig sitzen. Seine Hand war gerade damit beschäftigt, einen Laufknoten in den dünnen Riemen unter seinem Stuhl zu machen. Als Ruk nach seiner Schulter griff, spannte der Captain seine Muskeln an. Es war eine einzige, blitzartige Bewegung: Er duckte sich unter Ruks Arm durch, sprang Korby an, ließ den Laufknoten über dessen Kopf fallen und zog ihn um seine Kehle fest. Dann rannte er zur Tür. Ruk tat einen Satz hinter ihm drein, wurde aber von Korbys würgendem Keuchen aufgehalten und drehte sich um. Er sah Korby von seinem Stuhl fallen und an dem Riemen zerren, der ihn würgte. Er zögerte. Dann kehrte er zu Korby zurück, um die Schlinge zu lockern.

Christine lief herbei, um ihm zu helfen, aber Korby stieß sie wütend von sich. »Lauf hinterher…« Ein Hustenanfall hinderte ihn am Sprechen. Er räusperte sich ausführlich und versuchte es erneut. »Lauf ihm nach, Ruk. Halte ihn auf. Ich habe keine Verwendung mehr für ihn. Hast du verstanden?«

Ruk hatte verstanden. Auch Christine verstand. Sie hörte das tiefe Knurren aus der Brust des Ungetüms, als Ruk zur Tür lief. Sie folgte ihm. »Ruk, halt, halt!« rief sie. Der riesige Androide rannte den hellen Korridor entlang und verschwand um eine Ecke. Christine folgte ihm und kam in einen dunklen Gang. »Ruk, halt! Stehenbleiben! Der Doktor hat gesagt, du hast meinen Befehlen zu gehorchen! Halt!« rief sie.

Aber Ruk rannte nur noch schneller weiter, und auch sie lief rascher. »Ruk, wo bist du? Ich befehle dir, ihm nichts zuleide zu tun! Hörst du? Ihm darf nichts geschehen. Ruk, wo bist du?«

Er war in die Dunkelheit getaucht, und der Gang hatte sich verändert. Der Steinboden war uneben geworden, und sie stolperte über einen Stein. Sie landete an einer rauhen, unpolierten Steinwand. Die Schwärze verschluckte das Geräusch der Schritte.

Aber Kirk hörte es. Er war bis zum Ende dieses Ganges gekommen und kletterte nun über Felsen. Er stürzte in eine Grube zwischen zwei großen Felsblöcken. An den einen klammerte er sich und lauschte.

»Captain Kirk?«

Das war Ruks Stimme, die als hohles Echo von den Felsen hallte. Kirk zog sich auf den einen Felsblock hinauf, kroch weiter durch die schwarze Dunkelheit und tastete sich eine Wand entlang.

»Captain Kirk…«

Die Schritte hörten auf. Aber er hörte Ruks schweren Atem; er war ziemlich nahe. Hastig tastete Kirk nach einem Stein oder dergleichen, den er als Waffe benutzen konnte. Er fand einen scharfen Stalagmiten, der aus dem Boden ragte, doch so sehr er sich auch bemühte, er ließ sich nicht abbrechen. In seiner Verzweiflung hob Kirk einen großen Felsbrocken auf und schleuderte ihn gegen die Spitze des Stalagmiten; sie brach ab. Und da ertastete der Captain ein längeres Stück, das er als Keule verwenden konnte.

»Captain Kirk, wo sind Sie?« hörte er ein Flüstern. Diesmal war es Christines Stimme.

Kirk spähte in die Dunkelheit und setzte schon zur Antwort an, als ihm Ruks Trick der Stimmimitation einfiel.

Wieder vernahm er Christines Stimme. »Captain Kirk, Hilfe! Ich habe mich verirrt. Bitte, lassen Sie mich hier nicht allein zurück...«

War es wirklich Christine? Oder Ruk? Er wußte es nicht. Es konnte Christine sein, die sich in diesem Labyrinth unterirdischer Gänge nicht mehr zurechtfand. Vielleicht sollte er doch antworten.

»Hierher, Christine«, sagte er schließlich.

Dunkler als der dunkelste Schatten kam das Androiden-Monstrum heran, bewegte sich leicht, sicher und überaus schnell. Kirk versuchte, soliden Fels unter die Füße zu bekommen, wirbelte herum und holte mit seiner improvisierten Keule zum Schlag aus, als die Felskante unter seinen Füßen abbrach.

Der solide Fels, den er sich als Standort gewählt hatte, war der Rand eines Abgrunds, der so senkrecht und tief sein mußte wie jener, in den Matthews gestürzt war. Seine Fingerspitzen klammerten sich an den Rand; es ging buchstäblich um sein Leben. Aus dem abgebrochenen Rand fielen ständig Steine nach. Kirk schaute nach oben und sah Ruk, der sich über den Abgrund beugte. Er spürte, wie seine Finger immer schwächer wurden.

Der Fels, an den er sich klammerte, gab nach. In diesem Moment schoß Ruks Arm nach unten, packte eines von Kirks Handgelenken und zog den Captain langsam nach oben.

Spock sah, daß der Brückenlift offen war. Kirk kam heraus und bog in den Korridor, der zu seinen Räumen führte. Der Vulkanier lief ihm nach. »Captain!« rief er. »Eben hörte ich, daß Sie wieder oben sind.«

Kirk saß an seinem Schreibtisch und schaute eine Schublade durch, die Kommandobefehle enthielt. »Doktor Korby läßt ziemlich viel Fracht heraufbringen, Mr. Spock. Ich muß mit ihm unseren Fahrplan abstimmen.«

Spock sah das Päckchen in seiner Hand und war sehr erstaunt. »Gehen Sie wirklich mit diesen Kommandobefehlen wieder nach unten, Sir?«

»Mr. Spock, kümmern Sie sich um Ihre eigenen Angelegenheiten!« brüllte Kirk wütend. »Ich habe Ihre Halbbluteinmischungen gründlich satt!«

Spock stand wie zu Stein erstarrt da. Kirk ging zur Tür. »Captain, ist mit Ihnen auch wirklich alles in Ordnung?« fragte Spock besorgt und noch immer sehr verblüfft.

Alle Härte war aus Kirks Stimme verschwunden, und er sprach ruhig und höflich wie immer. »Danke sehr, alles in Ordnung, Mr. Spock. In Kürze werde ich mit Dr. Korby heraufkommen und seine Gruppe mitbringen... Sie sehen sehr aufgeregt aus, Mr. Spock. Stimmt hier oben auch alles?«

Der Vulkanier schaute verblüffter drein als je zuvor. Endlich schloß er mit sich selbst einen unverbindlichen Kompromiß. »Keine Probleme hier, Sir«, antwortete er.

Kirk nickte, lächelte freundlich und ging auf den Korridor hinaus. Aber Spock hatte sich noch lange nicht beruhigt. Er ging zum Interkom der Kabine und drückte auf den Knopf.

»Sicherheitsdienst, hier spricht der Erste Offizier Spock. Status Ihrer Landegruppe?«

»Fertig und in Bereitschaft, Sir.«

»Warten Sie, bis der Captain unten ist. Dann sollen alle zu mir in den Transporterraum kommen. Alle, die ganze Gruppe, den Captain mit eingeschlossen.«

Das mußte Ärger mit Kirk geben. Andererseits... diesen Ärger gab es ja schon.

Korby war mit dem Verhalten seines neuen Androiden recht zufrieden. Er blätterte die Kommandobefehle durch, und sein Androide sagte: »Ich habe alles durchgesehen. Sie werden finden, daß der Planet Midos V ganz ausgezeichnet paßt.« Dabei deutete er auf eines der Blätter auf Korbys Tisch.

»Eine kleine Kolonie. Und jede Menge Rohmaterial.« Korby stand auf. »Captain Kirk, Sie haben einen ausgezeichneten Anfang gemacht.«

»Danke, Doktor«, antwortete Kirk. »Ich fühlte mich auf der *Enterprise* richtig daheim.«

Ein Stück weiter den Korridor entlang lag Kirk auf dem Bett seines Quartiers und dachte unablässig nach. Sein Leben war zwar gerettet, aber zu welchem Zweck? Die *Enterprise* überfallen von einem Ding, das seine Uniform trug… Ein Planet, vielleicht sogar die ganze Galaxis dazu verdammt, von Nichtmenschen bevölkert zu werden… Alles humanoide Leben ausgerottet von den Maschinen aus Korbys Herstellung…

Summend öffnete sich die Tür. Andrea kam mit einem Essenstablett. Sie stellte es auf den Tisch.

Kirk setzte sich auf. »Küß mich, Andrea«, befahl er.

Sie küßte ihn. Dann gehorchte der Gehirnstromkreis einem früheren Befehl, der den Kuß mit einem Schlag verbunden hatte. Sie holte also mit der Hand aus, um zuzuschlagen, doch Kirk ergriff diese Hand. »Nein«, sagte er und stand auf. Er nahm Andrea in die Arme und gab ihr den leidenschaftlichsten Kuß, den sein Repertoire enthielt. Es gefiel ihr. Aber ihre Stromkreise protestierten. Von irgendwoher kam das jammernde Kratzen einer zu sehr beanspruchten Feder.

Vor Angst wurde ihre Reaktion chaotisch. Sie stieß ihn zurück. »Nein, nicht Sie… nicht programmiert für Sie…« Dann taumelte sie zur Tür. Kirk folgte ihr besorgt und fand Ruk auf Posten im Korridor.

»Es ist unlogisch, Ihr Leben zu erhalten«, sagte Ruk und schaute Kirk an.

»Warum?« wollte Kirk wissen.

Ruk antwortete nicht. Unter dem haarlosen Skalp schien das Gehirn mit einem ganzen Schwarm von Gedanken zu kämpfen, die ihn schrecklicher verwirrten als Andreas verängstigte Reaktion auf den Kuß. »Sie werden hier nicht mehr gebraucht«, sagte er schließlich.

»Ah, du willst mich also umbringen, Ruk? Oder, wie Doktor Korby es nennt, mich abschalten?«

»Sie können nicht programmiert werden. Sie sind minderwertig.«

»Ich will nur leben«, sagte Kirk.

»Sie sind von draußen. Sie schaffen hier Unordnung.«

»Ich bin nicht programmiert. Aber ich werde alles tun, um am Leben zu bleiben, egal, wie unlogisch das euch auch scheinen mag. Ruk, stört dich das?«

»Hier war es so friedlich. Unsere Existenz war nicht bedroht.«

»Ist denn die Existenz auch für euch wichtig?«

»Ich bin für die Existenz programmiert, also existiere ich.«

Das massive Gesicht war verzerrt in der Anstrengung ungewohnten Denkens. Der Androide tat Kirk leid. »Korby spricht von dir als von einer Maschine, die an- oder abgedreht werden kann«, sagte er. »Ist das wirklich eine so gute Sache, Ruk?«

»Sie sind böse. Bis Sie kamen, herrschte hier Frieden, das war gut.«

»Ich kam in Frieden«, erwiderte Kirk. »Der einzige Unterschied zwischen uns ist der, daß ich eines Gefühls fähig bin. Ich bin unvorhersehbar. Und mit jedem Menschen steigert sich diese böse Unberechenbarkeit. Wie würde es dir gefallen, mit Tausenden von unberechenbaren Menschen in deiner Umgebung zu leben, die alle so böse sind wie ich?«

Ruk starrte ihn an. »Ja, es war so... vor langer Zeit. Das hatte ich ganz vergessen. Die Alten, die mich machten, das waren Menschen... und böse. Das ist noch immer in meiner Gedächtnisbank. Es wurde notwendig, sie zu zerstören.«

Langsam drehte er seinen gewaltigen Körper in jene Richtung, aus der das Geräusch von Schritten kam. Korby schritt selbstsicher und im weißen Mantel den Korridor entlang.

Ruk ging ihm entgegen. »Sie... brachten ihn zu uns«, sagte er schwerfällig.

Korby schaute bestürzt von Kirk zu Ruk. »Was?« fragte er.

Ruk näherte sich ihm weiter. »Sie brachten die Minderwertigen her!« Nun erhob er seine Stimme. »Wir hatten sie alle ausgemerzt, uns von ihnen gereinigt! Und Sie brachten sie und ihr Übel wieder zurück!«

»Ruk, ich befehle dir, bleib stehen! Und geh zurück. Bleib weg von mir. Du bist programmiert zum...«

Es war aber Korby, der sich zurückzog. Als Ruk nach ihm griff, zog er Kirks Phaser aus der Tasche seines weißen Mantels. Er zögerte keinen Moment, sondern schoß sofort. Ruk war weg. Wo er gestanden hatte, war nur noch ein verkohlter Fleck und ein Wölkchen metallisch riechenden Rauches.

»Sie hätten ihn wirklich nicht gleich zerstören sollen«, sagte Kirk in das Schweigen hinein.

Korby richtete den Phaser auf ihn. »Weitergehen«, befahl er. »Vor mir her...«

Eine spannungsgeladene Christine stand an der Studiotür und wartete offensichtlich auf das Ergebnis von Korbys Besuch in Kirks Quartier. Am Eingang wandte sich Kirk seinem Peiniger zu. »Sie waren doch einmal ein Mann, der vor Leben in jeder Form Respekt hatte«, sagte er. »Wie läßt sich diese Veränderung bei Ihnen erklären, Doktor? Wenn ich der Erde erzählen sollte, daß ich Ihr Gefangener bin, wenn ich Ihnen erkläre, was aus Ihnen wurde...«

Er versuchte, dem anderen seinen Phaser zu entreißen, aber Korby schob ihn damit brutal in das Studio hinein. Dann schloß sich summend die Tür, aber Korby hatte noch eine Hand dazwischen. Kirk ahnte einen Vorteil für sich und blieb stehen. Korbys gequetschte Hand sah furchtbar aus. Seine Rechte hielt noch immer die Phaserwaffe auf Kirk gerichtet. Als er aber die gequetschte Hand herauszog, sah Kirk etwas außerordentlich Bemerkenswertes.

Grauenhaftes Entsetzen schüttelte ihn, und auch Christine starrte die böse zugerichtete Hand wie gebannt an. Es war nämlich kein blutiges und verstümmeltes Fleisch zu sehen, sondern ein feines Netz pulsierender Drähte und ungeheuer komplizierten Geräts. Bei den Drähten gab es irgendwo einen Kurzschluß. Ein Rauchwölkchen stieg davon auf, das nach verbranntem Metall roch.

Korby sah Christines Gesicht. »Noch immer bin es ich, Christine, dein Roger... in dieser Androidenform... Du kannst dir nicht vorstellen, wie es damals mit mir war. Ich war fast erfroren, lag im Sterben, hatte die Beine verloren. Nur noch mein Gehirn stand zwischen Leben und Tod...« Er hob die verstümmelte Hand. »Das hier läßt sich reparieren. Ich bin noch immer der Mann, den du kanntest und liebtest, sogar ein viel besserer. Für mich wird es keinen Tod mehr geben. Niemals...«

Sie schlug die Hände vors Gesicht. Korby wandte sich nun an Kirk.

»Stellen Sie sich vor, Captain!« rief er. »Eine Welt ohne Korruption, ohne Leiden, ohne Tod...«

»Warum wollen Sie mich dann am Leben halten, Doktor?« fragte Kirk. »Ich bin aus Fleisch und Blut. Also werde ich sterben. Sie haben doch schon einen unsterblichen Kirk. Warum töten Sie nicht den sterblichen, damit Sie mich vom Hals haben?«

»Die Antwort kennen Sie«, erwiderte Korby. »Ich bin immer noch der Mann, den Sie beschrieben haben, der mit dem Respekt vor allem, was Leben heißt. Ja, der Mann bin ich noch immer.«

»Nein, der Mann sind Sie nicht mehr, Doktor. Schauen Sie doch Christine an. Ihr Herz ist gebrochen, sie ist entsetzt. Wo bleibt Ihre menschliche Antwort auf ihr Leiden?«

Als diese Frage von seinem Computergehirn aufgenommen worden war, sah Korby erschüttert drein. Seine summenden Stromkreise gaben keine Antwort her. Also wurde die Frage einfach verworfen. Er gewann seine Haltung wieder und ging zu einem Sprechgerät an der Wand. »Andrea«, befahl er, »komm sofort ins Studio.«

Summend öffnete sich die Tür, und Kirk legte seinen Arm um Christines Schultern.

»Ja, Doktor«, hörten sie Andrea sagen.

»Jemand kommt den Korridor entlang«, sagte Korby zu ihr.

»Ich werde Ruk suchen.«

»Ruk wurde abgeschaltet. Du holst sofort Browns Waffe. Aber schnell! Du übernimmst das. Vor allem Schutz!«

Sie fand Ruks altmodische Phaserwaffe in einer Schreibtischlade und eilte aus dem Studio.

Kirks Faksimile rannte in voller Uniform den Korridor entlang. Andrea bewegte sich dem Androiden entgegen und hob ihr Gesicht zu ihm auf.

»Ich will dich küssen«, sagte sie.

»Nein«, antwortete der Androide.

Sie wurde zornig. »Schutz«, sagte sie. Dann drückte sie das alte Phasergewehr ab. Sie schaute hinab auf die schwarze Asche, die alles war, was von dem Faksimile-Kirk noch übrig war, und schnupperte an dem feurigen Rauch, der davon aufstieg. »Schutz«, sagte sie noch einmal und kehrte ins Studio zurück. »Ich bin noch immer derselbe!« brüllte Korby. »Eine direkte Übertragung, alles von mir, ganz und gar! Absolut und mit jeder Faser vernünftig, von makelloser Menschlichkeit!«

Unschuldig lächelnd berichtete Andrea: »Ich habe eben Captain Kirk abgeschaltet!«

»Sie hat Ihren perfekten Androiden erledigt«, sagte Kirk. »So wie Sie Ruk getötet haben. Soll das Ihre perfekte Welt sein? Ihre makellosen Wesen? Töten, töten, töten! Tut ihr makellosen Wesen nicht genau das, was ihr an den Menschen so hassenswert findet?«

Diesmal konnte das Computergehirn die Fragen nicht einfach mißachten. Kirk streckte eine Hand aus. »Geben Sie mir den Phaser, Doktor. Wenn von dem menschlichen Korby in Ihnen nur noch eine Spur übrig ist, dann müssen Sie wissen, daß es Ihre einzige Hoffnung ist, mir diese Waffe zu geben.«

»Nein! Sie weigern sich nur zu verstehen! Ich habe perfekte Wesen konstruiert, sie getestet...« Korbys Gesicht schien zu schrumpfen, als seine Gehirnstromkreise ihm meldeten, daß er sich selbst widersprochen hatte. Er begriff seine eigene Unlogik. »Ich... habe bewiesen, daß sie... perfekt sind. Ich habe...«

Er sah ziemlich verständnislos drein, als er Kirk den Phaser reichte. Totenbleich ließ sich Christine auf einen Stuhl fallen.

»Geben Sie mir Ihr Gewehr, Andrea«, befahl Kirk.

»Nein«, erwiderte sie und fuchtelte mit der Waffe herum. »Nein... Schutz...« sie lief schnell zu Korby. »Ich bin dazu programmiert, Sie zu lieben und zu schützen. Sie zu küssen...« Sie hob ihr Gesicht zu ihm auf.

Christine stöhnte. In halber Betäubung beobachtete sie, wie Korby Andrea wegstieß. »Rühr mich nicht an«, herrschte er sie an. »Du kannst nicht lieben, du Maschine!« Doch Andrea klammerte sich nur noch fester an ihn. Der Phaser, den sie in der Hand hatte, klemmte sich zwischen sie und Korby, als dieser sich bemühte, sich ihren Armen zu entwinden. »Programmiert«, sagte Andrea. »Sie zu lieben... und zu küssen...«

Da ging das Gewehr los. Es gab einen kurzen Blitz, und dann war nur noch ein wenig Rauchgekräuse über zwei Aschenhäufchen am Boden.

Christine taumelte Kirk entgegen. Sie zitterte entsetzlich. Er hielt sie fest, diese Erbin eines Dauerlegats desillusionierter Einsamkeit.

Als sich die letzte Rauchspur aufgelöst hatte, wurde die Studiotür gewaltsam aufgeschoben. Spock und zwei Männer vom Sicherheitsdienst des Schiffes schoben sich, die Phaser schußbereit, ins Arbeitszimmer.

»Captain...« Spock zögerte. »Alles in Ordnung, Sir? Und Schwester Chapel?«

»Alles in Ordnung, Mr. Spock«, antwortete Kirk.

»Wo ist Dr. Korby?« fragte Spock.

Kirk nahm Christines Hand. »Er war nie hier, Mr. Spock.«

Er griff wieder nach dieser Hand, als sie sich seinem Kommandantensessel auf der Brücke der *Enterprise* näherten.

»Danke, daß Sie mir erlaubten, meine Entscheidung zu treffen, Captain«, sagte sie. »Ich glaube bestimmt zu wissen, daß ich das Richtige tue.«

»Ich auch«, antwortete sie. »Vielleicht können Sie jetzt ein bißchen schlafen, nachdem Sie sich ja entschieden haben.«

Keiner von beiden lächelte. »Ich werde Sie schon später irgendwo zu sehen bekommen«, sagte sie.

»Ein tapferes Mädchen«, bemerkte Spock, als sie die Brücke verließ.

»Deshalb brauchen wir sie ja hier auf der *Enterprise*, Mr. Spock«, erwiderte Kirk und schaute auf den Bildschirm. »Ruder auf gegenwärtigem Kurs lassen... Schwester Chapel hat beschlossen, bei uns zu bleiben.« Aber Spock blieb noch neben dem Stuhl des Kommandanten stehen. »Stört Sie noch etwas, Mr. Spock?«

»Captain... Ich muß... protestieren, weil Sie mich ein Halbblut nannten«, sagte er.

»Ich habe diesen Ausdruck nicht *benutzt*, Mr. Spock. Ich habe ihn nur an Sie gerichtet, als...«

»Selbst als Androide hätten Sie sich einen besseren Ausdruck einfallen lassen können«, hielt ihm Spock vor.

Kirk musterte ihn ernst. »Ich werde daran denken, Mr. Spock, wenn ich mich wieder in einer ähnlichen Lage befinden sollte.«

»Vielen Dank, Sir«, sagte Spock.

Der Junker von Gothos

Von der Existenz dieses Planeten hatte die *Enterprise* nicht einmal etwas geahnt. Er war auf keiner Karte verzeichnet, und nur die Sensoren des Sternenschiffs meldeten schließlich sein Vorhandensein. Als Spock die Angaben der Sensoren bekanntgab, legte Kirk verärgert einen Schalter um, und da schwamm plötzlich durch den sternenleeren Quadranten des Raumes, den sie gerade durchquerten, ein halbmondförmiger Körper; er war ungewöhnlich hell und erschien überscharf auf dem großen Bildschirm der Brücke.

Kirk funkelte ihn wütend an. Er war eine durchaus unwillkommene Ablenkung von seinem Job, denn der Captain hatte dringend benötigten Nachschub zur Kolonie Beta 6 zu bringen.

»Navigationsbericht«, forderte er barsch.

De Salle schaute von seinen Berechnungen auf. »Eisen-Silikatsubstanz, Captain, Planetengröße Eins-E. Wir kommen sehr nahe daran vorbei.«

Ein bestürzter Spock hatte seine Station verlassen und stand neben dem Kommandantensessel. Die Augen hingen am Bildschirm. »Unglaublich, Sir, daß ein solcher Himmelskörper auf keiner Karte verzeichnet ist.«

Kirk schwang sich zu den Leuten auf der Brücke herum. »Wir können jetzt nicht einfach anhalten, um die Sache zu untersuchen. Alle wissenschaftlichen Stationen sammeln Daten für die Computerbanken. Leutnant Uhura, Sie melden die Entdeckung dieses Planeten über Subraumradio.«

Sie machte sich bereit, diesem Befehl zu folgen, doch dann drehte sie sich um. »Starke Interferenzen im Subraum, Sir. Der Planet muß eine natürliche Radioquelle sein.«

»Dann verschwinden wir schleunigst aus seiner Nähe«, erwiderte Kirk. Er drehte seinen Sessel zur Ruderkonsole herum. »Vierzig Grad abschwenken, Mr. Sulu.«

Als Sulu nach einem Hebel an seiner Konsole griff, verschwand er. »*Sulu!*« brüllte Kirk und rannte zum Ruder. Und dann war er ebenso verschwunden wie Sulu. Navigator De Salle lief bestürzt von seiner Station herbei.

»Sie sind *verschwunden*, Mr. Spock! *Beide sind weg!*«

Spock drehte eine Wählscheibe an der verlassenen Kommandantenkonsole. Die Alarmsirenen jaulten durch das Schiff. Das war der Beginn einer außerordentlich gründlichen Durchsuchung des Schiffes, und kein mögliches Versteck wurde ausgelassen. Als Spock die letzte, sehr entmutigte Suchgruppe entließ, wandte er sich an den großen, blonden Meteorologen.

»Entweder«, sagte er, »sind sie unten auf diesem Planeten – oder nirgends.«

»Aber da ist doch keine Spur menschlichen Lebens auf dem Planeten zu entdecken gewesen«, erwiderte De Salle verblüfft. »Natürlich, Sir, können die Suchinstrumente auch einmal nicht richtig funktionieren.«

Spock musterte die Konsole. »Sie funktionieren ganz normal!« stellte er fest. »Fahren Sie mit den Sensoren fort. Leutnant Uhura, haben Sie alle Wellenbänder abgesucht?«

»Alle, Sir. Es kam keine Antwort herein.«

De Salle sprang auf. »Bei allem Respekt, Sir, ich fordere dringend, auf die Planetenoberfläche gebeamt zu werden, damit ich dort die Suche aufnehmen kann.«

McCoy war eben zur Gruppe am Kommandantensessel gestoßen. Jetzt griff er nach Spocks Arm. »Da muß ich ihm recht geben. Worauf warten wir noch, Spock?«

»Doktor, die Entscheidung liegt bei mir, denn ich trage auch die Verantwortung für Ihre Sicherheit. Dr. Jäger, bitte, beschreiben Sie Ihre geophysikalischen Befunde von der Oberfläche dieses Planeten da unten.«

»Kein Erdreich und keine Vegetation zu entdecken... Extrem heiß... Die Atmosphäre ist toxisch, es herrschen tornadoartige Stürme... Ständige vulkanische Tätigkeit... Schädlich für jedes Leben, wie wir es kennen, ohne Sauerstoffzufuhr...«

»Wie würden Sie die Überlebenschancen von zwei ungeschützten Männern da unten beurteilen?«

»Ein Atemzug würde genügen.«

Niemand sprach. Nach einiger Zeit brach Uhura die schwere Stille. »Mr. Spock! Schauen Sie, mein Bildschirm!« Dort erschienen Buchstaben in kursiver, altenglischer Schrift, und allmählich wurde sie lesbar und verständlich. Sie paßte ganz und gar nicht zur düsteren Stimmung der Leute auf der Brücke, denn sie lasen: »Grüße und Glückwünsche.«

Spock schüttelte den Kopf. »Grüße... und Glückwünsche... Leutnant, antworten Sie folgendes: U.S.S. *Enterprise* an Signalgast auf Planetenoberfläche. Identifizieren Sie sich. Wir...« Er brach ab, weil weitere Buchstaben sich auf dem Schirm zu Worten fügten. Nach einer Weile las er sie langsam, verblüfft und fast entgeistert vor: »Hipphipp hurra.« Er wartete noch einen Moment. »Und das letzte Wort heißt tatsächlich horrido?«

»Soll das vielleicht ein Witz sein, Sir?« fragte De Salle.

»Ich bin für alle Theorien aufgeschlossen, Mr. De Salle«, antwortete Spock. »Für alle.«

»Eines ist jedenfalls sicher«, meinte McCoy. »Auf diesem Planeten gibt es Leben.«

»Das scheint richtig zu sein, Doktor«, antwortete Spock. Er griff nach dem Interkom und befahl, den Transporterraum vorzubereiten. Da kam Scott gerannt und drängte sich zu ihm durch. »Sir, ich verlange, zur Suchgruppe eingeteilt zu werden.«

Spock schüttelte entschieden den Kopf. »Nein, Mr. Scott. Sie sind hier ebensowenig zu entbehren wie ich. Mr. De Salle, Sie werden einen Landungstrupp mit Waffen versehen, selbstverständlich auch mit Lebenserhaltungssystemen und Kommunikationsausrüstung. Doktor Jäger, Ihre geophysischen Kenntnisse könnten von entscheidender Bedeutung sein. Dr. McCoy wird Sie begleiten. Falls diese merkwürdigen Signale von Captain Kirk und Sulu stammen sollten, müßten wir deren Vernunft anzweifeln.«

Mit dem letzten Befehl wartete er noch, bis die Landungsgruppe auf der Transporterplattform genau auf den Vertiefungen für die Stiefel Platz genommen hatte. Dann übergab er De Salle ein schwarzes Kästchen und sagte: »Sobald Sie auf der Planetenoberfläche sind, stellen Sie schnellstens Kontakt mit uns her, wenn nötig, mit diesem Laserstrahl.«

Scott arbeitete an seinen Schaltern, und die drei Gestalten lösten sich langsam in schimmernde Fragmente auf, die auch sofort verschwanden.

Sie waren sich in keiner Weise sicher gewesen, was sie erwartet hatten. Was sie fanden, hatte jedoch nicht die geringste Ähnlichkeit mit ihren Vorstellungen. Sie standen in einem kühlen, grünen Wald mit dichtbelaubten Schattenbäumen, ein wahres Bild friedlicher Ruhe. Um dicke Baumstämme wanden sich blühende Ranken, und die Luft roch süß von ihrem Duft. Verblüfft schaute sich McCoy um, weil ein Blatt von dem Ast über seinem Kopf sanft zu Boden schwebte.

»Jäger, wo sind jetzt Ihre Stürme?« fragte er.

Der Meteorologe schüttelte den Kopf, weil er nicht glaubte, was seine Instrumente anzeigten. »McCoy, genau die gleiche Atmosphäre wie auf der Erde«, sagte er.

De Salle nahm seine Gesichtsmaske ab, denn ihm fiel sein Befehl ein. »Bericht an das Schiff!« rief er, doch mit seinem Kommunikator schien etwas nicht ganz zu stimmen. Das heißt, nicht nur mit dem seinen, sondern auch die Verständigung untereinander war nicht recht gut. De Salle gab jedoch nicht auf. Er richtete den Laserstrahl zum Himmel hinauf und sagte: »Ich versuch's nochmal. Ja, ja, ich versuch's ja schon...« Dann runzelte er die Stirn. »Irgend etwas blockiert den Laserstrahl. Wir müssen ein offenes Gelände finden.«

Er entfernte sich ein paar Schritte und bog um ein dichtes Gebüsch. Als er stehenblieb, bemerkte er die Reflexe flackernden Lichtes auf den dunklen Blättern. Ganz langsam drehte er sich um. Er sah sich einem steinernen Greifen gegenüber. Seine Schwingen waren hoch erhoben, und in einer ausgestreckten Klaue hielt er eine brennende Fackel.

»Dr. McCoy! Dr. Jäger! Hierher!« rief De Salle.

Es waren zwei dieser Vögel, und jeder hielt eine Fackel. Dann entdeckte McCoy das dunkle, massive, eisenbeschlagene Tor, das von diesen Wappenvögeln behütet wurde. Und das Tor war offen. De Salle ging voran und hielt seinen Phaser schußbereit in der Hand. Die anderen folgten ihm. Es herrschte tiefe Stille, nur das Knistern von Feuer war zu vernehmen, und sie sahen, daß es in einem großen, offenen Kamin brannte.

»Im Namen… Um Himmels willen, wo sind wir denn?« murmelte McCoy.

Sie standen in einem sehr geräumigen viktorianischen Salon, der von Kandelabern und Kronleuchtern erhellt wurde. Über dem Kaminfeuer hingen gekreuzte Schwerter, Musketen, Pistolen und Kriegsfahnen. Die anderen Wände waren mit Seidentapeten verkleidet; dort hingen die Porträts von Vorfahren in voller Bewaffnung, die meisten in den farbenprächtigen Uniformen der napoleonischen Kriege. In unmittelbarer Nähe eines hochpolierten Mahagonitisches stand eine Kredenz, auf der goldenes Geschirr schimmerte. Ein Cembalo stand unter einem goldgerahmten, geschwungenen Spiegel. Alles schien soweit in Ordnung zu sein, denn das Bild, das sich ihnen bot, war das eines wohlwollenden, selbstzufriedenen viktorianischen Zeitalters.

Mit einer einzigen Ausnahme. Ein paar tiefe Nischen in den Wänden enthielten Statuen, die von einem seltsamen Geschmack sprachen. Diese Statuen stellten geschnitzte, eidechsenähnliche Kreaturen dar, Delphine mit verzerrten Gesichtern, riesige humanoide Figuren und ein spinnenähnliches Wesen mit Tentakeln.

»Schaut!« rief De Salle plötzlich.

Am Ende des Raumes befanden sich ausgehöhlte Mauervorsprünge. Die anderen Nischen enthielten Statuen, und da waren die starren Gestalten von Kirk und Sulu in der Haltung, die sie unmittelbar vor ihrem Verschwinden eingenommen hatten! Violettes Licht umspielte sie. De Salle lief sofort auf sie zu. »Dr. McCoy, schnell!« rief er. »Dr. McCoy!«

Aber McCoys Gesundheitsmonitor zeigte schon grimmige Tatsachen an, und er schaute müde davon auf. »Nichts…«, antwortete er. »Kirk und Sulu… wie Wachsfiguren…«

Die Tür des Salons schlug zu. Einen Augenblick später ertönte vom Cembalo her ein süßes Mozart-Arpeggio. Auf der Bank davor saß der Spieler, ein Mann in der Silberschnalleneleganz eines Offiziers der viktorianischen Zeit. Er lächelte sehr erfreut über sein ganzes, rosiges Gesicht.

Das Trio der *Enterprise* starrte ihn sprachlos an, während er das Arpeggio fertigspielte und dann mit einer großartigen Bewegung die ausgezeichnet gepflegten Hände von den Tasten nahm. Er drehte sich zu ihnen um. Der Mann war schön wie Byron; sein Mund war geschwungen, das Haar trug er schulterlang, und sein hoheitsvolles Benehmen besagte, daß er ein Mann von hohem Stand und großen Vorrechten sei. Die Geste, die er zu den beiden Nischen mit Kirk und Sulu machte, wirkte gelangweilt.

»Ich muß sagen«, erklärte der Musiker liebenswürdig, »daß diese beiden ganz ausgezeichnete Ausstellungsstücke abgeben... Aber ich nehme an, Sie möchten sie gerne wieder zurückholen«, fügte er voll Bedauern hinzu.

Eine Hand hob sich, und die Manschette, die das Handgelenk abschloß, war mit Spitzenrüschen eingefaßt. Sofort tat Kirk einen Schritt vorwärts und vollendete die am Ruder der *Enterprise* begonnene Bewegung. Auch Sulu bewegte sich. Er sah verwirrt drein, und seine Augen suchten Kirks Gesicht.

»Captain, wo sind wir?« fragte er bestürzt.

Der Mann stand von seiner Bank vor dem Cembalo auf. »Willkommen auf meiner Insel des Friedens, dem stürmischen kleinen Planeten Gothos.«

Kirk wandte sich aber, ohne ihm zu antworten, an seine Leute. »Was ist eigentlich passiert?« fragte er. »Erzählt es mir doch.«

»Jim«, erwiderte McCoy. »Sie sind plötzlich von der Brücke verschwunden, nachdem Sulu nicht mehr da war. Wir haben Sie seit Stunden gesucht.«

»Sie müssen schon meine merkwürdige Art, Sie hierher zu holen, entschuldigen«, warf der Gastgeber ein. »Als ich Sie vorübergehen sah, konnte ich es mir nicht versagen, Sie ein wenig zu unterhalten.«

Kirk wechselte einen Blick mit McCoy und tat einen Schritt vorwärts. »Ich bin Captain James Kirk vom Sternenschiff *Enterprise*...«

Der Mann machte eine tiefe Verbeugung. »So, Sie sind also der Captain dieser tapferen Männer? Meine Grüße und Glückwünsche, Captain. Es ist reizend von Ihnen und Ihren Offizieren, bei mir vorbeizuschauen.«

Stimme und Gesten waren derart theatralisch, daß es Kirk nur mit Mühe gelang, ernst zu bleiben. »Wer sind Sie?« fragte er. »Und woher kommen Sie?«

Ein Arm beschrieb einen großzügigen Kreis. »Keine Angst, meine Freunde«, sagte der Fremde mit tönender Stimme. »Ich bin zu einem von euch geworden.«

De Salle explodierte in einer Mischung aus Angst und Wut. Er trat vor und hob seinen Phaser. »Wer sind Sie?« herrschte er ihn an. »Wir haben Ihnen diese Frage gestellt. Antworten Sie!«

»Ah, diese herrliche Wildheit!« rief der Mann begeistert. Dann schien ihm, wie einem Kind, zu Bewußtsein zu kommen, daß man ihn einst Höflichkeit gelehrt hatte. »Oh, verzeihen Sie mir, General Trelane, außer Dienst. Aber ganz zu Ihren Diensten, meine Herren. Mein Haus ist Ihr Haus.«

De Salle ließ sich davon jedoch nicht besänftigen. Leise sagte er zu Kirk: »Captain, wir haben den Kontakt mit dem Schiff verloren. Wir sitzen hier in der Falle.«

General Trelane hatte es aber gehört und rieb sich vergnügt die Hände. »Hier in der Falle«, wiederholte er. »Ich kann Ihnen gar nicht sagen, wie köstlich ich es finde, denn es ist mein Hobby, Gäste auf diesen Planeten zu holen.«

Jäger flüsterte mit Kirk und deutete im Raum herum. »Captain, neunhundert Lichtjahre von der Erde entfernt – diese Periode! Ort und Zeit hätten wir vielleicht gesehen, wenn wir Teleskope hätten, die stark genug sind, um...«

Trelane lächelte und unterbrach ihn. »Ja. Ich war ein sehr interessierter Zeuge Ihrer sehr lebhaften Aktivitäten auf Ihrer lebhaften kleinen Erde, Sir...«

»Dann haben Sie das beobachtet, was bei uns vor neunhundert Jahren los war«, erklärte ihm Kirk. »Und das ist eine sehr lange Zeit.«

Trelane kicherte. »Du lieber Himmel, habe ich einen zeitlichen Fehler gemacht? Wie ungeschickt von mir!« Er selbst sah sich im Salon um. »Oh, und ich habe mich so bemüht, alles so zu machen, daß Sie sich hier zu Hause fühlen. Ich bin auf die Einzelheiten sogar überaus stolz.«

»General Trelane...«, begann Kirk, schwieg aber sofort wieder, weil der Mann neckisch einen tadelnden Finger hob.

»Tz, tz, ein General außer Dienst, Sir. Nennen Sie mich nur Junker Trelane. Dieser Titel gefällt mir.«

Kirk musterte dieses Original von einem Mann, dann fragte er: »Warum haben Sie uns hier nun eigentlich gefangengesetzt?«

Während er noch sprach, hatte er das Gefühl, von klebrigen, zähen, unendlich dichten Spinnenweben umsponnen zu werden. Es war, als habe er das schon gehört, was die ein wenig zu volltönende Stimme jetzt sagte: »Gefangen? Unsinn! Sie sind doch meine Gäste.« Trelane ließ sich behaglich in einen reichgeschnitzten Sessel ohne Armstützen fallen. »Captain, Sie müssen mir alles erzählen über Ihre Feldzüge, Ihre Schlachten, Ihre Eroberungen…«

Zum erstenmal schien Kirk nun zu wissen, wo er war; zum erstenmal seit Sulus Verschwinden von der Brücke der *Enterprise* hatte er ein unerschütterliches Identitätsgefühl, das ihm festen Boden unter den Füßen gab. »Unsere Missionen«, erklärte er, »sind friedlicher Natur. Wir haben nicht den Wunsch, etwas zu erobern. Wir kämpfen nur, wenn uns keine andere Wahl bleibt.«

Trelane zwinkerte ihm zu. »Das ist also die offizielle Geschichte, was, Captain?«

Unauffällig hatte McCoy seinen Tricorder auf Trelane ausgerichtet. Ebenso unauffällig hatte Kirk das bemerkt. Nun trat er neben den Stuhl ohne Armlehnen und sagte: »Junker Trelane, ich muß Sie ersuchen, uns zu unserem Schiff zurückkehren zu lassen.«

Die Antwort war ein lässiges Abwinken. »Kein Wort will ich davon hören«, protestierte Trelane. »Sie werden mir bei einer Mahlzeit Gesellschaft leisten, denn es gibt so vieles, was ich von Ihnen wissen möchte.« Ein versteifter Zeigefinger deutete auf Kirk. »Wissen Sie, Sie gehören zu jener Raubtierspezies, die sich selbst belauert.«

De Salles Hand griff nach dem Phaser. »Sir?« sagte er, halb fragend, halb beschwörend.

»Nur betäuben, De Salle«, meinte Kirk. »Nicht töten.«

Was war nur an diesem Burschen? Er stieß einen ab und brach einem gleichzeitig fast das Herz. »De Salle«, sagte dieser merkwürdige Bursche. »Ist das sein Name, Captain Kirk? *Vous êtes un vrai Français?*« wandte er sich überglücklich an den Navigator.

»Einer meiner Vorfahren war Franzose, ja.«

»Ah, Monsieur! Vive la gloire! Vive Napoléon! Wissen Sie, Ihren Napoleon bewundere ich über alle Maßen.«

»Mr. De Salle ist unser Navigator«, erklärte Kirk gleichmütig. »Und dieser Herr ist unser Bordarzt, Dr. McCoy, hier unser Rudergänger Mr. Sulu, dort unser Meteorologe Carl Jäger...«

Trelane verbeugte sich vor jedem und sagte dazu: »Willkommen, mein lieber Doktor, und Ihren Vorfahren meine Verehrung, Euer Hochwohlgeboren...«

Sulu wurde rot. »Was redet er denn da? Macht er Witze?«

Aber Trelanes Interesse hatte sich nun auf Jäger konzentriert. Er knallte die Absätze zusammen und rief: »Und Offizier Jäger ist deutscher Soldat? Nein?« Dann stampfte er ein paar Schritte: »Eins, zwei, drei und vier, geh'n wir mit dem Schießgewehr.«

»Ich bin Wissenschaftler«, berichtete Jäger mit todernstem Gesicht. »Kein Soldat.«

Trelane strahlte ihn begeistert an. »Na, kommen Sie! Wir Männer sind unter der Haut doch alle Soldaten. Und wie wir unsere Uniformen lieben!« Er liebte die seine sichtlich über alle Maßen, denn er spreizte sich wie ein Pfau vor dem Spiegel, um sich in seiner mit Schulterstücken und Fangschnüren besetzten Uniform zu bewundern. Und dann drehte er sich halb um, weil er auch noch seine glänzenden Stiefel sehen wollte.

»Jetzt!« flüsterte Kirk De Salle zu. Aber als der Phaser sich zum Zielen hob, wirbelte Trelane herum und hob die Hand. Sofort erstarrte De Salle zur Unbeweglichkeit.

»Ach, welch interessante Waffen habt ihr hier?« fragte der Junker von Gothos. Er nahm den Phaser – und die Starrheit fiel von De Salle ab. »Ah, ja ich verstehe! Der Mechanismus ist mir jetzt völlig klar.« Er stellte den Phaser ein und schoß auf die Eidechsenskulptur. Sie löste sich auf. Trelane lachte vor Entzücken. »Oh, wie herrlich, wie wundervoll!« rief er, schwang die Waffe in die Runde und zerschoß alle Statuen, die in den Nischen standen; er lachte und schrie begeistert, wenn sich wieder eine auflöste und verschwand. »Vernichtend!« heulte er vor Wonne. »Das Ding könnte Millionen töten!«

Kirk tat ein paar Schritte und entriß ihm den Phaser. »Mit wem wollen Sie da anfangen, Trelane? Mit meiner Mannschaft etwa? Sind wir etwa Ihre nächsten Ziele?«

Seine vollen Lippen spitzten sich zu einem Schmollmündchen.

»Oh, wie typisch für Ihre Spezies, Captain! Weil Sie gar nichts verstehen, sind Sie zornig.« Er drohte ihm mit den Fingern. »Aber seien Sie nicht so ungeduldig. Ich habe Ihren nächsten Wunsch schon vorausgeahnt. Sie wollen wissen, wie mir das alles hier gelungen ist?«

Er nickte als Antwort auf seine eigene Frage und sagte: »Wir – ich meine damit andere und mich selbst – haben, um kurz zu sein, ein System perfektioniert, mit dessen Hilfe Materie in Energie umgewandelt werden kann und auch wieder zurück in Materie...«

»Wie das Transportersystem an Bord der *Enterprise*«, bemerkte Kirk.

»Oh, das ist aber ein sehr plumpes Beispiel! Unser Prozeß ist wesentlich feiner, ich möchte sagen: künstlerischer. Sehen Sie, wir transportieren ja nicht nur Materie von einem Ort zum anderen, sondern wir können sogar die Gestalt der Materie verändern.«

»Dann haben also Sie selbst diesen Salon hier geschaffen?« wollte Kirk wissen. »Nur, indem Sie die auf diesem Planeten existierende Materie anders anordneten?«

»So ungefähr«, bestätigte Trelane.

»Aber wie...«

Der Mann strich mit einem Finger über eine Unmutsfalte auf seiner Stirn. »Mein lieber Captain, Ihre Fragen ermüden mich allmählich.«

Kirk wandte sich zu seinen Leuten um. »Gehen wir. Wir müssen hier endlich wieder heraus.«

»Aber, aber, Captain!« rief Trelane. »Sie können hier nicht weg. Oh, wie herrlich wütend ist Ihr Protest. Ich bewundere Sie ungeheuer, Sir, obwohl Sie eine neue Lektion benötigen und eine Demonstration meiner Autorität.«

Seine rechte Hand machte eine rasche Bewegung; dort, wo Kirk gestanden hatte, war jetzt nichts mehr. Im nächsten Moment war er wieder da, aber auf seinen Knien und von tödlicher Angst geschüttelt. Entlassen aus dem Schutz von Trelanes Domäne, war er der tödlichen Atmosphäre des Planeten ausgesetzt gewesen. Nur einen Atemzug lang hatten die giftigen Gase in seine Lunge strömen können, aber der Captain hustete, krümmte sich zusammen wie unter einem Erstickungsanfall – und der Junker von Gothos tätschelte ihm den gesenkten Kopf.

»Das war nur ein Beispiel dessen, was außerhalb meines gütigen Einflusses geschehen kann«, sagte er. »Ich hoffe, daß Sie sich jetzt besser benehmen, Captain; nicht nur Ihrer selbst wegen, sondern weil ich sehr böse werde, wenn Sie's nicht tun.«

Die Sensoren der *Enterprise* hatten endlich Trelanes kühle, grüne Oase entdeckt. Scott musterte auf dem Bildschirm der Brücke die tiefgrünen Bäume des friedlichen Waldes. »Genauso schön und ruhevoll wie auf der Erde«, stellte er fest. »Mr. Spock, wie erklären Sie sich das?«

»Gar nicht, Mr. Scott. Es ist so. Vielleicht künstlich oder eine unverständliche Laune der Natur. Tatsache ist, daß in diesem Gebiet Leben existieren könnte. Versuchen Sie, die Sensoren noch feiner abzustimmen. Vielleicht können Sie dann in diesem Teil von Gothos empfindungsfähiges Leben ausmachen.«

Scott ging zu seiner Konsole. »Aber selbst wenn wir etwas finden«, meinte er, »heißt das noch lange nicht, daß es unsere Rasse ist, Sir.«

»Nein. Aber wenn der Captain lebt und dort unten ist, *dann kann er nur dort sein*. Ich werde jedenfalls versuchen, jedes denkende Wesen heraufzuholen, das unsere Sensoren entdecken.«

Im gleichen Moment wurden die Männer im Salon von Trelane Hall an einem Schrank vorübergeführt. »Hier«, erklärte der Besitzer prahlerisch, »ist eine Auswahl Ihrer Kriegsflaggen und Standarten.«

Niemand interessierte sich für diese Museumsstücke, doch Trelane ließ sich davon nicht beirren. Er wandte sich an Kirk. »Können Sie sich das vorstellen, Captain? Die Tausende, nein, die Millionen, die hinter diesen Bannern singend in den Tod marschiert sind? Erhitzt sich bei diesem Gedanken nicht Ihr Blut?« In seiner stolzen Aufregung lief er zum Cembalo und spielte einen zackigen Marsch. Im Schutz dieses Lärmes flüsterte Sulu dem Captain zu: »Sir, woher könnte er stammen? Wer ist dieser Irre?«

McCoy hatte es gehört. »Fragen Sie lieber, was er ist«, wisperte er. »Ich habe ihn überprüft. Das Ergebnis ist unglaublich.«

Kirk starrte den Cembalospieler eindringlich an. Er ahnte

schon, was McCoy sagen würde, und sprach es selbst aus. »Er ist nicht lebendig.«

»Nein, Jim. Nicht so, wie wir das Wort ›lebendig‹ verstehen. Keine Spur. Null. Meine Daten registrierten nicht einmal seine Existenz, egal ob tot oder lebendig.«

Jäger deutete zum Kamin. »Sehen Sie sich dieses Feuer an, Captain. Es brennt ständig und gleichmäßig, und die Scheite glühen rot, aber Hitze gibt dieses Feuer nicht ab.«

Kirk bewegte sich unauffällig ein Stück weiter weg und öffnete seinen Kommunikator. Kurz und sehr leise brachte er Spock die derzeitige Lage bei.

»Feuer ohne Hitze«, wiederholte Spock nachdenklich. »Es scheint, Captain, daß dieses Wesen sich von den Dingen, die es zur Darstellung der heutigen Erde geschaffen hat, in die Irre leiten läßt. Vom Zeitunterschied scheint es überhaupt keine Ahnung zu haben.«

»Ja, Mr. Spock. Was immer es auch sein mag, dem wir uns jetzt ausgesetzt sehen – ein allwissendes Wesen hat sich das nicht ausgedacht. Es macht Fehler.«

»Sogar sehr greifbare, Sir, es hat, wenn ich das so ausdrücken darf, einen Vogel.«

»Wir werden uns weiter damit beschäftigen, Mr. Spock. Kirk Ende.«

Als er seinen Kommunikator ausschaltete, bemerkte er, daß die Musik zu Ende war. Trelane hatte sich lächelnd zu Kirk umgedreht. Es war ein schlaues Lächeln, das nicht ganz zum Wohlwollen seines Tones paßte. »Tiefgreifende Pläne diskutiert?« fragte er. »Captain, ich kann es gar nicht erwarten, bis Sie mir diese erklären.«

Kirk tat einen energischen Schritt vorwärts. »Trelane, ich habe nichts geplant. Aber unser Schiff braucht uns. Wir haben Aufgaben zu erfüllen, und es ist Ehrensache, sie pünktlich...«

»Oh, aber ich kann Sie doch noch nicht gehen lassen. Mir war nämlich ziemlich langweilig, bis Sie kamen. Sie müssen unbedingt bleiben. Darauf bestehe ich.«

»Wie lange?«

»Natürlich bis es vorüber ist«, antwortete Trelane.

»Bis was vorüber ist?«

Trelane zuckte die Schultern. »Lieber Captain, so viele Fragen… Warum sorgen Sie sich um eine notwendigerweise unsichere Zukunft? Mein bester Sir, machen Sie sich doch einen vergnügten Tag. Morgen – vielleicht gibt es überhaupt kein Morgen. Und wenn das Morgen je kommen sollte, ist es auch schon wieder zum Heute geworden.«

Kirk versuchte es noch einmal. »Trelane, selbst wenn wir bleiben wollten, so fehlen wir doch unseren Kameraden. Sie brauchen uns. Auf dem Schiff warten vierhundert Männer und Frauen…«

»Frauen!« Trelane hieb einen mißtönenden Akkord auf dem Instrument. »Sie wollen doch hoffentlich nicht sagen, daß Angehörige des schönen Geschlechts unter Ihrer Mannschaft sind? Nein, wie entzückend!« Trelane sprang auf und klatschte in die Hände. »Und ich werde sehr charmant und galant zu ihnen sein. Hier, lassen Sie mich die Schönen sofort herabholen.«

Er hatte seine Arme hochgehoben, als Kirk einen Satz tat. »Nein!« schrie er. »Auf gar keinen Fall!«

»Nein?«

»Nein!« brüllte Kirk. »Das Spiel geht ein ganzes Stück zu weit. Sie können doch nicht einfach…«

Trelane stampfte mit dem Fuß. »Ich kann alles, was ich will! Ich dachte, Sie seien sich inzwischen darüber klargeworden.«

»Jim, ich empfange ein Transportersignal«, flüsterte ihm McCoy zu.

Trelane rang die Hände. »Was soll das heißen? Das müssen Sie mir erklären.«

»Das heißt, die Party ist jetzt vorüber, dank Mr. Spock. Genau das heißt es.« Und Kirk signalisierte seinen Männern, die richtige Transporthaltung einzunehmen. Die anderen folgten seinem Beispiel. Trelane lief herbei.

»Warten Sie!« kreischte er. »Was tun Sie denn da? Ich habe Sie noch nicht entlassen. Halt! Das dulde ich nicht.«

Der Salon, das rote, wütende Gesicht, alles verschwand. Diesmal war es Spock, der ihnen entgegenrannte, als sie schimmernd auf dem Transporter Gestalt annahmen.

»Captain! Alles in Ordnung?«

Kirk trat von der Plattform. »Berichten Sie, Mr. Spock. Wie ist es möglich, daß die Orter dieses Strahlungsfeld durchdringen?«

»Das taten sie nicht, Sir. Nicht klar. Wir haben lediglich alle Lebensformen innerhalb eines gewissen Raumes angepeilt.«

»Jim, das bestätigt genau, was ich sagte«, fiel McCoy ein. »Trelane ist keine Lebensform, wie wir den Begriff auffassen, oder er würde jetzt durch den Transporter kommen.«

Kirk nickte. Dann erteilte er Befehle. »Sofort für den Solflug vorbereiten! Höchstgeschwindigkeit. Alles auf die Stationen!«

Dann war er schon am Interkom. »Scotty, Sie holen alles aus den Maschinen heraus, was möglich ist. Wir legen schnellstens ein paar hundert Millionen Meilen zwischen uns und diesem Irren da unten.«

»Jawohl, Sir. Willkommen zu Hause, Captain.«

McCoy starrte die Hand an, die er ausgestreckt hatte. »Ich zittere ja«, stellte er fest. »Aber ich weiß nicht recht, ob vor Lachen oder vor Angst und Entsetzen.«

Uhura schaute kurz von ihren Geräten auf, und ihre Augen funkelten vor Neugier. »Was war denn da unten auf Gothos?« fragte sie.

»Ich hoffe, das vergesse ich, meinen Enkelkindern zu erzählen.«

Doch dann bemerkte McCoy Teresas verblüffte Miene. »Seht doch«, wisperte sie. Spock war aufgesprungen und starrte quer über die Brücke in die Ecke und zwischen Wand und Lichtschacht, denn da stand Trelane. Er war in Uniform und äußerst prächtig anzusehen, und an seinem Kummerbund war ein Säbel befestigt. Die Hände hatte er hinter dem Rücken verschränkt, und so musterte er interessiert die Brücke der *Enterprise*.

Nach einer Weile sprach er. »Aber wo habt ihr denn all eure Waffen?« fragte er.

Kirk stand im Zeitlupentempo auf. Trelane machte eine wohlwollende Geste. »Captain, machen Sie sich keine Mühe. Ich habe mich nur ein wenig über Sie geärgert.« Er sah von einer Person auf der Brücke zur anderen. »Dieser Mr. Spock, den Sie da erwähnten, ich meine den, der die Unverschämtheit besaß, Sie mir zu entziehen – welcher ist das, Captain?«

»Ich bin Mr. Spock«, sagte Spock.

»Sie sind doch mit Sicherheit kein *Offizier.*« Er wandte sich erstaunt an Kirk. »Er ist doch nicht ganz menschlich, was?«

»Mein Vater«, erklärte ihm Spock, »stammt vom Planeten Vulkan.«

»Sind die Bewohner dort Raubtiere?«

»Nein, nicht eigentlich«, erwiderte Spock ernsthaft.

Trelane winkte ab. »Nein, ich denke nicht... Sie werden aber doch für seine Bestrafung sorgen, nicht wahr?« wandte er sich an Kirk.

»Ganz im Gegenteil«, erwiderte Kirk. »Ich habe seine Handlungsweise sogar außerordentlich begrüßt.«

Die vollen, roten Lippen verzogen sich zu einer Schnute. »Aber ich mag ihn nicht.«

Es fiel ihm schwer, aber Kirk behielt sich in der Hand. »Trelane«, befahl er leise, aber sehr bestimmt, »Sie verlassen sofort mein Schiff. Ich habe allmählich genug von Ihnen.«

»Unsinn, Captain. Sie kommen alle mit mir zurück.«

Jetzt explodierte Kirk. »Wir gehen nirgendwohin!« brüllte er. »Dieses Schiff verläßt diese Region, egal, ob Sie...«

»Papperlapapp«, entgegnete Trelane. »Ich habe einen außerordentlich vergnüglichen Aufenthalt auf Gothos für Sie vorbereitet, und den lasse ich mir selbstverständlich nicht verderben.«

Kirk ahnte, was Trelane tun würde. Und genau das sagte er auch: »Die Dekoration meines Salons ist sehr viel angemessener...« Und dazu hob er den Arm.

Sie hatten die Brücke der *Enterprise* mit dem Salon vertauscht. De Salle und Sulu saßen an einer mit Schüsseln beladenen Tafel mit unbekannten, jedoch köstlich duftenden Gerichten. Uhura fand sich auf der Bank vor dem Cembalo wieder. Und Trelane sagte: »...und geschmackvoller, meinen Sie nicht auch?« Das war aber nur die Vollendung des Satzes, den er auf der *Enterprise* begonnen hatte.

Sulu besah sich die jetzt leeren Wandnischen. »Nein«, sagte er.

Trelane verbeugte sich vor ihm aus der Hüfte heraus. »Ja, so paßt es nämlich sehr viel besser, verehrter Gast.« Er schaute in den Spiegel, um seine gut ausgefüllten Hosenbeine zu bewundern, und es war dieser Blick, der den letzten Rest von De Salles Selbstbeherrschung wegfegte.

»Sie kleiner...«, knurrte er und sprang Trelane an.

Kirks Warnruf kam zu spät. Trelane hatte bereits mit der Hand gewinkt, und De Salle stand steif und unbeweglich da. Interessiert umrundete ihn Trelane und spähte in das steinerne Gesicht. »Ah, welch primitive Wut! Er ist wirklich die Seele ausgesucht feiner Wildheit.«

»Trelane, lassen Sie ihn gehen«, sagte Kirk.

Trelane überlegte kurz, dann nickte er. »Ja, natürlich. Ich vergaß ganz, daß ich Sie nicht erschrecken soll. Aber es darf mich auch niemand mehr herausfordern. Ich warne Sie zu Ihrem eigenen Besten. Manchmal bin ich nämlich sehr jähzornig.«

Wieder machte er eine leichte Handbewegung, und De Salle ließ die Hände sinken, die nach Trelanes Kehle gegriffen hatten. Kirk faßte nach dem einen Arm, Sulu nach dem anderen, und dazu flüsterte der Captain: »De Salle, wir haben nicht einmal unsere Phaser bei uns!«

»Alle zu Tisch, zu Tisch!« rief Trelane und deutete auf die Stühle. Er goß Alkohol in Gläser, die er McCoy und Sulu reichte. »Guter Doktor, und Sie, verehrter Gast, bitte greifen Sie zu.« Dann wandte er sich De Salle und Jäger zu: »*Allons, enfants! Auf in den Kampf, mein Herr!*« Alle schauten zu Kirk. Er nickte und sagte: »Spielt mit. Das ist ein Befehl.«

Kirk, der neben Spock saß, musterte Trelane eindringlich. Wo lag das Geheimnis seiner Macht? Er war eitel, töricht, ein Angeber und Quatschkopf, aber er besaß das Geheimnis, das ihm auf einem unbewohnten Planeten eine bewohnbare Enklave schuf, und er transportierte nach Belieben Materie. Nichts in seinem geröteten Gesicht ließ auf eine Intelligenz schließen, die zur Entwicklung solcher Tricks nötig gewesen wäre. Im Gegenteil, er wirkte ausgesprochen einfältig, als er zu Kirk sagte: »Ich fürchte, Captain, Sie erfüllen Ihre gesellschaftlichen Pflichten recht lässig. Sie haben mich noch nicht einmal den reizenden Damen Ihrer Crew vorgestellt.«

Es gab eine kleine Pause, ehe Kirk sich an Uhura und Teresa wandte: »Das hier... ist General Trelane.«

»Außer Dienst«, korrigierte ihn Trelane. »Aber wenn es Ihnen lieber ist, meine verehrten Damen, dürfen Sie mich ruhig mit Junker von Gothos ansprechen.«

»Diese Dame hier ist Uhura, unser Kommunikationsoffizier«, fuhr Kirk fort.

Trelane ging zu ihr und beugte sich über ihre Hand. »Eine nubische Schönheit, eh, Captain? Wohl eine Beute aus einem Ihrer Eroberungszüge.«

Uhura entriß ihm ihre Hand, doch Trelane wandte sich ungerührt und dramatisch wie immer sofort an Teresa. »Und diese Dame?«

»Das ist Rudergehilfin Teresa Ross«, erklärte Kirk. »Mr. Spock, unseren Wissenschaftsoffizier, kennen Sie ja schon.«

Trelane musterte Spock vom Kopf bis zu den Füßen. »Sie sind sich doch darüber klar, daß ich Sie nur aus Verehrung für den Captain mit nach unten gebracht habe?«

»Jawohl«, antwortete Spock.

»Mir gefällt Ihr Ton nicht. Er ist herausfordernd. Haben Sie wirklich die Absicht, mich herauszufordern?«

»Ich mag Sie nicht«, antwortete Spock und schaute Trelane herablassend an. »Ich mag keinen Intellekt ohne Disziplin, keine Macht ohne Sinn dahinter.«

»Aber, Mr. Spock«, rief Trelane. »Sie haben schlechte Manieren... zweifellos die menschliche Seite bei Ihnen. Aber ich verschwende Zeit...« Er griff nach Teresas Hand. »Kommen Sie, meine Waldnymphe! Tanzen Sie mit Ihrem Verehrer! Und Sie, meine liebe nubische Schönheit, Sie machen uns eine feine Musik dazu.«

»Ich kann dieses Instrument gar nicht spielen«, erwiderte Uhura.

»Natürlich können Sie!«

Uhura sah Kirk an, dann fingerte sie an den Tasten herum. Sie selbst staunte am meisten, als klare Töne unter ihren Händen perlten. Trelane riß Teresa in die Arme und tanzte mit ihr einen wilden Walzer.

»Captain, wie lange wollen Sie bei diesem Affentheater noch mitspielen?« fragte Sulu.

Kirks Antwort war grimmig. »Bis uns ein Fluchtweg einfällt.

Inzwischen werden wir seine Gastfreundschaft wohl annehmen müssen.«

McCoy schniefte angewidert. »Gastfreundschaft!« Er schob seinen vollgepackten Teller zurück. »Jim, du solltest mal dieses Zeug da versuchen. Stroh wäre schmackhafter als dieser Fasan. Und der Brandy in deinem Glas hat weniger Geschmack als blankes Wasser.«

»Essen, das nach nichts schmeckt«, bemerkte Spock nachdenklich, »Wein, der keinen Geschmack hat, Feuer, das keine Wärme gibt – alles zusammengenommen würde vermuten lassen, daß Trelane wohl die Formen und Verhaltensweisen der Erde kennt, aber nicht ihren Inhalt.«

»Wenn er so unvollkommen ist, dann kann er auch nicht allmächtig sein. Und das heißt, daß er von irgendwoher Hilfe bekommt.«

»Das meine ich auch, Sir«, pflichtete ihm Spock bei.

»Eine Maschine. Ein Gerät. Etwas, das diese Sachen für ihn macht.« Kirk kniff die Augen zusammen, als der herumhüpfende Trelane kurz vor dem Spiegel haltmachte, um sich darin zu bewundern.

»Ah, meine Liebe«, rief er Teresa zu, »sind wir nicht ein sehr anmutiges Paar? Mit einer kleinen Ausnahme. Dieses Kleid, das Sie da anhaben, paßt absolut nicht zu unserer reizenden Szene.«

Dann schaute Trelane wieder in den Spiegel und hob die Hand. Teresa verschwand und erschien im nächsten Moment wieder. Jetzt trug sie aber eine üppige Seidenrobe aus dem achtzehnten Jahrhundert.

»So ist es schon besser«, meinte Trelane zufrieden. »Ich, der großartige Krieger, und Sie, seine elegante Dame.«

Das war tatsächlich eine recht eindrucksvolle Demonstration seiner außerordentlichen Macht. McCoy preßte zwischen den Zähnen hervor: »Vor dreitausend Jahren hätte man ihn als Gott angebetet, als einen kleinen Kriegsgott. Wie hätten unsere Ahnen gestaunt, wenn sie statt eines grimmigen Kriegsgottes einen gespreizten Dandy als Gottheit angeboten bekommen hätten, einen Gott, der sein buntes Gefieder vor einem Spiegel zur Schau stellt.«

»Spiegel«, sagte Kirk nachdenklich. »Dieser Spiegel gehört zu ihm, ist ein Teil seines Egos. Er entfernt sich niemals weit von seinem Spiegel.«

»Wirklich Ego?« fragte Spock. »Oder etwas anderes?«

»Erklären Sie mal«, forderte Kirk ihn auf.

»Der Spiegel. Wie Sie sagten, Sir, entfernt er sich nie weit von ihm. Ich vermute, es könnte nur Eitelkeit sein.«

»Nein, Mr. Spock. Sicher, er ist überaus eitel, aber Eitelkeit allein ist keine Erklärung für seine Abhängigkeit von diesem Spiegel… Welche Art Maschine könnte ihrer Meinung nach all diese Dinge tun?«

»Eine außerordentlich raffinierte, Sir. Zur Fähigkeit, Materie aus Energie zu schaffen, ihr durch Gedankenwellen Form und Bewegung zu verleihen, würde auch eine riesige Datenbank gehören.«

Kirk nickte. »Also ein Computer. Würden Sie sagen, daß eine Maschine, die so klein ist, daß sie hier in diesem Raum untergebracht sein könnte, fähig wäre, dieses Haus und die Atmosphäre und alles zu erhalten?«

»Nein, Captain. Das glaube ich nicht. Ein solches Gerät müßte ungeheuer groß sein und ebenso ungeheuer leistungsfähig, um der natürlichen Atmosphäre dieses Planeten wirklich widerstehen zu können.«

»Gut«, antwortete Kirk, »damit bin ich einverstanden. Und das gibt mir die Freiheit, etwas zu tun, das Ihnen vielleicht sehr merkwürdig vorkommen wird, Mr. Spock. Ich weiß genau, was ich tue.«

»Und das wäre?«

Zum erstenmal, seit Kirk den Junker von Gothos gesehen hatte, grinste er breit. »Ich werde, Mr. Spock, diesem Burschen das Licht an der Quelle abdrehen.« Dann schwieg er, doch als Trelane mit Teresa an ihm vorüberwalzte, redete er weiter, diesmal ungewöhnlich laut. »Niemand regt sich über das besonders auf, was er sieht. Ich wende mich an meine eigenen Leute. Die Taten dieser Kreatur sind die eines unreifen, sehr labilen Geistes.«

Abrupt blieb Trelane stehen. »Ich habe Ihre letzte Bemerkung gehört. Ich fürchte, Captain, ich muß mich Ihrer entledigen.« Er hob auch schon den Arm.

»Sie haben nur den einen Teil meiner Bemerkung gehört, Trelane. Ich habe doch erst angefangen«, erwiderte Kirk.

»Oh?« fragte er, und seine Augen funkelten vor Neugier.

»Ja. Ich will, daß Sie endlich meine Leute in Ruhe lassen. Nicht nur meine Männer, sondern auch meine Frauen.« Er griff nach Teresa, zog sie von Trelane weg, hob sie hoch und stellte sie hinter sich wieder auf den Boden. Dann wirbelte er zu ihr herum. »Sie werden nicht mehr mit ihm tanzen, verstanden? Mir paßt das nicht!«

Dann riß er das Diadem aus ihrem Haar, griff nach den Armbändern und zerrte ihr auch gleich den Handschuh mit von der Hand.

»Captain, bitte, denken Sie nicht...«, rief das Mädchen.

Trelane lachte schallend. »Ha, ich glaube, der gute Captain ist auf mich eifersüchtig!«

»Glauben Sie doch, was Sie wollen«, brummte Kirk. »Nur lassen Sie die Hände von ihr. Ich habe Ihre Aufmerksamkeiten ihr gegenüber satt!«

»Natürlich haben Sie das. Aber das ist doch die Grundlage aller Dinge, Captain. Wir Männer kämpfen um die Aufmerksamkeit, die Bewunderung und den Besitz der Frauen...«

Mit Teresas Handschuh schlug Kirk Trelane mitten ins Gesicht. »Wenn Sie unbedingt einen Kampf wollen, können Sie ihn haben.«

Trelane tat einen Freudensprung. »Ah! Heißt das, daß Sie mich zu einem Duell herausfordern? Das ist ja noch viel besser, als ich plante!« Er hüpfte wie ein Lamm und rannte zu einem polierten Behälter, der zwischen den Waffen über dem Kamin hing. Den nahm er herunter und öffnete ihn. »Ein Satz, der genau dem gleicht, mit dem Ihr heroischer Alexander Hamilton besiegt wurde.«

Mit einer Verbeugung hielt er Kirk den Behälter entgegen. Auf Samtkissen lagen zwei Steinschloß-Duellpistolen mit geschwungenen Griffen. Trelane nahm die eine und richtete sie auf Kirks Kopf. »Captain, es wird Sie interessieren zu wissen, daß ich niemals mein Ziel verfehle«, sagte er.

Er nahm seine Position an einem Ende des Salons ein und überprüfte den Mechanismus seiner Pistole. McCoy, Sulu und die anderen versammelten sich in einer Gruppe um Kirk, doch der Captain winkte sie zurück.

»Fertig, Trelane?«

»Oh, natürlich, Captain. Wir werden gegenseitig unseren Mut prüfen und dann... ja, dann werden wir sehen...« fügte er mit etwas schwerer Stimme hinzu.

Kirk hob seine Pistole, aber da rief Trelane. »Warten Sie! Da ich herausgefordert wurde, verlange ich das Recht des ersten Schusses.«

»Wir schießen zusammen«, erklärte Kirk.

Aber Trelane wurde streitsüchtig. »Es ist mein Spiel, und es sind meine Regeln.« Er hob die Pistole und zielte auf Spock. »Aber wenn Sie unbedingt überredet werden wollen...«

Kirk gab nach. »Na, schön, Sie schießen zuerst.«

»Captain«, protestierte Spock, doch Kirk hatte bereits die Pistole gesenkt. Und Trelane, dessen Heroismus sich im Moment auf Kirk konzentriert hatte, hob die Pistole hoch über den Kopf und schoß ein harmloses Loch in die Decke. Darüber war er so von sich selbst begeistert, daß er seinem Vergnügen Ausdruck geben mußte.

»Und jetzt, Captain – wie sagen Sie da? – liegt mein Schicksal in Ihrer Hand.« Er schloß die Augen, lächelte selig, riß sich das Hemd auf und bot seine nackte Brust dem Schicksal an, das dieses für ihn vorgesehen hatte.

Statt jedoch eine Kugel in Trelanes Brust zu schicken, richtete Kirk sie auf die Mitte des Spiegels. Das Glas splitterte, und eine Reihe kleiner Explosionen erfolgte. Gitter, Spulen und Kabel brachen und schmorten. Etwas blitzte und zischte gefährlich und spuckte blaue Funken aus.

Trelane tat einen Schrei und rannte zum funkensprühenden Spiegel. »Was haben Sie getan?« keuchte er. »Was haben Sie da getan?«

»Das ist die Kraftmaschine«, sagte Spock in aller Ruhe.

Sie brannte schnell aus. Über ihren Köpfen flackerten die Kerzen in den Kronleuchtern und erloschen. Ein graues, ödes Zwielicht herrschte im Raum. Das hitzelose Feuer im Kamin erstarb und hinterließ nur ein Wölkchen übelriechenden Rauches.

Trelane kreischte wie ein Irrer. »Sie haben alles ruiniert!« tobte er und ließ sich dann erschöpft und enttäuscht auf die Bank vor dem Cembalo fallen. Dann lehnte er sich mit Rücken und Ellbogen auf die Tasten. Das gab einen scheußlichen Mißklang.

Neben Kirk, der mit seinem Kommunikator kämpfte, sagte De Salle: »Captain, die Subraum-Interferenzen haben nachgelassen.«

»Nehmen Sie Kontakt mit dem Schiff auf.«

Trelane hatte sich inzwischen ein wenig erholt. Er wußte nicht, ob er Kirk verachten oder bewundern sollte, und so entschloß er sich zu einer objektiven Feststellung. »Das ist der bekannte und bemerkenswerte Betrug der menschlichen Rasse.« Er stand auf und ging zu der Wand, vor der die jämmerlichen Spiegelüberreste verstreut lagen.

»Weiter, Trelane«, forderte ihn Kirk auf. »Schauen Sie doch hinein! Ihre Macht ist ausgelöscht. Alles ist vorbei und zu Ende.«

Zum erstenmal fühlte er Triumph über den theatralischen Junker von Gothos. Der musterte Kirk voll Düsterkeit. »Sie haben sich meinen Zorn zugezogen. Kehren Sie auf Ihr Schiff zurück. Los, gehen Sie! Und dann bereiten Sie sich darauf vor, daß Sie alle, alle tot sind... Sie ganz besonders, Captain Kirk.« Er stieg über die Scherben in den Raum hinein, vor dem der Spiegel gestanden hatte. Als er ihn erreichte, war er verschwunden. Kirk, der sich nur einen Schritt hinter ihm befand, stand vor einer blanken Wand. Er tat einen Schritt zurück und wandte sich zu seinen Leuten um.

»Alle herhören!« rief er. »Wir verschwinden von hier – sofort!«

Seine Stimme klang heiser, als er in seinen Kommunikator sprach. »Hier ist der Captain, *Enterprise*! Beamt uns mit Höchstgeschwindigkeit nach oben!«

Scott überbot sich selbst. Kirk verließ den Transporterraum und eilte zur Brücke. Kaum saß er in seinem Stuhl, griff er auch schon nach dem Interkom. »Scotty, mit voller Kraft und höchster Beschleunigung Orbit verlassen.«

»Volle Kraft, Sir.«

Das Schiff tat einen Satz vorwärts, und auf dem Schirm schrumpfte der halbmondförmige Brocken, der Gothos hieß, rasch zusammen.

»Setzen Sie Kurs zur Kolonie Beta Sechs, Mr. Sulu.«

»Kurs gesetzt, Sir.«

»Sol-Faktor eins zum ehestmöglichen Zeitpunkt.«

Sulu antwortete: »Bereit für Sol-Beschleunigung, Sir.«

Uhura saß bereits wieder an ihrer Konsole und drehte sich um. »Soll ich einen ausführlichen Bericht an das Kommando der Sternenflotte schicken, Captain?«

Kirk runzelte die Stirn.

»Noch nicht. Erst wenn wir ein ganzes Stück von hier weg sind. Unser Funkstrahl könnte aufgefangen und verfolgt werden.«

»Dürfen wir wissen, wie weit etwa sein Einflußbereich geht?« fragte Spock von seinem Computer her.

»Wir können Vermutungen anstellen. Im Moment...« Kirk ging zu den Sternenkarten hinüber und legte einen Zeigefinger auf einen Punkt. »Hier haben wir das Sonnensystem zuerst festgestellt.« Er kehrte zu seinem Sessel zurück, doch da bemerkte er Teresa, die immer noch das prächtige Seidengewand trug. Ihr wurde klar, wie wenig sich sein bewundernder Blick mit der ganzen Situation vertrug.

»Sir«, sagte sie, »darf ich einen Moment zum Umkleiden weggehen, da ja der Ball nun vorüber ist?«

Kirk lächelte sie an. »Selbstverständlich, aber Sie müssen dieses Kleid, das Ihnen so ausgezeichnet steht, für wissenschaftliche Zwecke opfern, Rudergast Rosa.«

Sie wurde rot, und ganz leicht fiel es ihm nicht, seine Augen von dem hübschen Bild loszureißen, um einen Blick auf den Schirm zu werfen. Gothos war inzwischen sehr klein geworden, und dann war der Planet nicht mehr zu sehen.

Uhura schien ungeheuer erleichtert zu sein. »Kein Zeichen von Verfolgung, Sir«, meldete sie. »Instrumente klar.«

»Wir sind bereit zur Sol-Beschleunigung, Captain«, sagte Sulu. Im gleichen Moment tat De Salle einen Schrei.

»Bildschirm, Sir! Großer Körper voraus!«

Vor einem Sekundenbruchteil noch war der Schirm leer gewesen, und jetzt schaute Kirk entgeistert das neue Ding an. De Salle sprang auf. »Kollosionskurs, Sir!« schrie er.

»Ruder hart nach Backbord«, befahl Kirk.

Die Brückenmannschaft taumelte, als das Schiff so scharf herumgerissen wurde. Und alle schauten auf den Schirm, wo das halbmondförmige Ding immer größer wurde. Dann war endlich die *Enterprise* ausgebrochen und davongejagt. »Das war doch der Planet Gothos«, murmelte der verblüffte De Salle.

»Mr. Sulu, haben wir einen Kreis beschrieben?« fragte Kirk.

»Nein, Sir. Alle Instrumente zeigen einen Kurs...«

Da schrie De Salle schon wieder. »Captain, Gothos ist wieder da!«

Erneut erschien der Planet auf dem Schirm. Kirk bellte den Ausweichbefehl, und wieder taumelten alle unter der Zentrifugalkraft der abrupten Wendung. Erst schrumpfte der Planet auf dem Schirm, dann vergrößerte er sich zusehends. Ohne den Befehl dazu abzuwarten, riß Sulu das Schiff von einem Ausweichmanöver ins andere.

»Katz- und Mausspiel«, bemerkte Spock, als sie herauskamen.

»Und Trelane ist die Katze«, ergänzte Kirk voller Bitterkeit.

De Salle, der immer blitzschnell reagierte, war erschöpft. »Da ist dieser Gothos schon wieder, Sir«, stöhnte er. »Genau voraus.«

Rot und von bösartigen Nebeln eingehüllt, schien der Planet zu kochen, Blasen aufzuwerfen und an vielen Stellen zu platzen. »Neunzig Grad Starbord, Mr. Sulu«, befahl Kirk.

Sulu legte zwar seine Ruderhebel herum, doch der Planet behielt seinen Platz auf dem Schirm und wurde immer größer. »Wir drehen uns, wir drehen uns, Captain, aber wir bewegen uns nicht von ihm weg!« schrie er.

»Neunzig Grad, Mr. Sulu! Einstellen!«

Was auf dem Schirm geschah, tat sich auch weiterhin. »Eine vollständige Drehung, Sir, und wir beschleunigen noch immer in Richtung Planet!« rief Sulu.

»Oder er in die unsere«, bemerkte Spock trocken.

»Ja, genau das ist es«, pflichtete ihm Kirk bei, der aufmerksam den Schirm beobachtet hatte. »Wir werden also mit dem Tempo heruntergehen und in einen Orbit einschwenken. Ich wiederhole: Wir kehren in den Orbit zurück. Transporterraum vorbereiten!«

Jetzt meldete sich auch McCoy wieder. »Captain, du gehst da nicht hinab. Das darfst du nicht tun, Jim!«

Kirk stand auf. »Ich gehe nach unten, Pille. Und ich werde meine Augen wiederum ergötzen am Anblick unseres kautzigen General Trelane, und wenn ich ihm den Hals umdrehen muß, damit er mein Schiff in Ruhe läßt...« Inzwischen war er am Brückenlift angekommen. »Mr. Spock, Sie bleiben an den Kommunikatoren. Wenn Sie von mir in einer Stunde nichts gehört haben, verlassen Sie diese Gegend, ohne sich noch einmal sentimental nach mir umzuschauen. Verstanden? Sie verschwinden sofort von hier.«

Spock nickte ruhig, und darin lag ein gewisser Trost.

An einer Wand in Trelanes Salon war der Schatten eines dunklen, unheimlichen Galgens. Kirk übersah ihn; sonst war der Raum unverändert. Im Kamin brannten Holzkloben, das Kerzenlicht wurde von den Kristallbehängen der Kronleuchter zurückgeworfen, der Spiegel an der Wand war wieder in Ordnung, das Glas durch einen schweren Maschendraht gesichert.

»Der Gefangene mag vortreten«, befahl eine schwere, getragene Stimme.

Es war Trelane. Er hatte seine militärische Robe gegen die weniger prächtige eines Gesetzeshüters eingetauscht. Auf dem Kopf prangte eine lange, weiße Perücke. Mit einer Gänsefeder schrieb Trelane etwas auf einen Bogen, der wie Pergament aussah. Die Henkerschlinge des Galgens schien direkt über Kirk zu hängen – Schatten oder Materie?

»Trelane...!« sagte Kirk.

Niemand kann sich so düster und gemessen benehmen wie ein Idiot, und Trelane, der nichts anderes sein konnte als ein Idiot, war sehr düster – und gefährlich. »Jeder Versuch einer Demonstration wird vom Gericht gegen Sie ausgelegt. Und diesmal, Captain Kirk, ist mein Instrumentarium nicht zerbrechlich.«

»Mein Hals scheint von diesem Gericht bedroht zu sein, Trelane. Ist denn der Ihre gar so sicher!«

Über Trelanes Gesicht huschte Unmut. »Die Absurdität minderwertiger Kreaturen!« schrie er erbost und nahm das Pergament auf. »Und jetzt, Captain James Kirk, sind Sie angeklagt der schweren Verbrechen des Verrates, der Verschwörung und des Versuches der Anzettelung einer Meuterei. Bekennen Sie sich schuldig?«

»Ich bin nicht gekommen, mich Ihrem sogenannten Gericht zu stellen, Trelane.«

Der Junker von Gothos lehnte sich zurück und pochte mit dem Gänsefederkiel auf den Tisch. »Ich muß Sie warnen, denn was immer Sie auch sagen – es wurde alles schon gegen Sie als Beweis aufgenommen.«

»Ich kam zu einem einzigen Zweck hierher«, sagte Kirk. »Ich will, daß mein Schiff wieder ganz mir gehört.«

»Unerheblich«, sagte Trelane und versetzte seiner Perücke einen Stoß.

»Sie sind zornig, weil wir überleben wollen. So ist es doch?«

Trelane strich mit einem zitternden Finger über seine Oberlippe. »Unerheblich«, sagte er. »Ein Kommentar, der nicht verlangt wurde.«

»Klar, das ist es ja auch!« rief Kirk. »Dann lassen Sie doch Ihre Wut an mir allein aus! Ich war doch der, der die anderen anführte, und ich war der, der Ihren Maschinenspiegel zerschoß.«

Zum erstenmal schien Trelanes Wut größer zu sein als seine Eitelkeit. »Glauben Sie wirklich«, erwiderte er, »ich hätte hier nicht mehr Instrumente zu meiner Verfügung?«

»Nun, ich griff nach der Chance. Ich werde auch den Preis dafür akzeptieren, den Schaden zu...«

Trelane stand auf. »Dann sind Sie also voll geständig. Dieses Gericht sieht keine andere Möglichkeit als die, eine Strafe zu verhängen. Sie werden also am Hals aufgehängt, bis Sie tot sind, tot, tot, tot. Haben Sie noch einen letzten Wunsch?«

Kirk lachte schallend. »Wenn Sie glauben, ich lege meinen Kopf in diese Schlinge...«

Trelanes Hand bewegte sich – und Kirk fand sich unter dem Galgen stehen, und die Schlinge lag schwer um seinen Hals. Trelane griff nach der schwarzen Henkersmaske und musterte den Captain vorwurfsvoll. »Das wird allmählich ermüdend. Alles geht doch viel zu glatt.«

Kirk hob die Schlinge über seinen Kopf. »Glatt!« rief er. »Das ist ja Ihr ganzes Problem, Trelane. Alles geht viel zu glatt für Sie, Sie brauchen nicht einmal etwas zu denken. Also lassen Sie die besten Gelegenheiten aus. Sie genießen jetzt Ihre Macht, aber Sie versäumen dabei die Möglichkeit, etwas Einmaliges zu erleben. Hat das Aufhängen denn überhaupt einen Pfiff? Nein! Denn was da tötet, ist doch nur das Seil…«

»Pfiff?« Plötzlich erhellte sich Trelanes Miene. Er klatschte in die Hände. »Oh, jetzt wird es interessant. Reden Sie weiter, Captain. Was schlagen Sie vor?«

»Einen persönlichen Kampf zwischen uns – Einsatz ein menschliches Leben, das meine.«

»Eine großartige Idee! Dann brauchen wir also etwas mit mehr Phantasie, vielleicht eine richtige königliche Jagd.« Er deutete zu den Fenstern. »Sie gehen hinaus und verstecken sich vor mir. Im Wald… oder wo es Ihnen paßt… Ich will Sie dann suchen – damit.« Er riß ein Schwert aus der vor ihm liegenden Scheide und schwang es drohend. »Nun, wie gefällt Ihnen das, Captain? Hat das Pfiff?«

»Ja«, antwortete Kirk. »Aber Sie müssen das Spiel so einrichten, daß es sich für mich auch lohnt. Während wir spielen, befreien Sie mein Schiff.«

»Ach, immer wieder Ihr altes Schiff«, brummte Trelane. »Na, gut. Das soll die ganze Verfolgung würzen.«

Kirk rannte zu einem der Fenster und tauchte in einem Dickicht tiefgrüner Büsche unter. Eiligst klappte er seinen Kommunikator auf. »*Enterprise*, *Enterprise*! Hört ihr mich! Bringt das Schiff, so schnell ihr könnt, weg. Ich versuche, euch die Zeit zu sichern, die ihr dazu braucht.«

Er schwieg. Trelane war nämlich durch das Gebüsch gebrochen und schlug sich mit dem Schwert eine Gasse. »Ah, ich sehe Sie!« krähte er. Aber Kirk tauchte in das dichte Laub und rollte sich über einen kleinen Hügel ab. Über seinem Kopf blitzte Trelanes Schwert – und er ließ seinen Kommunikator fallen, als er versuchte, kriechend hinter einem dicken Baum in Deckung zu gehen.

»Captain, Sie müssen es viel nachdrücklicher versuchen.« Die Schwertspitze stieß in Kirks Arm. Der Captain sprang aus seinem Versteck hinter dem Baum auf, um einen Zweig abzubrechen. Mit dem schlug er nach Trelanes Schwertarm, die Waffe fiel dem Irren aus der Hand. Kirk hob sie eiligst auf und schlug damit, das

Schwert in beiden Händen haltend, mit aller Kraft nach Trelane.

Es schnitt mitten durch dessen Körper, doch es gab keine Wunde und keinen Tropfen Blut. Kirk war entsetzt, aber Trelane, der noch immer die Rolle des galanten Sportsmannes spielte, sagte nur: »*Touché* – Captain. Ich gebe zu, Sie haben zuerst getroffen. Aber schließlich habe ich dieses Spiel ja noch nie vorher gespielt.«

Er verschwand. Kirk, noch immer zitternd, duckte sich hinter ein Gebüsch. Und da entdeckte er das schimmernde Metall seines Kommunikators. »*Enterprise*...«

»*En garde!*«

Trelane war wieder erschienen, das Schwert hoch erhoben, Kirk fand gerade noch Deckung hinter einer Hecke. Dann duckte er sich davon und lief dem Tor zwischen den zwei Greifen entgegen.

»Horrido!« Der sonderbare Junker von Gothos hatte ihn erblickt. Kirk huschte nach rechts – vor ihm wuchs eine Steinmauer in die Höhe. Er bog nach links ab, und auch dort blockierte etwas seinen Weg. Er zog sich nun zur Tür von Trelane Hall zurück.

»Ah, Captain!« rief der Besitzer triumphierend. »Sie haben einen wundervollen Kampf geliefert.« Von seinen dicken Lippen tropfte Speichel. »Aber Sie sind geschlagen, Captain. Auf die Knie vor mir!«

»Sie haben gar nichts gewonnen«, entgegnete Kirk.

»Ich habe, ich habe! Ich könnte Sie aufspießen! Ich befehle Ihnen, sofort vor mir niederzuknien!« Trelane machte einen Ausfall mit dem Schwert. Kirk griff danach und entriß es ihm. Mit einer Bewegung brach er es über seinem Knie auseinander. Die Stücke warf er zur Seite.

»Oh, Sie haben es zerbrochen!« jammerte Trelane. »Mein Schwert haben Sie zerbrochen. Aber das dulde ich nicht. Ich blase Sie mit einem Wink meiner Hand aus dem Dasein.«

Kirk schlug ihm scharf ins Gesicht.

»Dafür werden Sie mir büßen!« kreischte Trelane und drückte den Abzugsknopf des Phasers, der plötzlich in seiner Hand erschienen war. Aus dessen Lauf schoß ein mörderischer Strahl – und im gleichen Moment rief eine weibliche Stimme: »Trelane!«

»Nein, nein, nein!« heulte Trelane und rannte die Eingangsstufen der Hall hinab. Über der untersten Stufe hingen zwei Lichtkugeln. »Nein, verschwindet!« schrie er. »Ihr habt gesagt, ich könnte diesen Planeten ganz für mich allein haben.« Die Lichtkugeln, eine davon war etwas kleiner als die andere, schimmerten in allen Regenbogenfarben.

»Immer müßt ihr mir dreinpfuschen, wenn ich mal ein wenig Spaß habe!« brüllte Trelane.

»Wenn du deine Spielkameraden nicht richtig behandeln kannst, brauchst du auch keine«, sagte die weibliche Stimme.

Trelane brach in Tränen aus. »Aber ihr habt doch selbst gesehen, daß ich gewonnen hätte. Ich hätte gewonnen, ja, ja, ja!« Aber während er noch weinte und jammerte, wurde er immer kleiner, verlor an Substanz, fiel in sich selbst zusammen. Dann war nur noch leere Luft da.

Kirk schaute zum Himmel hinauf, als könnte er von dort eine Erklärung für das Geschehen bekommen. »Wer und wo seid ihr?« rief er. »Wer ist Trelane, und wer seid ihr?«

»Du mußt unserem Kind verzeihen«, sagte die Frauenstimme. »Es war unser Fehler, daß wir ihm zuviel erlaubten. Er wird aber bestraft werden.«

Nun meldete sich eine strenge männliche Stimme. »Wir hätten ihm nicht gestattet, euch aufzuhalten, wenn wir geahnt hätten, wie verletzlich ihr seid. Verzeih uns, Captain. Wir werden deine Lebensbedingungen solange erhalten, bis du zu deinem Schiff zurückgekehrt bist. Bitte, nimm diese Entschuldigung an.«

Kirk breitete seine Hände aus und streckte sie den beiden Kugeln entgegen. »Könnt ihr mir denn nicht erklären ...« Dann waren sie, genau wie vorher Trelane, verschwunden. Nach einer Pause öffnete er seinen Kommunikator. »Captain an *Enterprise*, bitte kommen ...«

Er schloß die Augen, weil er Spocks vertraute Stimme hörte. »Captain, wir können Sie empfangen ...«

Noch einmal schaute sich Kirk in Trelanes Domäne um; er sah die beiden steinernen Greife, das üppige Grün, diese Stätte vollkommener Ruhe in der Hölle von Gothos. »Holt mich nach oben«, sagte er. »Mr. Spock, wir können hier weg.«

Es war ein außerordentlich nachdenklicher Kirk, der seine Befehle zur Annäherung an die Kolonie Beta gab. Er war froh, als Spock seine Station verließ und zum Kommandantensessel kam. Irgendwie wußte er, daß nur Spock ihn mit den Widersprüchlichkeiten seiner kürzlichen Begegnung mit dem Junker von Gothos versöhnen konnte.

»Ich gebe gerade – hm – die Daten unseres kürzlichen – hm – Experiments in die Datenbank des Computers ein, Captain«, sagte er. »Aber ich bin ziemlich ratlos.«

»Sie und ratlos, Mr. Spock?« rief Kirk. »Das überrascht mich aber. Noch erstaunter bin ich darüber, daß Sie's zugeben. Erklären Sie mir das, bitte.«

»Der General oder Junker Trelane, Captain«, antwortete Spock. »Wie beschreiben wir ihn? Rein geistig? Als eine Intelligenzkraft? Als verkörperlichte Energie? Als Überwesen? Irgendwie muß er ja klassifiziert werden, Sir.«

Kirk blickte auf seine Konsole. »Natürlich, Mr. Spock. Sicher, er muß klassifiziert werden. Wohin würden wir kommen, wenn wir nicht alles klassifizierten?«

»Aber ich weiß wirklich nicht recht, Sir...«

»Ein Kriegsgott, Mr. Spock?«

»Kaum, Sir...«

»Oder ein kleiner Junge, Mr. Spock. Ein sehr unartiger Junge, könnte man sagen.«

»Das nimmt sich in den Datenbanken aber sehr merkwürdig aus, Sir.«

»Es war ja auch sehr merkwürdig, Spock. Andererseits hat er vielleicht nur Dinge getan, die durchaus dem vergleichbar sind, was Sie selbst taten, als Sie ein kleiner, boshafter Lümmel waren.«

»Boshafter Lümmel, Captain?«

»Nun ja, zum Beispiel, wenn man die Zöpfe von Mädchen in Tintenfässer taucht, Äpfel stiehlt oder einem Hund eine Blechbüchse an den Schwanz bindet...« Er schwieg, weil er Spocks wachsende Enttäuschung sah. Wo, im ganzen Universum, war schon ein zweiter Spock zu finden? Ein Spock, dem man grenzenlos vertrauen konnte, weil er mit der gewöhnlichen menschlichen Rasse nichts gemeinsam hatte? Kirk lachte ihn an. »Entschuldigen Sie, Mr. Spock. Ich hätte es wirklich wissen müssen, daß Sie niemals ein boshafter Lümmel waren.«

»Genau, wie Sie sagen, Captain«, antwortete Spock.

An seine Station zurückgekehrt, warf er Kirk einen Blick aus den Augenwinkeln zu, und Kirk lächelte ihn wieder an. Spock hob erst eine Augenbraue, dann die andere und beschäftigte sich mit seinem Computer.

Die *Enterprise* jagte nun, da der Kurs gesetzt war, ihrem Ziel, Beta 6, entgegen und schien alle Gefahren des tiefen Raumes völlig vergessen zu haben.

Nur ein Lidschlag

Dem schönen Gebäude aus nichtidentifizierbarem Metall gegenüber warf ein Springbrunnen einen funkelnden Sprühregen in die Luft. Geistesabwesend sah Kirk dem Sicherheitsposten Compton zu, wie er Proben dieses Wassers nahm. In der Nähe untersuchte McCoy den Platzrand mit dem Tricorder. Notwendige und zeitraubende Beschäftigungen, dachte Kirk. Und nutzlos. Sie hatten noch nichts getan, um den Notruf zu lokalisieren, der sie gezwungen hatte, sich auf diesen unerforschten Planeten, der sich Scalos nannte, transportieren zu lassen.

Ungeduldig öffnete er seinen Kommunikator. »Kirk an *Enterprise*. Leutnant Uhura, kommt das Notsignal wirklich genau aus diesem Bezirk?«

»Ja, Sir. Und ich empfange sogar direkte Bilder von den Scalosianern. Sie kann ich auf dem Bildschirm nicht sehen, aber die anderen.«

»Überprüfen Sie die Koordinaten, Leutnant.«

»Die Koordinaten stimmen alle überein, Sir.«

Er wurde allmählich ungeduldig. »Hier gibt es keine Scalosianer, Leutnant. Und außer unserer Landegruppe ist überhaupt niemand hier.«

»Der Notruf ist ziemlich stark, Sir. Sie bitten um sofortige Hilfe.«

»Überprüfen Sie einmal die Stromkreise, ob sie richtig funktionieren. Captain Ende.«

Er schaute zu McCoy hinüber, und dieser nickte. »Jim, da muß irgendwo ein Fehler stecken. Dies ist doch eine sehr kahle Welt. Es gibt kaum Vegetation und tierisches Leben anscheinend gar nicht.«

Als wolle der Planet persönlich ihm widersprechen, hörte Kirk direkt an seinem Kopf ein scharfes Moskitosirren. Er schlug nach dem unsichtbaren Insekt. »Nun, Insekten müssen aber hier existieren«, sagte er.

»Mein Tricorder verzeichnet da gar nichts.«

»Mein Ohr aber doch«, erwiderte Kirk. Spock kam gerade um die Ecke eines merkwürdig geformten Metallgebäudes. »Gibt es etwas, Mr. Spock?« rief Kirk dem Vulkanier entgegen.

»Offensichtlich eine Zivilisation von hohen Graden, Captain, etwa Nummer Sieben der Industrie-Skala. Den Malereien nach humanoid. Literatur im Überfluß. Ich werde sie übersetzen und bearbeiten lassen. Gewisse Gebäude weisen auf kürzliche Benutzung hin. Andere scheinen dagegen schon sehr lange verlassen worden zu sein.«

»Aber Anzeichen für gegenwärtiges Leben sind nicht vorhanden«, stellte Kirk fest.

Während er sprach, bemerkte er, daß Compton, der seine Hände im Springbrunnen wusch, eine Hand an sein Ohr hob, um eine unsichtbare Belästigung zu verscheuchen. Im gleichen Moment hörte er selbst wieder das Moskitosirren. Er mußte sich auf das konzentrieren, was Spock sagte. »... Hinweis auf Lebensformen äußerst ausgefallener, periodischer Natur. Sie haben weder eine wahrnehmbare Form, noch einen bestimmbaren Ort. Außerordentlich rätselhaft, Sir.«

»Aber die Scalosianer waren hier«, erklärte Kirk. »Wir sahen sie doch auf dem Bildschirm, Mr. Spock. Leutnant Uhura kann sie noch immer sehen. Sie empfängt auch noch immer den Notruf. Was ist mit ihnen geschehen?«

»Das kann ich im Moment noch nicht sagen, Captain.«

»Mr. Spock, ich möchte diesen Planeten ordentlich durchforschen. Sie werden deshalb alle Schiffsinstrumente ...«

McCoy schrie: »Jim! Compton ist verschwunden!«

Dort, wo sich der Sicherheitsposten über den Brunnenrand gebeugt hatte, war der Platz leer, absolut leer. Bestürzt musterte McCoy das zerstäubende Wasser. »Compton ist verschwunden«, wiederholte er.

McCoy war sichtlich erschüttert. »Er ... hat Wasserproben aus diesem Brunnen abgefüllt und die Flaschen in seine Schultertasche gestellt, als er ... verschwand. Ich habe ihn direkt angeschaut, und dann war er plötzlich nicht mehr da. Einfach nicht mehr da, Jim.«

War der Notruf von Scalos auch real gewesen? Vielleicht war er so irreal wie die Einwohner des Planeten. Kirk kam auf die Brücke der *Enterprise* und bellte einen ziemlich sinnlosen Befehl, gerichtet an irgendein unbestimmtes Mitglied der Crew. Er setzte sich in seinen Kommandantensessel. »Leutnant Uhura«, sagte er, »spielen Sie diesen Notruf noch einmal ab.« Dann legte er einen Schalter um. »Mr. Scott, sind alle Transporterkontrollen funktionsfähig und absolut in Ordnung?«

»Jawohl, Sir. Ist Mr. Spock noch auf dem Planeten unten?«

»Er ist im Revier. Dr. McCoy untersucht gerade die Landegruppe.« Seiner Aufmerksamkeit entging Uhuras Unruhe nicht, als sie mit den Instrumenten beschäftigt war. »Was ist los, Leutnant?«

Sie runzelte die Stirn. »Es funktioniert nicht richtig, Sir.« Sie berührte einen Schalter, und nun schüttelte sie auch noch den Kopf. »Aber jetzt hat es sich selbst korrigiert.«

»Captain«, meldete sich Sulu. »Am Hangardeck gibt es Schwierigkeiten. Die Instrumente sind eingefroren.«

»Ist der Reparaturtrupp schon verständigt?«

»Ja, Sir.«

Kirk warf Uhura einen fragenden Blick zu, und sie nickte. »Das Band mit dem Notruf ist bereit, Sir.«

Spock war gerade zu seiner Station zurückgekehrt, und jetzt schaute er auf den Bildschirm. Ein auf dem Kopf stehendes Bild nahm Gestalt an. Dann drehte es sich um, so daß ein stolzes, männliches Gesicht zu sehen war. Die Lippen bewegten sich. »Die von uns, die noch übrig sind, haben Schutz in diesem Gebiet gesucht. Wir haben keine Erklärung für das, was uns geschehen ist. Wir sind jetzt noch fünf...«

Das Gesicht auf dem Bildschirm sah nach Höhe und Breite menschlich aus. Die Gestalt bewegte sich, und vier weitere Scalosianer, zwei davon Frauen, umgaben sie. Die eine war unbeschreiblich schön. Der Eindruck, den die Gruppe vermittelte, war der sehr kultivierter, schöner und friedlicher Leute. Ihr Sprecher fuhr fort: »Ich bin Rael. Wir waren einmal eine Nation von neunhunderttausend, und diese Stadt allein hatte...«

»Abschalten«, befahl Kirk.

Uhura schaltete das Band ab, und Spock drehte sich zu ihr um. »Vielleicht wurde dieser Notruf schon früher aufgezeichnet, und das, was wir empfingen, war ein Bandsignal.«

»Mr. Spock, die Tatsache bleibt, daß wir, als wir auf den Planeten kamen, diese Leute nicht fanden. Erst waren sie da, und jetzt sind sie nicht da. Und unser Mannschaftsmitglied Compton ist auch nicht da.«

»Irgendeine Kraft oder ein Mittler, der von unseren Instrumenten nur teilweise festzustellen ist, könnte dafür verantwortlich sein, Captain.«

Kirk nickte. »Mr. Sulu, ich möchte, daß dieses Schiff in ständiger Alarmbereitschaft bleibt, während wir die Nachforschungen weiterführen.«

Sulu schaute ihn besorgt an. »Sir, ich habe eine Meldung, daß unsere Deflektoren nicht arbeiten. Sie reagieren nicht auf die Instrumente.«

»Scotty, helfen Sie«, befahl Kirk. Er stand auf und trat zu Spocks Stuhl. »Mr. Spock, seit wir von Scalos heraufkamen, hat es eine ganze Reihe von Pannen gegeben. Ich möchte, daß die Sache genau überprüft wird, und dann will ich eine Erklärung dafür bekommen. Ich will...«

McCoys Stimme unterbrach ihn. »McCoy an Captain Kirk. Der Captain wird zur Untersuchung gebeten.«

»Hat das nicht ein bißchen Zeit?«

»Ist doch Ihr eigener Befehl, Jim. Sie sind der letzte.«

»Was haben Sie bis jetzt festgestellt?«

»Können wir das nicht im Revier besprechen?«

Auf dem Weg zum Lift sagte Kirk: »Mr. Spock, Sie haben das Kommando.« Aber die Lifttür, die sich sonst mit einem leisen Zischen öffnete, blieb nun geschlossen. Kirk wirbelte herum und rief: »Ist das vielleicht schon wieder eine Panne?«

Spock drückte hastig auf verschiedene Knöpfe, und endlich schoben sich widerstrebend die Türen auf. Kirk kochte noch, als er sich im Revier das Hemd vom Leib riß. »Pille! Was ist bei der Untersuchung der anderen herausgekommen?«

»Alles normal. Was immer auch Comptons Verschwinden verursacht haben mag, es hat sich jedenfalls auf keinen anderen ausgewirkt.«

»Hat jemand etwas Ungewöhnliches erlebt, seit er heraufgeholt wurde?«

»Keiner hat etwas davon gesagt. Nein, Jim.«

Aber Schwester Chapel schaute auf, als sie das Laken über Kirks Mitte legte. »Und doch geht irgend etwas vor, Captain. Alle Arzneischränke wurden geöffnet.«

Kirk setzte sich abrupt auf. »Fehlt etwas?«

»Nein, nur durcheinander ist einiges. Etwa so, als habe jemand alles in die Hand genommen und genau angeschaut.«

Wieder hörte Kirk neben seinem Ohr das Moskitosirren. Er wartete einen Moment, dann sagte er: »Pille, könnte irgend etwas bei mir Halluzinationen hervorrufen?« McCoy hörte bestürzt, wie drängend Kirks Stimme klang, und er sah von seinen Instrumenten auf. »Wieso Halluzinationen?«

»Zweimal habe ich bemerkt, daß etwas mich berührt hat, aber nichts war da. Eben spürte ich es wieder. Bilde ich mir das nur ein?«

»Jim, körperlich ist mit dir alles in bester Ordnung.«

»Ich habe dir eine Frage gestellt. Leide ich unter Halluzinationen?«

»Nein«, erklärte McCoy.

Kirk sprang vom Untersuchungstisch. »Dann haben wir etwas mit an Bord heraufgebracht! Etwas ist in unser Schiff eingedrungen.« Er lief zum Interkom, doch da schrillte der Alarm.

»Captain an Brücke!« übertönte Kirks Stimme die Sirene. »Mr. Spock melden Sie sich!«

Aber es kam keine Antwort. Minuten vergingen, ehe Kirk eine feine, sehr schwache und undeutliche Stimme hörte. »Captain, ich habe Daten vom Lebenserhaltungssystem.«

»Spock, ich kann Sie nicht hören! Prüfen sie die Stromkreise nach. Ist es eine Panne?«

Wieder vergingen einige Minuten, dann sprach Uhura. Ihre Stimme war ebenso schwach und verzerrt. »...Interkomsystem bricht sehr schnell zusammen.«

Kirk fühlte, wie ihm die Stirn schweißnaß wurde. »Leutnant, geben Sie einen Befehl durch das ganze Schiff, aber über die Kommunikatoren, nicht über Interkom. Alle Mitglieder der Besatzung sind mit Phasern zu bewaffnen. Spock, melden Sie sich!«

Die Worte waren ein heilloses Durcheinander: »...Daten... Lebenserhaltung... Fremde... Substanzen... eingeführt...«

Kirk schlüpfte eiligst in sein Hemd. »Mr. Spock, kommen Sie sofort zur Abteilung Lebenserhaltung. Ich bin gleich dort. Alles im Laufschritt! Captain an Wachmannschaft! Sofort bewaffneten Trupp zur Abteilung Lebenserhaltung!« Er war schon an der Reviertür, als er sah, wie McCoy schwankte. Christine Chapel klammerte sich an einen Stuhlrücken. »Der Luftsauerstoff fällt stark ab, Doktor!« rief sie.

Vor Kirks Augen verschwammen Tür, Schränke und Instrumente des Reviers zu einem undefinierbaren Fleck. Er kämpfte gegen die Benommenheit an, die zur Dunkelheit zu werden drohte, und bemühte sich, den Kommunikator zu öffnen. »Brücke! Brücke! Scotty, wo sind Sie? Gefahr im Lebenserhaltungssystem! Sofort auf Notanlage gehen!«

»Notanlage eingeschaltet, Sir«, meldete Scotts ruhige Stimme. Hinter ihm rangen McCoy und Christine nach Luft, und dann atmeten sie tief die sauerstoffreichere Luft ein. Bei Kirk vergingen Übelkeit und Schwindel. »Bedingungen verbessert«, sagte Scott.

Aber die kalte Hand des unmittelbar bevorstehenden Todes hatte Kirk berührt. Es war ein disziplinierter Mann, der mit Spock am Eingang zur Abteilung Lebenserhaltung zusammentraf. Wortlos wurde ihm der Phaser gereicht, und wortlos nahm er ihn entgegen. Dann stieß er die Tür zur Station auf. Die Sicherheitsposten lagen auf dem Boden; allmählich kamen sie erst auf die Knie, dann auf die Füße. Einer riß seinen Phaser heraus und tat einen Satz nach links, wurde jedoch sofort von etwas Unsichtbarem zurückgeworfen. Kirk schaute sich verblüfft um. »Wie erklären Sie sich das, Mr. Spock?« fragte er.

Die scharfen Augen des Vulkaniers prüften den Tricorder nach. »Ein Kraftfeld, Sir, mit dessen Natur ich nicht vertraut bin. Aber ich bekomme Daten über die Anwesenheit fremder Wesen, die denen von der Planetenoberfläche ähnlich sind. Sie scheinen örtlich nicht bestimmbar zu sein.«

Lebensform von äußerst ausgefallener, periodischer Natur...

erinnerte sich Kirk grimmig. »Phaser auf Betäubung, und bestreicht die ganze Station«, befahl er.

Wieder vernahm er das dünne Sirren. Phaserstrahlen schossen draußen durch den Korridor. Innen schoben sich Kirk und Spock vorsichtig zum Ort des Kraftfelds voran. Es schleuderte sie jedoch nicht zurück, sondern gab nach. Als aber ein Posten zu folgen versuchte, wurde er zurückgeworfen.

»Mir scheint, sie erlauben nur uns beiden den Zutritt zur Station«, meinte Spock. »Seien Sie vorsichtig, Captain.«

Kirk nahm diesen Rat an. Er öffnete die schwere Tür zum Maschinenraum; die Waffe hatte er schußbereit in der Hand. Auf den ersten Blick sah die ganze Maschinerie unverändert aus, die kompakten Dynamos, die komplizierten Anker, die Schlangenrohre und Leitungen, die Kompressoren, die wie üblich und sehr zweckmäßig angeordnet waren. Dann sah Kirk das schimmernde Metallgerät an einem der Dynamos. Das Metall war so gerieft wie die Gebäude der Scalosianer. Nach Aussehen und Material war das Gerät ungewöhnlich und fremdartig, aber es hatte, so klein es war, das immense Lebenserhaltungssystem entscheidend gestört.

»Mr. Spock, was ist das?«

»Das kann ich nicht bestimmen, Captain. Vielleicht ein Kühlsystem der Scalosianer.« Er untersuchte das Ding mit seinem Tricorder. »Mir scheint, die Installation des Geräts ist noch nicht vollständig, Sir. Das Lebenserhaltungssystem arbeitet noch.«

»Nehmen Sie's weg«, befahl Kirk.

Spock streckte die Hand aus, doch sie wurde zurückgeschlagen. Kirk riß seinen Phaser heraus, hörte aber wieder das nun schon so bekannte Sirren. »Spock, zerstören Sie's!« schrie er.

Zwei Phaser beschossen das Gerät, aber plötzlich waren ihre Waffen weg. Von einem Augenblick zum anderen. Beide Männer rannten vorwärts – und wurden zurückgeworfen.

»Und das war kein Kraftfeld!« rief Kirk. »Jemand hat mir einen Stoß versetzt. Sie sind hier bei uns.« Er wirbelte herum und schrie in die leere Luft. »Ihr! Was tut ihr da mit meinem Schiff? Zeigt euch!«

Das Moskitosirren wurde noch schriller. Wieder versuchten die beiden Männer das Gerät zu erreichen, diesmal langsam und vorsichtig, doch wieder stieß etwas sie sehr kräftig zurück.

»Mir scheint, sie wollen uns nur etwas von ihrem Mechanismus zeigen«, meinte Spock trocken. »Aber das ist auch alles, Captain.«

Kirk nickte. »Ein Kraftakt.«

Es war viel mehr als ein Kraftakt. Zurück auf der Brücke, entdeckten sie, daß besonders wichtige Systeme im ganzen Schiff entweder kurzgeschlossen oder umgeklemmt waren. Nur Spocks Computer funktionierte noch. Alle Türen, auch die des Lifts, standen unverrückbar offen. Scott schaute ihnen düster entgegen. »Sol-Maschinen verlieren an Leistung, Captain. Bald sind wir auf Notbetrieb, und der gewährt uns gerade eine Woche des Überlebens.«

Kirk wirbelte zu Spock herum. »Sind Ihre Daten in die Computerbank eingegeben worden?«

»Jawohl Captain.«

»Lesen Sie ab.«

Spock drehte einen Schalter und sagte zum Computer. »Analysiere und antworte. Hat bei uns eine Invasion stattgefunden?«

»Jawohl.«

»Natur und Beschreibung der feindlichen Kräfte.«

»Daten nicht ausreichend.«

»Zweck der Invasion.«

»Unmittelbarer Zweck, Griff nach dem Sternenschiff der Föderation *Enterprise* und dessen Kontrolle. Daten nicht ausreichend für Bestimmung des Endziels.«

»Gibt es eine Verbindung zwischen diesem Schiff und dem Verschwinden Comptons?«

»Daten unzureichend.«

»Können wir im Augenblick Widerstand leisten?«

»Negativ.«

»Empfehlungen?«

»Falls widerstandsunfähig, um Bedingungen verhandeln.«

»Wir werden nicht um Bedingungen verhandeln«, bestimmte Kirk. »Scotty, sind Sie auch dieser Meinung?«

»Natürlich, Sir.«

Spock nickte zustimmend. »Und was empfehlen Sie, Captain?« fragte er.

»Kaffee«, antwortete Kirk. Er wandte sich zur diensttuenden Helferin um. »Ist für das Brückenpersonal eine Runde Kaffee zu bekommen? Oder sind diese Stromkreise vielleicht auch kurzgeschlossen?«

Das Mädchen lächelte den Captain verehrend an.

Seine Tasse Kaffee wurde auf der Armstütze seines Sessels abgestellt, und er wartete, bis sie abkühlte. Dann lehnte er sich zurück – und plötzlich geriet sein Haar in Unordnung. Er schaute sich verblüfft um – und spürte weiche Lippen auf den seinen. Tatsächlich, er litt doch unter Halluzinationen! Er streckte vorsichtig die Hand aus, tastete in der Luft herum, schüttelte den Kopf und nahm seine Tasse, stellte sie aber sofort wieder zurück. Im gleichen Moment wurde er sich einer Veränderung im Tempo der Stimmen um sich herum bewußt. Die Worte kamen zu langsam. Und auch die Bewegungen der Leute auf der Brücke schienen immer langsamer und lethargischer zu werden.

Er ging zu Spock. Aber Spock, der sich zu seinem Computer hinabgebeugt hatte, schien die Verkleidung nicht erreichen zu können.

»Mr. Spock, was ist los?«

Der Vulkanier antwortete nicht, sondern saß absolut bewegungslos in seinem Sessel. Kirk wirbelte herum und schrie nach Scotty. Keine Antwort. Scott schien eingefroren zu sein, und zwar mitten in der Bewegung, als er eine Wählscheibe betätigen wollte. Da hörte er ein weibliches Kichern, und es war in der Tat überaus weiblich. Es kam von links. Kirk drehte sich um. Die Schönheit unter den Scalosianern stand da, und ihr kastanienfarbenes Haar hob die Makellosigkeit ihrer cremefarbenen, samtenen Haut noch hervor. Die Fremde trug ein kurzes Kleid aus dünnstem Goldgewebe, das den schlanken Leib äußerst aufreizend umspielte. Sie lachte ihn aus, und ihre Zähne schimmerten wie Perlen.

Sie lachte noch immer und küßte ihn, dann warf sie dem Captain die Arme um den Hals und küßte ihn wieder. Er versuchte sich zu erinnern, wer er war, welche Schwierigkeiten auf der *Enterprise* zu überwinden waren, welche Verantwortung auf ihm lastete. Aber es gelang ihm kaum; sein größter Erfolg war der, daß er die reizenden Arme von seinem Hals löste.

»Wer bist du?« fragte er.

»Deela, die Feindin«, antwortete sie. »Ist das nicht köstlich?«

»Was?« fragte er. »Du bist der Feind?«

Sie nickte begeistert. »Ja. Du hast mich selbst mit an Bord genommen. Wie lächerlich langsam das ging.«

»Was habt ihr meinem Schiff angetan?«

»Nichts.«

Er drehte sich zu seinen bewegungslosen Leuten auf der Brücke um und machte eine Handbewegung in deren Richtung. »Und das soll nichts sein?«

»Die sind ganz in Ordnung«, behauptete sie. »Sie sind so wie sonst auch. Verändert hast nur du dich.«

Er starrte die anderen an. »Leutnant Uhura... Mr. Sulu... Alle...«

»Captain, sie können uns ja nicht hören. Für ihre Ohren sind wir wie Insektengesumme. Ich weiß, ich weiß, das ist deine Beschreibung, Captain. Genau, wenn auch wenig schmeichelhaft. Nein, mit denen ist alles in allerschönster Ordnung.«

»Was hast du dann mit mir angestellt?«

»Dich verändert. Jetzt bist du so wie ich. Deine Crew kann dich wegen der Beschleunigung nicht sehen. Wir bewegen uns jetzt wie ein Lidschlag. Es gibt eine sehr häßliche wissenschaftliche Bezeichnung dafür, doch die ist unwichtig. Wichtig ist nur, daß du mich siehst und mit mir reden kannst und... hier können wir anfangen.«

»Warum?« fragte Kirk.

»Weil ich dich gern habe. Hättest du dir das nicht denken können?« Sie drückte sich an ihn und fuhr ihm durch das Haar, und er schien sich nicht dagegen wehren zu können. Die Lage war ihm entglitten... Die Anwesenheit seiner Crew... der öffentliche Austausch von Zärtlichkeiten... ihre überwältigende Schönheit... die fragwürdige Verfassung seines Schiffes. Er fing ihre zärtlichen Hände ein. Sie waren weich und warm. Aber so ging es ja auch nicht.

»Weil du mich gern hast, mußtest du mein Schiff sabotieren?« fragte er.

»Es wurde ja gar nicht sabotiert. Wir mußten nur ein paar Veränderungen vornehmen, damit es unserem Tempo angepaßt werden konnte.«

»Unserem?«

»Aber natürlich! Es sind mein Chefwissenschaftler und seine Männer. Ich bin ihre Königin. Du wirst ihr König sein. Ah, du wirst das Leben auf Scalos genießen!«

»Und was geschieht mit meinem Schiff und meinen Leuten?«

»Oh, in ein paar von ihren Momenten werden sie bemerken, daß du verschwunden bist. Einfach verschwunden. Dann suchen sie dich. Aber sie finden dich natürlich nicht. Du bist so beschleunigt, daß das Tempo ihres Sehens nicht mehr mitkommt. Du kannst also gar nicht zu ihnen zurückkehren, und deshalb mußt du bei mir bleiben. Ist das eine so schreckliche Aussicht?«

Er griff nach seinem Phaser. »Ich will dich nicht töten, aber der Lähmungseffekt ist auch nicht angenehm.«

»Dann fange doch an und schieße auf mich.«

Er schoß. Sie trat zur Seite, und der Strahl ging harmlos an ihr vorbei. Sie lachte, weil er gar so verblüfft dreinschaute. »Mach kein so verstörtes Gesicht«, sagte sie. »Meine Reaktionen sind für eine so große Waffe viel zu schnell. Und ich bin in der Selbstverteidigung ziemlich gut.« Sie zog ein kleines Gerät aus ihrem goldenen Gürtel, richtete es gegen seinen Phaser und drückte ab, so daß ihm der Strahl die Waffe aus der Hand schlug. »Auch mein Gerät kann, genau wie das deine, lähmen und töten. Bitte, akzeptiere doch das, was geschehen ist. Du kannst nichts ändern.«

Sein Schiff. Und wenn er kapitulierte, um mit ihr zu gehen? Unter der Bedingung, daß die *Enterprise* wieder voll funktionsfähig und das an das Lebenserhaltungssystem befestigte Gerät beseitigt wurde? Spock könnte das Schiff schon führen...

Sie sah sein düsteres, grimmiges Gesicht. »Sei doch nicht gar so bekümmert!« rief sie. »Bald wirst du dich viel wohler fühlen. So geht es immer... Anfangs regen sich alle furchtbar auf. Aber das vergeht schnell, und dann gefällt es ihnen.«

Er drehte sich auf dem Absatz um und verließ sie, und sie berührte ein Medaillon an ihrem goldenen Gürtel. »Er ist auf dem Weg zu dir, Rael. Sei sanft mit ihm«, bat sie.

Kirk rannte den Korridor entlang zur Lebenserhaltungsstation.

Er fand das, was er erwartet hatte. Die Posten standen wie versteinert da. Er umkreiste sie und strebte der Tür entgegen, als ein dritter Posten in der Uniform des Starschiffs aus einer Ecke heraustrat. »Compton!« rief Kirk.

Compton strahlte ihn an. »Captain Kirk! Sie haben es also geschafft!«

»Man hat Sie also auch beschleunigt, nicht wahr?«

»Ja, Sir.«

»Sind sie dort drinnen? Sie haben etwas am Lebenserhaltungssystem befestigt, und wir konnten es nicht ablösen. Kommen Sie mit.«

Aber Compton versperrte ihm den Weg mit der scalosianischen Waffe. »Tut mir leid, Sir. Eintritt verboten.«

»Wer hat diesen Befehl erteilt?«

»Der Kommandant, Sir. Bitte, Sie müssen zurückkehren.«

»Ich bin der Kommandant, und ich befehle Ihnen, mich einzulassen.«

»Es tut mir wirklich leid, Sir. Sie sind nicht mehr mein Kommandant.«

»Wer ist dann hier der Kommandant? Deela? Arbeiten Sie etwa für sie?«

Compton griff in den Schatten der Ecke zurück und zog das andere Scalosianermädchen heraus. Er sprach sehr ernst. »Sir, anfangs weigerte ich mich, aber so jemanden wie Mira habe ich noch nie gekannt. Sie brachte mich an Bord, und ich zeigte ihr die Funktionen des Schiffes, die Brückenkontrolle und das Lebenserhaltungssystem. Erst verstand ich gar nichts, aber jetzt ist mir alles klar. Sir, ich bin noch niemals richtig verliebt gewesen.«

Kirk trat einen Schritt zurück. Dann sprang er Compton an, entriß ihm die Waffe und rannte zur Tür.

In der Mitte arbeitete Rael mit den beiden anderen Scalosianern neben sich an dem kleinen Gerät. Er schaute auf, als Kirk hereinstürmte. »Lähmen«, sagte er zu einem der Männer. Die Waffe hob sich, Compton kam von hinten heran und warf sich vor Kirk, doch er kam zu spät, und Kirk wurde voll getroffen. Er brach zusammen. Rael war wütend und schlug Compton zusammen. »Du hattest den Befehl, ihn aufzuhalten!« wurde er angeschrien. »Warum hast du nicht gehorcht?«

»Du wolltest ihn verletzen«, antwortete Compton mit blutendem Mund.

»Er war gewalttätig und mußte gefügig gemacht werden. Warum hast du nicht gehorcht?«

»Er war… ja mein Captain.«

Compton fiel in sich zusammen. »Geh zu ihm, Ekor«, sagte Rael. Der Mann mit der Waffe kniete neben Compton nieder. »Zellbeschädigungen«, sagte er. »Mach dir keine Sorgen«, sagte jetzt Rael zu Mira. »Wir werden einen anderen für dich besorgen.« Sie nickte und schlenderte zur Tür hinaus.

Uhura war es, die als erste den leeren Kommandantensessel bemerkte. »Der Captain!« rief sie. »Er ist verschwunden! Mr. Spock, der Captain ist verschwunden! Vor einer Minute saß er noch hier und hatte seinen Kaffee getrunken. Da ist noch die Tasse auf der Armstütze. Aber wo ist der Captain?«

Spock hatte bereits seine Station verlassen. »Mr. Sulu, was haben Sie gesehen?«

Sulu wandte ihm ein erschrecktes Gesicht zu. »Sir, er war da, hat die Tasse abgestellt – und dann war er nicht mehr da. Genau das war's.«

Eine Weile schwieg Spock. »Mr. Sulu, haben Sie Kaffee getrunken, als die Hilfe ihn herumreichte?«

»Ja, Sir.«

»Hat sonst noch jemand Kaffee getrunken?« fragte er die anderen.

»Ich«, meldete sich Scott.

Scott schnupperte an einer Tasse nach der anderen, dann auch an der Kirks.

»War es der Kaffee?« rief Scott. »Werden wir auch verschwinden wie der Captain?«

»Erst muß ich die Kaffeereste analysieren lassen, bevor ich etwas sagen kann, Mr. Scott. Sie übernehmen für den Augenblick die Brücke. Ich bin im medizinischen Labor.«

Deela saß in der Lebenserhaltungsstation mitten auf dem Boden und hatte den Kopf des noch immer bewußtlosen Kirk auf ihrem Schoß liegen. Rael war am Gerät und beobachtete sie, als sie Kirk das Haar aus der Stirn strich. »Ich sagte dir doch, du solltest sanft mit ihm umgehen«, hielt sie ihm vor.

»Er wurde gewalttätig, und deshalb mußten wir ihn lähmen, um keine Zellschäden zu verursachen.«

Sie sah zu Compton hinüber, oder zu dem, was noch von ihm übrig war. »Wer hat denn den beschädigt? Du? Nun, das hätte ich mir denken können. Vermutlich wurde er auch gewalttätig.«

»Er hat sich gegen uns gewandt«, antwortete Rael.

»Und du wurdest zornig.«

»Er mußte vernichtet werden. Er hat die Veränderung noch immer nicht ganz akzeptiert gehabt. Diese Spezies ist außerordentlich hartnäckig und dickköpfig.«

»Ich weiß, was mit ihnen geschieht, wenn sie beschädigt werden«, sagte Deela, schaute dabei aber zu Compton hinüber. »Rael, du wirst dich in Zukunft zusammennehmen. Ich will nicht, daß dies dem Meinen zustößt. Wenn sie eine so hartnäckige und dickköpfige Spezies sind, halten sie vielleicht auch länger.«

»Vielleicht.«

»Ich hoffe es wenigstens. Alle sind so schnell wieder verbraucht gewesen. Den will ich sehr lange behalten. Er ist sehr schön.«

»Er ist minderwertig, Deela.«

»Rael, da geben wir dir nicht recht.«

»Du kannst dir doch die Anhänglichkeit an ein solches Ding gar nicht erlauben.«

»Ich kann mir alles erlauben, was ich will!« fuhr sie auf, doch ihr Zorn verschwand ebenso schnell, wie er aufgeflammt war. »Oh, Rael, sei doch nicht so häßlich. Oder bin ich eifersüchtig auf das, was du tust?«

»Ich tue nur meine Pflicht.«

»Ich auch. Und ich erlaube mir sogar, daran Spaß zu finden.«

Während sie noch sprach, öffnete Kirk die Augen und sah, daß Deela ihn anlächelte.

»Hallo«, sagte sie.

Er setzte sich auf und erkannte Rael. Nun sprang er auf die

Füße. »Ist es das, was du wolltest?« fragte er Deela. »Unser Schiff übernehmen?«

Sie stand mit einer anmutigen Bewegung auf. »Wir brauchen deine Hilfe. Und die finden wir bei dir und deinem Schiff.«

»Und was hat dieses merkwürdige Gerät mit dem allen zu tun?«

»Scht«, wehrte sie ab. »Ich werde dir alles erklären, was du wissen willst, und dann wirst du mir recht geben.«

»Recht geben!« schrie er. »Wir sind eure Gefangenen?«

»Kaum«, widersprach sie ihm. »Du kannst gehen, wohin du willst.«

Kirk lief zur Lebenserhaltungsmaschine, und Rael trat zur Seite. »Nun, machen Sie nur, Captain. Unser Mechanismus ist noch nicht völlig an Ihr System angeschlossen, aber er arbeitet. Schauen Sie sich alles genau an, wenn Sie wollen. Aber ich rate Ihnen, es nicht zu berühren.«

Kirk kniff die Augen zusammen, und er musterte das kleine Gerät. Er entdeckte den Schalter, der die Verbindung herstellte, und streckte die Hand danach aus, doch er zog sie zurück, als er sah, daß die Scalosianer ihn mit ausdruckslosen Gesichtern beobachteten. Dann griff er, trotz des Kontaktschocks, mit beiden Händen kühn danach. Sie gefroren daran. Deela lief zu ihm und löste sorgfältig, ohne den Schalter zu berühren, seine Hände ab.

»Er hat dir doch gesagt, du sollst das Ding nicht berühren«, redete sie ihm zu und wärmte seine betäubten Finger mit ihren Händen. »Die Kälte wird schnell verschwinden.«

»Unser Mechanismus hat eine Selbstverteidigungseinrichtung«, erklärte Rael. »Sie hätten auf mich hören sollen.«

Kirk entriß Deela seine noch immer eisigen Hände. Er hatte jetzt wirklich genug von diesen Fremden, und Compton tat ihm entsetzlich leid. Er ging zu ihm, kniete neben ihm nieder und sah ihm ins Gesicht. Aber statt des jungen, lebhaften Mannes, den er gekannt hatte, sah er nun einen alten, verwelkten und fast mumifizierten Körper vor sich. Kirk schaute entsetzt auf.

»In Ihrem Kampf mit Compton haben Sie einige seiner Zellen beschädigt«, sagte Rael. »Diejenigen, die erst kurz unserem beschleunigten Tempo angepaßt wurden, sind sehr leicht zu beschädigen. Sie altern dann unheimlich rasch und sterben.«

Kirk stand auf. »Und das haben Sie uns allen zugedacht?«

»Sterben müssen wir alle«, entgegnete Rael. »Sogar auf Scalos.«

Kirk schaute in die ausdruckslosen Gesichter. Wo war der Weg zurück in seine eigene Zeit, in die Zeit von Spock, McCoy und Scotty? Ein Gefühl äußerster Verlassenheit drohte ihn zu überwältigen. Er zog sich zurück.

»Rael, warum hast du ihn angelogen?« schrie ihn Deela an. »Er hat den Toten ja gar nicht beschädigt. Das warst du!«

Rael zuckte die Schultern. »Vielleicht ist er jetzt weniger gewalttätig.«

»Du hattest gar keinen Grund, ihn so zu behandeln, daß er sich noch schlechter fühlt.«

»Was gehen mich seine Gefühle an?«

»Rael«, sagte sie. »Er ist doch keiner von uns. Du weißt doch, daß er nicht lange hält.« Aber Rael beugte sich über seine Arbeit, und Deela seufzte. Dann berührte sie das Medaillon an ihrem Gürtel und lauschte. »Er ist im medizinischen Labor und versucht sich mit dem Vulkanier in Verbindung zu setzen. Er hat den mit den spitzen Ohren gern. Seine Spezies scheint großer Zuneigung fähig zu sein.«

»Das habe ich bemerkt«, erklärte Rael spitz.

»Oh, hör doch endlich auf mit deinem Trotz! Akzeptiere es endlich. Wir mußten es doch unser Leben lang akzeptieren. Du machst es nur schlimmer.«

Rael riß sie in seine Arme. Ihre Hand war schon dabei, sein Gesicht zu streicheln, doch da löste sie sich atemlos von ihm und lachte. »Nicht jetzt«, sagte sie. »Geh an deine Arbeit zurück.«

Das tat er aber nicht, sondern schaute ihr nach, als sie Kirk folgte. Sie fand die Tür des medizinischen Labors offen. Spock und McCoy übersah sie und ging zur Kommunkationskonsole, wo Kirk etwas diktierte. »Kirk an Spock«, sagte er. »Ich habe alle Tatsachen, die mir bekannt waren, in die Computerbank eingegeben…« Da sah er Deela.

Sie musterte ihn. »Mach weiter«, sagte sie. »Es führt ja doch zu nichts. Aber historisch könnte es wertvoll sein.«

Kirk ließ sie nicht aus den Augen und fuhr fort: »Hyperbeschleunigung ist der Kern der Sache, Mr. Spock. Wegen dieser Beschleunigung unterstehen wir ihrer Kontrolle. Sie sind auch in der Lage, andere auf ihr eigenes Maß zu beschleunigen, und das taten sie mit Compton und mir. Wer so behandelt wurde und sich ihrem Tempo anpaßte, wird später gefügig, aber wenn...«

»Beschädigt«, sagte Deela.

Kirk verbeugte sich spöttisch. »Wenn beschädigt, altern sie unglaublich rasch, so als sei beschleunigtes Leben...«

»Brennt sie aus«, riet Deela.

»Es zerstört sie. Wie es Compton zerstört hat. Das am Gehäuse der Lebenserhaltungsmaschinerie befestigte Gerät erzeugt eisige Kälte. Ich glaube, es wird die *Enterprise* in eine riesige Tiefkühltruhe verwandeln und zu Zwecken, die allein die Scalosianer kennen...«

»Genau richtig«, flocht Deela ein.

Kirk wurde ironisch. »Meine Meinung wurde bestätigt. Deren Mechanismus hat einen eigenen Schutzschild, der körperlichen Kontakt verhütet. Ich habe keine Mittel, diesen Schild zu vernichten. Aber dessen Zerstörung ist die wichtigste Aufgabe. Ich diktiere dies in Anwesenheit der Königin, die nichts davon abgeleugnet hat. Weshalb sie mir gestattet...«

Sie beugte sich ihm entgegen; ihr Haar streifte seine Schulter, als sie in den Kommunikator sprach: »Wenn Sie das hören, wird es zu spät sein. Deshalb also. Unser Mechanismus ist dann aktiviert.«

Kirk wirbelte zu Deela herum. »Warum tut ihr das alles?« herrschte er sie an.

»Willst du das wirklich wissen? Es wird bald nicht mehr wichtig sein. Und du wirst darüber etwa so glücklich sein, wie es Compton war.«

»Ich will es aber wissen!«

»Oh, Lieber, du bist so unglaublich stur! Dir mit deinem Verstand müßte es doch längst klar sein, daß wir das tun, weil wir müssen.« Sie strich ihr Haar zurück. »Vor langer Zeit waren wir so wie ihr. Dann wurde unser Land von vulkanischen Eruptionen nahezu zerstört. Das Wasser war vergiftet, und wir waren sehr starker Strahlung ausgesetzt. Das hat uns verändert. Und diese Beschleunigung bewirkt.«

Das wäre möglich, überlegte Kirk. Die Langzeitwirkung der

Strahlung war sowieso noch immer unvorhersehbar. »Die Kinder starben«, fuhr sie fort. »Die meisten Frauen entdeckten, daß sie keine Kinder mehr bekommen konnten. Unsere Männer waren alle steril geworden. Wir hatten also Partner außerhalb unseres eigenen Volkes zu suchen…«

Eine Rasse, die zum Aussterben verurteilt war. Kirk schien zu wissen, was er weiter hören würde. Er hatte Mitleid mit ihr, und sie lächelte ihn traurig an. »Wenn also ein Raumschiff vorüberkam«, sprach sie weiter, »schickten wir Notrufe aus. Aber die Beschleunigung der Mannschaften auf unser Niveau brannte sie aus…« Sie trat zu ihm und legte ihren Kopf an seine Schulter. »Siehst du es jetzt ein? Oder muß ich dir noch mehr sagen? Wir werden dich mit uns nach unten nehmen. Vielleicht auch noch einen oder zwei andere von deinen Leuten. Das müssen wir tun. Wir werden gut zu euch sein. Und ich hab' dich wirklich gern, das solltest du wissen.«

»Und der Rest meiner Mannschaft?« fragte Kirk.

»Sie werden in einem gefrorenen Zustand in einer reduzierten Animation verbleiben. Wir kennen uns da aus. Das schadet ihnen nicht im geringsten. Wir heben sie für künftigen Bedarf auf. Du hältst ja auch nicht ewig, und du weißt das… Captain, wir haben doch auch ein Recht auf Überleben!« rief sie, als sie seine Miene sah.

»Nicht um den Preis, den du schilderst«, erwiderte er.

»Ihr tut doch genau dasselbe! Du bist in diese Lebenserhaltungsstation gerannt, als du wußtest, daß sie bedroht war. Du hättest mein ganzes Volk getötet, wenn du gekonnt hättest.«

»Ihr seid in mein Schiff eingebrochen und habt meine Crew in Gefahr gebracht!«

»Da sehe ich keinen Unterschied«, entgegnete sie.

»Da ist ein sehr großer Unterschied. Ihr seid die Angreifer.«

»Wir haben nicht um unser Unglück gebeten. Wir versuchen nur auf die einzig mögliche Art, die wir uns ausdenken konnten, damit fertig zu werden, auf die Art, die unseren Eltern und deren Eltern diente…«

»Und ihr nennt das eine Lösung eures Problems?«

Sie sah ihn an und schwieg. Er bedrängte sie: »Habt ihr jemals nach einer anderen Lösung gesucht? Deela, sage doch deinem Wissenschaftler, er soll dieses Gerät abnehmen und es vernichten. Ich verspreche dir, daß wir alles an Wissen und Geschicklichkeit aufbieten werden, um euch zu helfen. Wir bringen euch sogar zu einem anderen Planeten, wenn ihr wollt. Wir rufen die größten Wissenschaftler der Föderation zu eurer Hilfe herbei.«

Sie schüttelte den Kopf. »Wir haben schon andere Wege versucht, und wir versuchen auch, uns eurem Zeittempo anzupassen. Alle, die diesen Versuch machten, mußten sterben. Wir sind in der Falle, Captain, so wie ihr jetzt in der Falle seid. Es tut mir leid, weil ich euch dies antun muß, aber ich kann nichts daran ändern. Und du kannst mich nicht ändern.«

Das Medaillon an ihrem Gürtel schlug an. Sie berührte es, und Raels Stimme sagte: »Geht zum Transporterraum, Deela. Gib mir ein Zeichen, sobald du dort bist und nach unten gehst.«

»Mit dem Captain?«

Sie runzelte die Stirn, konzentrierte sich auf das Medaillon – und Kirk packte die Gelegenheit beim Schopf. Er zog das diktierte Band ein Stück aus dem Computer, so daß Spock es bemerken mußte.

Rael sagte: »Ja, ich aktiviere unseren Mechanismus und folge dir. Ich stelle ihn so ein, daß für uns alle genug Zeit bleibt, das Schiff zu verlassen. Aber trödle nicht herum, Deela.«

Kirk war zur Tür des Labors gerannt. Hinter ihm schrie Deela: »Der Captain ist verschwunden!«

»Dann lauf ihm doch nach, Deela.«

Aber dieser Vorsprung hatte Kirk die Möglichkeit gegeben, zum Transporterraum zu gelangen. Er rannte zur Konsole und riß eine Handvoll Draht heraus, klappte aber sofort den Deckel wieder zu, daß der Schaden nicht sofort zu bemerken war.

Deela kam angelaufen. »Warum hast du mich verlassen?« verlangte sie zu wissen.

»Ich bekam Angst«, antwortete Kirk.

Die grünen Augen musterten ihn. »Das glaube ich dir nicht.«

»Könnten wir hier weg, ehe er euer Gerät aktiviert?« fragte er.

Sie sah ihn mißtrauisch an. Dann berührte sie ihr Medaillon. »Rael, wir sind unten im Transporterraum. Du kannst jetzt... aktivieren.«

»Dann schick ihn sofort nach unten.«

Ein wenig zögernd winkte sie Kirk zur Plattform. An der Konsole legte sie einen Schalter um, doch nichts rührte sich, und das Lächeln in ihren grünen Augen vertiefte sich. »Was hast du mit dem Transporter getan, Captain?«

»Nichts«, behauptete er. »Das müssen deine Leute gewesen sein. Versuche es doch noch einmal mit dem Schalter.«

Das tat sie, und dann berührte sie wieder ihr Medaillon. »Der Transporter funktioniert nicht«, meldete sie leise.

»Was hat er damit angestellt?«

Ihre Antwort kam zögernd. Ihre Augen glitzerten koboldhaft, denn sie genoß die Lage. Sie fand es witzig vorzugeben, daß sie nicht wisse, was sie wußte. »Nichts«, antwortete sie Rael. »Er hatte gar nicht die Zeit dazu. Ich denke, es ist – wie nennen sie das? – eine Panne. Du wartest besser noch mit dem Aktivieren.« Sie wandte sich wieder an Kirk und lächelte noch immer. »Was meinst du, daß es sein könnte, Captain?«

Er tat nachdenklich. »Nun, unsere Techniker haben einen Energieverlust gemeldet. Das könnte es sein.«

Sie sprach in ihr Medaillon. »Der Captain sagt, seine Techniker...«

»Ich habe ihn selbst gehört. Und du glaubst, ich würde ihm glauben?«

Jetzt war sie die Königin, die sprach. »Ich erwarte von dir, daß du alle nur denkbaren Ursachen untersuchst.« Sie schaltete das Medaillon ab und lächelte Kirk wieder auf unnachahmliche Koboldart an. »Wäre ich sehr mißtrauisch«, sagte sie, »würde ich sagen, du hast den Transporter absichtlich beschädigt, Captain, um damit Zeit zu gewinnen.«

»Natürlich«, antwortete er.

Sie lachte amüsiert. »Sind wir nicht ein herrliches Paar?« rief sie. »Ich verachte unredliche Leute. Du nicht auch?«

Kirk nickte ernsthaft. »Ich glaube selbst unerschütterlich an ehrliche Beziehungen... Deela, du hast noch nicht einmal meine Wohnung gesehen. Bevor wir gehen... Hättest du Lust?«

Sie schaute ihn voll an. »Ist sie wie du? Karg, tüchtig und leistungsfähig und – auf deine eigene Art – schön?«

»Ja«, antwortete er.

In seiner Kabine war ihr erster Gang zum Spiegel. »Oh, wie sehe ich aus!« rief sie bestürzt. Sie nahm eine Bürste vom Toilettentisch und legte den Kopf zurück, so daß ihr langes Haar über ihren Rükken fiel. Dann lachte sie und begann das Haar zu bürsten.

»Bist du verheiratet, Captain?« fragte sie.

»Nein.«

»Keine Familie? Keine Anhängsel? Oh, ich verstehe. Du bist mit deiner Karriere verheiratet und schaust niemals eine Frau an.«

»Da irrst du aber«, erwiderte er. »Ich schaue schon hin, wenn sie hübsch genug ist.«

»Ich möchte nur wissen, wann du endlich zu mir einmal etwas Nettes sagst... Sehe ich jetzt ordentlicher aus?«

»Ein wenig«, gab er zu.

Sie schaute ihn an, die Bürste noch in der Hand. »Es war köstlich, dich zu küssen, als du mich nicht sehen konntest. Aber jetzt siehst du mich. Glaubst du nicht auch, daß...«

Er nahm sie in die Arme und küßte sie. Er fühlte, wie sie am ganzen Körper zitterte, doch sie entzog sich ihm schnell. Ihre Arme wollten sich gerade um seinen Hals legen, als sie davonwirbelte, weil er nach ihrer Waffe griff. »Das ist unfair!« rief sie. »Einfach mitten im Kuß...«

Sie schob die Waffe in den Gürtel zurück. »Ich verzeihe dir aber. Ich wäre sogar sehr enttäuscht gewesen, wenn du's nicht versucht hättest.«

»War ich denn zu grob?« fragte er.

»Versuch es nur ja nicht noch einmal, das ist alles«, warnte sie ihn. »Du bist ja so empfindlich gegen Zellbeschädigungen. Ich brauche dich nur zu kratzen...« Sie zeigte ihm ihre rosafarbenen Nägel. Dann nahm sie seine Arme und legte sie um ihre Taille. »Früher oder später wirst du so denken lernen, wie wir es tun, besser früher, das rate ich dir.«

Im medizinischen Labor legte Spock gerade sein eigenes Band in den Computer. Der Vulkanier funktionierte noch in seiner eigenen Zeit. Da rief McCoy nach ihm. »Schauen Sie sich das mal an,

Spock. Da gibt es doch gar keine Frage. Die gleiche Substanz befindet sich im Kaffee des Captains und im scalosianischen Wasser. Aber in den anderen Tassen ist keine Spur davon.«

»Schwester«, wandte sich Spock an Christine, »programmieren Sie diese Information und sehen Sie zu, ob wir Gegenmittel isolieren können.«

Ein Moskito sirrte. Spock schlug in die Luft und drehte sich zu McCoy um. »Haben Sie das eben gehört...«

»Dieses Sirren habe ich ständig gehört, seit wir nach Scalos hinunterkamen.«

»Wir haben es mit heraufgebracht. Ich weiß auch, was es ist. Ich bin jetzt auf der Brücke.« Sie folgten ihm ratlos, als er aus dem Labor lief. Und er rannte noch immer, als er kurz vor der Brücke stehenblieb. »Leutnant Uhura, überspielen Sie mir diesen scalosianischen Notruf auf meinen Schirm!«

»Ja, Sir.«

Raels Bild erschien auf dem Schirm. Spock beugte sich gespannt nach vorn und wartete auf die Stimme. Sie kam. »Die von uns, die noch übrig sind, haben Schutz in diesem Gebiet gesucht. Wir haben keine Erklärung für das, was uns geschehen ist. Wir sind jetzt noch fünf...«

Das genügte. Spock stellte einen Wähler am Gerät neu ein, und die Stimme wurde viel höher und zu einem unverständlichen Geplapper; schließlich ging sie in ein erkennbares Sirren über. Spock ließ das Band wieder langsamer laufen, bis sich Worte ergaben, und beschleunigte erneut. Dann nickte er. Auf dem Schirm hatte sich parallel zum Ton das Bild erst verschärft, dann verwischt und war schließlich ganz verschwunden.

»So«, sagte Spock vor sich hin.

Im Labor, in das McCoy inzwischen zurückgekehrt war, gelang dem Doktor ebenfalls eine Entdeckung. Er schlug den sirrenden Moskito in die Flucht und sagte in seinen Interkom: »McCoy an Spock.«

»Ja, hier Spock.«

»Haben Sie ein Band im Computer gelassen? Ich versuchte es zu lesen, bekam aber nichts als ein hohes Sirren.«

»Doktor, bringen Sie es mir sofort auf die Brücke.«

Sie lauschten Kirks Stimme, und jeder von ihnen sah sein eigenes Schicksal in dem Comptons und Kirks.

»... aber dessen Zerstörung ist die wichtigste Aufgabe. Ich diktiere das in Anwesenheit der Königin, die nichts davon abgeleugnet hat. Weshalb sie mir gestattet...«

Und dann Deelas Stimme: »Wenn Sie das hören, wird es zu spät sein. Deshalb also. Unser Mechanismus ist dann aktiviert...«

Die Leute auf der Brücke schwiegen nachdenklich. Spock lehnte sich über seine Konsole. »Im Lebenserhaltungssystem sehe ich keine Veränderung«, sagte er. »Alarmieren Sie den Rest der Crew.«

Scott trat neben ihn. »Wir könnten Phaser benutzen, um die Wände zu durchschneiden, das Kraftfeld zu umgehen und an diesen Mechanismus zu gelangen.«

»Mr. Scott, wir können auf unserer Zeitebene nicht gegen sie aufkommen.«

»Und auf ihrer Zeitebene, wäre es da möglich?«

»Logisch wäre es, Mr. Scott. Bitte halten Sie sich im Transporterraum bereit. Dr. McCoy, ich wäre für Ihre Hilfe dankbar.«

Rael hatte im Transporter soviel Energie herausgeholt, daß es für den Transport nach unten reichte. Aber sein Erfolg hatte einen bitteren Beigeschmack. Seine Phantasie quälte ihn ständig mit Deelas Bildern, wenn sie mit Kirk zusammen war. Endlich griff er nach seinem eigenen Medaillon.

»Deela...«

Sie antwortete nicht, denn sie kämmte sich vor Kirks Spiegel genußvoll ihr langes Haar. Er saß auf einem Stuhl und sah ihr zu. Dann stand er auf und lächelte ihrem Spiegelbild zu. Er küßte sie auf den Nacken, und sie warf sich in seine Arme.

»Deela!«

Rael stand in der Tür der Kabine. Wütend griff er nach Deela. Dann packte er eine Lampe und warf sie nach Kirk, doch der duckte sich. Zellbeschädigung! In seinem beschleunigten Zustand war dies natürlich keine normale Rauferei. Deela kreischte.

»Rael, aufhören, sofort aufhören!« rief sie. »Nicht beschädigen, Rael! Captain, lauf weg!«

Sie griff nach ihrer Waffe und schoß auf die Lampe. Aber Rael drang wieder auf Kirk ein, diesmal mit bloßen Händen. Deela schoß wieder, so daß Rael unter der Wucht des Kraftstrahls herumwirbelte. »Das reicht jetzt!« rief sie. »Hat er dich beschädigt, Captain?«

»Nein.«

»Wie gut für dich, Rael. Versuche nur ja nicht noch einmal so etwas.«

»Dann quäle mich nicht so. Du weißt, was ich fühle.«

»Mir ist völlig egal, was du fühlst. Behalte solche Dinge für dich. Was ich tue, ist nötig, und du hast nicht das Recht, es in Frage zu stellen.« Sie machte eine Pause und fuhr ruhiger fort: »Erlaube mir doch, den Mann gern zu haben, den ich wähle.«

Er trotzte noch, doch er war nicht mehr böse. »Ist der Transporter schon repariert?« fragte sie kühl.

»Ich habe noch andere Arbeit zu tun.«

»Dann tue sie auch.« Er ging. Sie schwieg und schien von dem eben Geschehenen sehr bedrückt zu sein. »Er liebt mich«, erklärte sie nach einer Weile. »Als ich noch ein Kind war, verehrte ich ihn sehr. Vielleicht tue ich das auch jetzt noch... Aber ich muß sagen, du hast dich viel besser gehalten als er.«

»Ich hoffe es wenigstens«, antwortete Kirk.

»Was sagtest du?« fragte sie verblüfft.«

»Ich hoffe, ich habe mich richtig verhalten.«

Sie starrte ihn an. »Und jetzt stört dich sonst gar nichts?«

»Warum sind wir hier?«

»Weißt du denn nicht mehr, daß unser Transport sich verzögerte? Du hast den Transporter beschädigt.«

»Das war nicht richtig«, antwortete Kirk.

»Ganz gewiß.«

»Aber wir gehen doch nach Scalos?«

»Willst du das denn?«

»Ja.«

»Und deine Crew? Machst du dir über sie keine Gedanken?«

»Es wird ihnen hier gutgehen.«

Ihr Mund verzog sich angewidert. »Was ist denn los?« erkundigte sich Kirk.

»Du hast also die Situation völlig akzeptiert, nicht wahr? Sie gefällt dir sogar.«

»Warum? Benehme ich mich nicht korrekt?«

»Nein... Oh, du hast mir vorher viel besser gefallen!« beklagte sie sich. »Du warst so dickköpfig, so unabhängig – und aufreizend. Genau wie Rael.«

»Das sind doch unerwünschte Wesenszüge.«

»Vielleicht hast du mir gerade deshalb so gut gefallen. Weil du so wie er warst.«

Kirks Gesichtsmuskeln schmerzten unter der Gezwungenheit seines Lächelns, doch er behielt es bei. Sie berührte ihr Medaillon. »Rael, du brauchst dir seinetwegen keine Sorgen zu machen. Er hat... die Anpassung geschafft.«

McCoy untersuchte das Reagenzglas mit der gewonnenen Flüssigkeit. »Fertig«, sagte er müde zu Spock.

Spock nahm das Reagenzglas, mischte einen Teil des Inhalts mit scalosianischem Wasser und setzte die Mischung einem elektronischen Gerät aus. »Das wirkt ausgezeichnet gegen diese Substanz«, erklärte er.

»Im Labor, Die Frage ist die, wird die Wirkung im menschlichen Körper auch so sein? Und die zweite Frage: Wie kommen wir an den Captain heran?«

Spock goß etwas von dem scalosianischen Wasser in ein Glas und hob es zu einem Toast an McCoy. »Indem wir ihr Wasser trinken«, und leerte das Glas.

»Spock, Sie wissen nicht, welche Wirkungen...«

Aber Spock genoß den Geschmack. »Es ist... etwas anregend... Und ja, Doktor, Sie scheinen sich sehr langsam zu bewegen. Faszinierend!« Dann war er weg. McCoy sank in einen Sessel und hatte die Augen auf jene Stelle gerichtet, an der vorher Spock gestanden hatte.

Rael war eingehend mit dem Knopf seines Gefriermechnismus beschäftigt. Als er endlich rot aufleuchtete, brachte er einen weiteren an. Er nickte vor sich hin, als er zu pulsieren begann und gleichzeitig die Lichter des Lebenserhaltungssystems schwächer wurden.

Er berührte sein Kommunkationsmedaillon. »Deela, es ist aktiviert. Geh zum Transporterraum und laß dich sofort nach unten bringen. Die anderen sind schon weg.«

Scott war an der Konsole. Er war unbeweglich und sah nichts, als Kirk mit Deela den Raum betrat. Zeit, Zeit, dachte Kirk, gab es denn gar keine Möglichkeit, noch etwas Zeit zu gewinnen? Er besah sich die Transporterplattform, von der aus er nach Scalos gebracht werden sollte.

»Komm, Captain«, forderte ihn Deela auf. »Wir verlassen jetzt dein schönes Schiffchen. Deine Crew schafft es auch ohne dich. Das hast du doch selbst gesagt.«

Er lächelte sie an. »Weißt du was?« meinte er. »Ich glaube, ich überzeuge mich erst davon.« Dann fing er sie ein, riß ihr die Waffe aus dem Gürtel und rannte zur Tür.

Sie schrie in ihr Medaillon. »Rael! Er ist ausgebrochen! Und er ist bewaffnet!«

»Bin bereit für ihn...«

Kirk rannte den Korridor entlang zur Lebenserhaltungsstation und mußte um die Steinfiguren seiner Leute herumlaufen. Der Strahl eines Phasers durchschnitt die Dunkelheit, und Kirk blieb plötzlich stehen. Da sah er Spock. Sie sprachen nicht, und das war auch gar nicht nötig. Von der Lebenserhaltungsstation, deren Tür offen war, klang ein lautes *Ping!* Gemeinsam duckten sie sich, rissen ihre Waffen hoch und stürmten durch die Tür.

Rael schoß wieder, verfehlte sein Ziel – und Kirk lähmte ihn mit Deelas Waffe. Im gleichen Moment traf Spocks Phaserstrahl die scalonianische Maschine. Sie tuckerte weiter. Nun zielte Kirk auf sie, und jetzt flammte sie auf, schmolz und war nur noch ein Klumpen.

»Erfreut, Sie zu sehen, Mr. Spock«, sagte Kirk.

»Rael!« schrie Deela, lief zu dem zusammengekrümmten Mann und tastete nach seinem Herzschlag. Freudig küßte sie Raels Lippen. Dann schaute sie hoch zu Kirk. »Captain, du bist sehr gerissen. Du hast mich überlistet. Ich hätte es ja wissen müssen, daß du dich nie anpassen wirst.« Sie nahm Rael in die Arme. »Was können wir von euch nun erwarten?«

»Wir könnten euch in eine reduzierte Animation versetzen, bis wir uns darüber schlüssig werden, wie wir euch weiter verwenden«, sagte er. »Was willst du, daß wir für euch tun?«

Sie war den Tränen nahe. »Oh, Captain, mach doch kein Spiel daraus! Du hast gewonnen. Du kannst uns irgendwie beseitigen.«

»Wenn ich euch nach Scalos zurückschicke, treibt ihr den gleichen Unfug mit dem nächsten vorüberkommenden Raumschiff.«

Jetzt weinte sie bitterlich. »Es wird ja niemals mehr eines vorbeikommen, denn du wirst alle warnen. Eure Föderation wird den ganzen Raumsektor sperren.«

»Davon bin ich überzeugt.«

»Und dann sterben wir aus. So wird unser Problem ebenso gelöst wie das eure.«

»Wollt ihr Hilfe annehmen?« fragte Kirk.

»Uns kann niemand helfen. Ich habe dir doch gesagt...«

»Madame«, warf Spock ein, »ich schlage mit allem Respekt vor, daß wir euch doch helfen können, da wir auf dem industriellen Sektor euch sehr weit voraus sind.«

»Unsere besten Leute in der Föderation werden sich damit beschäftigen«, versprach Kirk. »Willst du unser Angebot annehmen, Deela, und in Frieden gehen?«

Diese Seite von Kirks Wesen hatte sie nicht vermutet. Nachdenklich schaute sie ihn an. Dann war wieder das kobaldhafte Funkeln in ihren grünen Augen. Sie zuckte die Schultern. »Was hätten wir schon zu verlieren?«

Sie blickte auf Rael hinab. Langsam kam er wieder zu sich. »Wir haben verspielt«, sagte sie leise. »Wir beide, du und ich, werden nach Scalos transportiert.«

Er lächelte sie an. »Bald«, bat er.

Sie nahmen ihre Plätze auf der Plattform ein.

»Wirst du uns einmal besuchen, Captain?« fragte Deela.

»Einschalten.«

»Captain... Captain... lebe wohl...«

Spock hatte den Hebel bewegt, die beiden Gestalten lösten sich auf und verschwanden. Kirk starrte lange die leere Plattform an. Dann wandte er sich energisch zu Spock um. »Und jetzt, mein Freund, wie kommen wir zurück?«

»Doktor McCoy und ich haben ein mögliches Gegenmittel zum

scalosianischen Wasser entwickelt, Sir. Bedauerlicherweise fehlte uns die Gelegenheit, es selbst auszuprobieren.«

»Dann wollen wir mal.« Er nahm den Becher, den Spock ihm reichte, und trank ihn leer. Deela und Rael. Es war schon gut so. Man konnte schließlich nicht alles haben, was man wollte. Ihre Augen – so grün wie nasse Blätter.

Er war so in seine Erinnerungen versunken, daß er kaum hörte, was Spock sagte: »Sir, Ihre Bewegungen scheinen sich zu verlangsamen.«

»Missssterr... Spock«, begann Kirk, holte tief Atem – und das Gegenmittel hatte gewirkt. Sie waren wieder in ihrer eigenen Zeit. Dann wurde ihm plötzlich klar, daß Spock nicht geantwortet hatte. Er wirbelte herum – und sah gerade noch, wie Spock verschwand.

»Spock, Spock, wo sind Sie?«

Scott kam durch die Tür und blieb mitten im Schritt stehen. »Captain Kirk!« schrie er. »Woher, in aller Welt, sind Sie gekommen?«

Es gab keinen Grund zu einer Panik. McCoy hatte noch etwas von dem Gegenmittel. Aber die vulkanische Physiologie war eine merkwürdige Sache. Was bei ihm, Kirk, gewirkt hatte, mußte nicht auch unbedingt bei Spock wirken. Was konnte man dann tun? Eine dauernde Isolierung in einem beschleunigten Universum? Kirk hatte seinen Kommunikator herausgerissen, ehe ihm einfiel, daß er ja nichts nützte, da er ebenso tot war wie das Schiff selbst. Die Brücke! Er mußte zur Brücke! Suchtrupps? Nutzlos. Sie konnten ihn ja nicht sehen. Wenn Spock jetzt neben ihm war, konnte er, Kirk, ihn ja nicht einmal sehen.

Auf der Brücke wurde er stürmisch begrüßt, doch das machte wenig Eindruck auf ihn. Als er an Uhuras Station vorüberkam, schnappte er: »Leutnant, versuchen Sie mal, unseren Recorder auf Höchstgeschwindigkeit einzustellen.«

»Jawohl, Sir.« Aber die Lichter an ihrer Konsole spielten verrückt. Sie blitzten immer schneller, bis sie zu einem Lichtbrei verschwammen. Alle anderen Konsolen um sie herum reagierten genauso. Plötzlich atmete der Captain erleichtert auf. »Ich glaube, wir haben Mr. Spock gefunden«, sagte er zu Scott. »Leutnant

Uhura, klären sich Ihre Stromkreise wieder?«

»Ja, Sir«, antwortete sie verblüfft.

»Mr. Sulu?«

»Klärt sich, Sir.«

»Leutnant Uhura, alle Kanäle öffnen.« Er griff nach seinem Mikrophon. »Captain an Mannschaft. Die Reparaturen des Schiffes werden von Mr. Spock gerade abgeschlossen. Wir werden normale Operationen... sofort wieder aufnehmen.«

Die Luft neben seinem Stuhl schien sich zu verdichten, und dann sah Kirk die elegant zugespitzten Ohren. »Ich begrüße Sie, Mr. Spock. Meinen Glückwunsch zu Ihrer Reparaturarbeit.«

»Danke, Captain. Ich fand, das war eine außerordentlich faszinierende Erfahrung.«

»Da bin ich aber froh«, meinte Kirk dazu. »In mehrfacher Hinsicht.« Er stand auf und machte eine Runde bei den Stationen. »Noch irgendwo Pannen?« Die Gesichter strahlten ihn an. Er kehrte an seinen Platz zurück, und da leuchtete sein Bildschirm auf. Die fünf Scalosianer waren zu sehen, und Deelas unbeschreibliche Schönheit verzauberte ihn von neuem.

»Entschuldigen Sie, Sir«, sagte Uhura. »Ich habe versehentlich auf den Bandknopf gedrückt.«

Er lehnte sich zurück und ließ die Augen nicht vom Schirm. Deelas Gesicht schien die ganze Welt auszufüllen. Das magnetische Feld zwischen ihnen – es ließ sich einfach nicht analysieren. Die Bilder verschwanden, der Schirm war leer.

»Lebe wohl, Deela«, sagte Kirk leise.

Brot und Spiele

Es gab keinen Zweifel. Der Raumschutt, den die Orter der *Enterprise* gesichtet hatten, war alles, was von der *Beagle*, einem Überwachungsschiff, noch übrig war; es war seit sechs Jahren als vermißt gemeldet. Ein paar Instrumente waren darunter, etliche persönliche Gebrauchsgegenstände, aber nirgends konnten menschliche Körper entdeckt werden. Der Schluß daraus war einfach. Die Mannschaft der *Beagle* war noch rechtzeitig über den Transporter zu einem Planeten gelangt, ehe die Katastrophe das Schiff vernichtet hatte.

»Mr. Chekow«, sagte Kirk, »geben Sie die Drift dieses Raumschutts dem Computer ein.«

»Eingegeben und gespeichert, Sir.«

Kirk warf einen Blick auf die Ziffern, dann stand er auf und ging zu seinem wissenschaftlichen Offizier. »Mr. Spock, angenommen, dieses Zeug trieb seit sechs Jahren mit derselben Geschwindigkeit in die gleiche Richtung...?«

Spock las eine Meldung seines Bibliothekscomputers ab. »Dann würde dieser Raumschutt von dem Planeten vier im Sternsystem acht-neun-zwei direkt vor uns kommen, Captain.«

»Nur ein sechzehntel Parsek entfernt, Sir«, rief Chekow. »Wir könnten in Sekunden dort sein.«

Kirk nickte. »Standort-Orbit um den Planeten. Es könnte Überlebende geben, Mr. Chekow.«

Spock hatte weitere Informationen über die verlorene *Beagle*. »Sie war ein kleines Schiff der Klasse vier mit Sternantrieb, siebenundvierzig Mann Besatzung, Kommandant...« Er zog seinen Kopf aus dem Abschirmmantel des Lesegeräts zurück. »Ich glaube, Sir, Sie kennen ihn. Captain R. M. Merrick.«

»Ah, von der Akademie.« Seither war viel Zeit vergangen, und ganz angenehm war die Erinnerung auch nicht. Merrick hatte im fünften Jahr aufgeben müssen. Gerüchteweise hatte Kirk erfahren, er sei in den Raumdienst der Handelsflotte gegangen. Ob das nun stimmte oder nicht – gekannt hatte er den Mann jedenfalls, und wenn Merrick zufällig wirklich dort unten wäre, gestrandet auf diesem Planeten...

Kirk wandte sich zum Bildschirm der Brücke um. Sie näherten sich dem Planeten. Der leuchtende Stecknadelkopf wurde größer, runder und verwandelte sich in eine blauleuchtende Kugel, ganz der Erde ähnlich. Nur die Ozeane und Landmassen waren anders.

Das sagte er zu Spock, doch der schüttelte den Kopf. »Nur der Form nach, Captain«, antwortete er. »Das Verhältnis Land zu Wasser ist genau wie auf Ihrem Heimatplaneten. Dichte 5,5, Durchmesser 7917 am Äquator, Atmosphäre 78% Stickstoff, 21% Sauerstoff; auch hier genau wie die Erde.« Er deutete auf den Leseschirm seines Computers. »Und ich habe sogar Hinweise auf größere Städte gefunden.«

»Entwicklung?« fragte Kirk.

»Keine Anzeichen für Atomenergie. Aber weit genug fortgeschritten für Radioverbindungen, ein ausgezeichnetes Straßensystem.«

Uhura kam von ihrer Station herbei. »Captain, ich glaube, ich habe etwas gesehen. Ein Nachrichtenübermittlungssystem, das man, glaube ich, ›Video‹ nannte.«

»Gebräuchlicher war die Bezeichnung Television oder Fernsehen«, bemerkte Spock.

»Bringen Sie's auf den Schirm, Leutnant«, bat Kirk.

Für einen Augenblick war auf dem Brückenschirm nur das Planetenbild aus der Umlaufbahn zu erkennen, doch dann stellte Uhura das Gerät nach, und das Bild löste sich auf in die Straße einer Stadt; abgesehen von einigen Kleinigkeiten hätte dies die Straße einer Stadt aus dem Jahr 1960 sein können. Das Bild war sehr klar und zeigte Zuschauer in der Kleidung jener Zeit, die beobachteten, wie ein Polizeitrupp eine kleine Gruppe von Leuten in Lendentüchern zusammentrieb.

Eine gefilterte Ansagerstimme war zu vernehmen: »...Und im Forum-Distrikt hat heute die Polizei eine weitere Gruppe von Dissidenten zusammengetrieben. Die Behörden sind bis jetzt noch nicht in der Lage, diese neuen Ausbrüche verräterischen Ungehorsams bei gut behandelten und geschützten Sklaven zu erklären…«

Auf der Brücke der *Enterprise* herrschte beklommenes Schweigen. Aber die ausdruckslose Ansagerstimme fuhr fort: »Und jetzt wenden wir uns dem Sport zu. Wir bringen Aufnahmen aus der Arena von den Spielen des gestrigen Abends.«

Zwei Männer erschienen auf dem Bildschirm. Sie waren nackt bis auf Lederschurze, trugen Helme, längliche Schilde und waren bewaffnet mit altrömischen Schwertern. Sie gingen aufeinander zu. Einer griff an. Der Ansager meldete: »Die erste Runde wurde von Amateuren bestritten, zwei kleinen Dieben aus dem Stadtgefängnis, jedoch mit traditionellen Waffen, so daß für ein paar Augenblicke einiges Vergnügen…«

Der Angreifer sah seine Chance. Er tat einen Satz und trieb sein Schwert in das Herz des Gegners. Dann trat er von dem blutigen Körper zurück und hob sein Schwert, um die Besucher auf den Galerien der Arena zu grüßen.

Durch das Geschrei der Menge tönte die Stimme des Ansagers: »Der Gewinner wird in den Spielen des heutigen Abends gegen einen anderen Bewerber antreten. In der zweiten Runde gab es eine berufsmäßigere Zurschaustellung des Geistes unserer glorreichen Vergangenheit, als Gladiator Claudius Marcus den letzten der Barbaren, William B. Harrison, besiegte. Es war ein ausgezeichneter…«

Statik prasselte, das Bild verblaßte, das Planetenbild kam zurück.

Eine entsetzte Uhura riß sich zusammen. »Übertragung verloren, Captain, soll ich versuchen, das Bild zurückzuholen?« fragte sie.

Kirk antwortete nicht. Verblüfft wandte er sich an den ebenso verblüfften Spock. »Sklaven und Gladiatoren? Soll das eine Art Rom des zwanzigsten Jahrhunderts sein?«

Spocks Gesicht war ungewöhnlich ernst. »Captain, dieser Mann, den der Ansager als den letzten Barbaren bezeichnete, ist auch hier aufgeführt – Flugoffizier William B. Harrison von der S.S. *Beagle*. Also gab es doch Überlebende dort unten.«

Eine Landegruppe – eine andere Möglichkeit gab es da nicht.

Kirk wirbelte zu Sulu herum. »Bereiten Sie den Transporterraum vor, Mr. Sulu.«

Sie kamen am Grund eines flachen Canyons an. Kirk schaute den felsigen Überhang entlang und bemerkte: »Sie hätten sich wirklich ein schöneres Gelände aussuchen können, Mr. Spock.«

Sein Erster Offizier nahm schon Tricordermessungen vor. »Aber praktisch, Captain«, erwiderte er. »Nicht bewohnt, jedoch in der Nähe der Stadt, die wir sahen. Ich denke, niemand kann uns beobachten.« Er schaute von seinem Instrument auf. »Faszinierend, wie diese Atmosphäre der Ihres zwanzigsten Jahrhunderts ähnelt! Mittlere industrielle Verunreinigungen, mit großem Anteil an Kohlenmonoxid und teilweise verbrauchten Kohlenwasserstoffen.«

»Das Wort hieß ›Smog‹«, sagte McCoy.

»Ja, ich glaube, das ist richtig, Doktor. Ich hatte keine Ahnung, daß Sie ein so großer Historiker sind.«

»Bin ich gar nicht. Ich wollte Sie nur bremsen, ehe Sie mit einer langen Vorlesung loslegen. Jim, wissen wir überhaupt etwas über diesen Planeten?«

Kirk schüttelte den Kopf. »Die *Beagle* machte ihre erste Überwachungsreise in diesem Sektor, als sie verschwand.«

»Dann ist also die Oberste Direktive voll wirksam, Captain.«

»Ja, Mr. Spock. ›Keine Identifikationen, weder persönlicher Art noch bezüglich der Mission; keine Einmischungen in die gesellschaftliche Entwicklung des betreffenden Planeten.‹«

McCoy nickte. »Keine Erwähnung des Weltraums, anderer Welten oder höherentwickelter Zivilisationen.« Er lachte. »Einmal, nur ein einziges Mal möchte ich irgendwo landen und sagen: ›Seht, ich bin der Erzengel Gabriel...‹«

Kirk lachte, und Spock hob eine Braue. »In einer solchen Maskerade kann ich keinen Witz sehen«, bemerkte er.

McCoy musterte ihn. »Ich glaube, weil Sie nur schwerlich behaupten können, wie ein Engel auszusehen. Aber wenn Sie irgendwo mit einem *Dreizack* in Händen landen würden...«

Ein Schuß krachte, und die Kugel stäubte zu Kirks Füßen den Sand auf. »Keine Bewegung!« befahl eine männliche Stimme.

»Hände hoch!«

»Genau wie auf der Erde«, bemerkte Spock. »Und die Sprache hier ist sogar Englisch...«

Die zweite Kugel schlug vor seinen Füßen ein.

»Ich sagte doch, keine Bewegung!« schrie die Stimme.

»Ich glaube, der meint es ernst«, sagte Kirk.

Spock schaute die Kugelspur im Sand an. »Sir, ich glaube, das läßt sich nicht leugnen.«

Sie hoben die Hände über die Köpfe; Steine kollerten weg, als sich Schritte näherten. Ein großer, bulliger Mann sprang vom Überhang herab. Drei weitere Männer folgten ihm. Alle trugen ausgefranste Sklaven-Lendentücher und waren mißtrauisch und wachsam wie Flüchtlinge. Ihre Gewehre waren altmodisch, damit umgehen konnten die Männer aber erstklassig.

»Wer seid ihr?« herrschte der Bullige sie an.

»Wir kommen aus einer anderen... Provinz«, antwortete Kirk.

Der Mann starrte Spocks Ohren an. »Woher kommst du? Sind das Ohren?«

»Ich nenne sie Ohren«, antwortete Spock freundlich.

»Willst du vielleicht den Witzbold spielen?«

»Das tue ich niemals.« Und zu Kirk sagte er: »Umgangsenglisch des zwanzigsten Jahrhunderts. Wirklich eine sehr erstaunliche Parallele.«

Der Große war sehr verblüfft, und Kirk erklärte: »Wir kommen von einem Ort, der ziemlich weit von hier entfernt ist. Ich zweifle daran, daß du je davon gehört...«

Er wurde unterbrochen. Der Große deutete auf die Uniformen und wandte sich an seine Männer. »Uniformen. Vielleicht eine neue Einheit der Prätorianergarde.« Er drehte sich wieder zu Kirk um. »Ich sollte euch hier und jetzt erschießen, aber Septimus würde sich vielleicht darüber ärgern. Ihr könnt jetzt die Hände wieder runternehmen. Unsere Gewehre habt ihr im Rücken. Weitergehen.« Er deutete nach vorn.

Sie gehorchten. Nach etwa zwanzig Minuten beschwerlichen Marsches über felsigen Boden trat hinter einem großen Felsblock ein Mann in zerschlissener Kleidung heraus, der sein Gewehr schußbereit hob.

»Spione der Prätorianer«, berichtete ihm der Große. »Ich bringe sie zu Septimus.«

Sie wurden durch einen Höhleneingang gestoßen. Im halben Dämmerlicht sahen sie eine Anzahl Menschen; die Männer trugen Lendenschurze, die Frauen grobe Hemden. Als sie die Fremden sahen, scharten sich alle um einen ältlichen Mann. Er hatte graues Haar, und sein Gesicht wirkte vornehm und wohlwollend.

»Septimus, ich habe ihnen nichts angetan«, berichtete der Große. »Obwohl ich's nur allzu gern getan hätte.«

Er erntete dafür ein anerkennendes Nicken. »Du darfst niemals vergessen, Flavius, daß wir nur den Frieden wollen.«

»Dafür sind wir auch dankbar«, sagte McCoy. »Wir selbst wollen ebenfalls nur den Frieden.«

»Ah? Dann seid ihr also auch Kinder der Sonne?«

McCoy zögerte. »Wenn ihr damit eine Art Religion meint, dann vertreten wir verschiedene Richtungen...«

»Es gibt nur eine einzige wahre Religion!« schrie Flavius. »Das sind römische Schlächter, die der Erste Bürger geschickt hat!«

»Sind wir denn so wie Römer, wenn du je welche gesehen hast?« fragte ihn Kirk.

»Dann seid ihr also auch Sklaven?« wollte Septimus wissen.

»Nein. Unser Volk glaubt nicht an Sklaverei.«

»Eine römische Lüge!« schrie Flavius wieder. »Septimus, wir müssen sie töten.«

Spock trat einen Schritt vor. »Sir, wir kamen, um nach einigen Freunden zu suchen. Es waren siebenundzwanzig, die hier vor sechs Jahren strandeten. Sie trugen Kleider, die den unseren ähnlich waren. Habt ihr je von solchen Männern gehört?«

Niemand hatte davon gehört. Flavius war noch immer mißtrauisch. »Septimus, ich weiß«, sagte er vorsichtig. »Töten ist böse, aber manchmal ist es doch notwendig.«

»Nein!«

»Sie haben aber unser Versteck gesehen. Es ist besser, ein paar von ihnen sterben als wir alle zusammen.«

»Er hat recht, Septimus«, pflichtete ihm einer der anderen bei. »Mir ist es ja egal, aber ich habe meine Frau und meine Kinder hergebracht.«

»Wenn sie nicht sterben, Septimus, ist es genauso, als hättest du uns alle umgebracht.«

Flavius erhielt viel Zustimmung. Kirk sah, daß Septimus unschlüssig wurde. Gewehre hoben sich. »Wartet«, sagte der Captain. »Ich kann euch beweisen, daß ich die Wahrheit spreche. Ein kleines Gerät, Flavius. Ich nehme es ganz langsam heraus...«

Die Finger an den Abzügen bogen sich ein wenig, als er nach seinem Kommunikator griff. Er hielt ihn auf der Hand, damit alle ihn sehen konnten. Dann hob er ihn an die Lippen. »Captain an *Enterprise*, bitte kommen.«

»Hier Scott, Captain«, kam die Antwort.

»Schalten Sie sich in meine Übertragung ein. Sondieren Sie uns.«

»Sondierung durchgeführt, Sir.«

»Wie viele Menschen sind, uns mit eingeschlossen, in dieser Höhle?«

»Zwölf, Captain.«

Flavius und Septimus schauten sich schnell um und zählten. In der Höhle befanden sich in der Tat zwölf Leute. Entgeistert schauten sie Kirk an. Er lächelte.

»Scotty, weiter sondieren. Wir werden uns immer wieder melden. Kirk Ende.« Er klappte den Kommunikator zu und wandte sich an Septimus. »Die *Enterprise* ist unser Schiff, das auf See ist. Die Stimme gehört einem meiner Männer. Das ist alles, was ich euch sagen kann. Wenn das nicht genügt, dann werdet ihr uns wohl töten müssen.«

Die Gewehre senkten sich. Septimus war sehr beeindruckt und sprach mit Flavius. »Sage mir, daß das Imperium ein solches Instrument hat, dann kannst du sie töten. Andernfalls mußt du sie als Freunde akzeptieren.«

Die Spannung ließ deutlich nach. Eine Frau kam heran und bot Kirk ein Schälchen mit Milch an. Er lächelte die Fremde an, trank die Milch und benutzte diese Chance, sich in der Höhle umzuschauen. Die Betten der Flüchtlinge waren grobe Felsleisten. Was die Fremden an Ausstattung besaßen, war gleichermaßen primitiv. Und doch fühlten sich die Männer der *Enterprise* in der Höhle allmählich behaglich. Vielleicht kam das von der unvermittelten Freundlichkeit der Leute, die ihre Gäste für den unfreundlichen

Empfang entschädigen wollten.

Es war schwierig, ihre Art zu leben einzuordnen. Einerseits Television, andererseits der grobe Bohlentisch mit zerlesenen Zeitschriften darauf. War diese Welt ein merkwürdiges Beispiel für das Hodgkins'sche Gesetz über die Entwicklung von Parallelplaneten? Eine Welt, die der Erde des zwanzigsten Jahrhunderts glich, und das ließ sich nicht leugnen.

Aber das Rom dieser seltsamen »Erde« schien keinen Fall erlebt zu haben. Und es waren Imperatoren, die ihre Linie auf die Cäsaren vor zweitausend Jahren zurückführen konnten.

Kirk wandte sich wieder an Septimus, da ihm daran lag, etwas über das Schicksal der Leute von der *Beagle* zu erfahren. Aber der alte Mann schüttelte den Kopf. »Nein, Captain. Ich bin sicher, ich hätte von der Ankunft solcher Männer gehört, wie ihr es seid.«

Aber Kirk ließ nicht locker. »Habt ihr gehört... etwa eine unmögliche Geschichte über Männer, die vom Himmel kamen? Oder von anderen Welten?«

Septimus lächelte. »Es gibt keine anderen Welten.«

»Die Sterne...«

»Da scheint Licht durch vom Himmel. Der Himmel ist dort, wo die Sonne ist. Gesegnet sei die Sonne.«

»Ja, natürlich. Entschuldige...«

Spock hielt eine Zeitschrift in der Hand und winkte. Sie hieß *Der Gallier*. Auf dem Titelblatt war ein Gladiator, voll bewaffnet mit Schwert, Schild, Brustpanzer und Helm. Die Bildunterschrift hieß: DER NEUE SCHWERGEWICHTSCHAMPION.

Kirk blätterte das Magazin durch und fand die farbige Zeichnung eines schlanken Automobils, und darunter stand: DER JUPITER ACHT FÜR KÖNIGLICHEN KOMFORT.

»Faszinierend«, sagte Spock.

»Jupiter acht. Herkömmliche Verbrennungsmaschine... Spock, mit dem Smog hatten Sie recht. Aber Jupiter-Wagen? Und hier ist die Zahnpaste namens Mars... Neptun Badesalz...«

»Das sind die Namen falscher Götter«, erklärte Septimus. »Als ich noch Senator war, verehrte ich sie auch... Aber ich hörte dann die Worte der Sonne. Ich wurde ein Bruder. Deshalb machten sie mich zum Sklaven.«

»Septimus, willst du uns helfen?« fragte Kirk. »Wir müssen in die Stadt. Wir wissen, daß einer unserer vermißten Freunde kürzlich hier gesehen wurde.«

»Mein Rat an euch ist der, daß ihr dorthin zurückkehrt, woher ihr gekommen seid.«

»Das können wir nicht. Vielleicht habt ihr diesen Namen gehört: Merrick oder Captain Merrick?«

Septimus zog sich bestürzt zurück, und sein Gesicht verdunkelte sich. Kirk sah, daß auch Flavius wieder voll Mißtrauen war.

»Merikus?« fragte Septimus.

»Merrick. Der Führer unserer Freunde.«

»Merikus ist ja der Erste Bürger!« rief Flavius. »Dieser Schlächter!«

»Es könnte nicht derselbe Mann sein«, meinte Kirk. »Captain Merrick ist kein Schlächter.«

Spock sagte: »Captain, wenn ich eine logische Frage stellen darf...« Er wandte sich an Septimus. »Vor wie vielen Jahren wurde dieser Merikus Erster Bürger?«

»Vor vielleicht fünf Jahren.«

»Fast sechs!« Flavius war jetzt voller Feindseligkeit. »Ich war dort, als er Herr der Spiele wurde. Wenn er dein Freund ist, dann könnt ihr nicht unsere Freunde sein.«

Kirk überlegte blitzschnell. »Septimus, eines unserer wichtigsten Gesetze ist das, daß keiner von uns sich in die Angelegenheiten anderer Leute mischt. Wenn Merrick dieser Merikus ist, dann hat er dieses Gesetz gebrochen. Er wird weggebracht und bestraft werden. Helft uns, die Wahrheit darüber herauszufinden.«

»Das muß ich erst mit den anderen besprechen«, antwortete Septimus. Er winkte Flavius heran, entfernte sich von den anderen und ließ die Leute von der *Enterprise* allein zurück.

»Merkwürdig, Captain«, sagte Spock. »Diese Ähnlichkeit der Namen. Wissen Sie, warum Merrick die Raumakademie verlassen mußte?«

»Er fiel bei einem Psycho-Simulationstest durch. Da bedarf es nur eines Sekundenbruchteils der Unentschlossenheit.« Kirk schüttelte den Kopf. »Kaum die Art, die dann zum Diktator und Schlächter wird.«

»Komisch eigentlich, daß diese Leute die Sonne anbeten«, meinte McCoy.

»Warum, Doktor?«

»Weil das, mein lieber Spock, *unlogisch* ist. Rom hatte keine Sonnenanbeter. Warum soll ausgerechnet das Parallel-Rom sie haben?«

»Moment mal«, warnte Kirk. Er hatte Septimus und Flavius zurückkommen sehen.

»Wir haben beschlossen«, kündigte der alte Mann an, »daß Flavius euch führen wird. Wir werden euch mit passenden Kleidern versorgen. Aber ich warne euch, seid sehr vorsichtig. Die Polizei ist überall. Möge der Segen der Sonne auf euch ruhen.«

Eine Frau näherte sich Spock ein wenig schüchtern. Sie hatte einen abgetragenen Schal in der Hand. Er verstand und bückte sich, damit sie ihm den Schal um die Ohren binden konnte.

Der Stadtrand war bewaldetes und buschreiches Gelände, gerade richtig für einen Hinterhalt. In einem dichten Gehölz aus Bäumen mit tief herabhängenden Ästen ließ Flavius halten. »Wir warten hier, bis es dunkel ist«, sagte er. »Die Polizei sucht überall.«

»Warst du auch ein Sklave, Flavius?« fragte Kirk.

Der große Mann richtete sich stolz auf. »Ihr müßt wohl Barbaren sein, sonst würdet ihr Flavius Maximus kennen. Sieben Jahre lang war ich der erfolgreichste Gladiator der ganzen Provinz.«

»Und dann hörtest du das Wort der Sonne?«

»Ja. Das Wort von Frieden und Freiheit. Für mich war es nicht leicht, das auch zu glauben. Ich war ja für den Kampf erzogen worden. Aber die Worte waren die reine Wahrheit.«

»Es gibt viele andere Dinge, die ich...« Kirk schwieg, weil der Ex-Gladiator warnend die Hand hob. Furcht drückte sich in seinem Gesicht aus. »Schnell...«

»Halt! Nicht bewegen! Hände hoch!«

Es folgte eine Warnsalve Maschinengewehrfeuer. Kugeln zerfetzten das Laub der Bäume. Polizisten brachen aus der Deckung hervor. Alle waren mit merkwürdig aussehenden Maschinenpistolen bewaffnet. Aber auf den Köpfen trugen sie römische Helme, und an ihren Gürteln baumelten römische Schwerter. Der Führer trat heran. »Vier fliehende Fische – ein feiner Fang!« Aber dann starrte er Flavius an und brüllte: »Bei allen Göttern, das ist ja Flavius Maximus!«

Flavius zerbiß einen Fluch zwischen den Zähnen und sprang den Polizisten an. Einer der anderen schlug mit dem Kolben seiner Maschinenpistole nach ihm. Die Männer der *Enterprise* konnten sich nicht bewegen, denn die anderen hielten sie mit ihren Waffen in Schach. Der Führer mit dem bulligen Kinn lachte, als er auf Flavius hinabschaute. »Du warst allzu lange nicht mehr bei den Spielen. Der Erste Bürger wird sich freuen.«

Er machte eine Kopfbewegung zu den drei Männern des Sternenschiffs, und seine Leute nahmen ihnen die Phaser und Kommunikatoren ab, Spocks Tricorder und McCoys Arzttasche.

Der Polizist beäugte neugierig die Gegenstände. Dann fiel ihm Spocks Kopftuch auf, und er riß es ab. Verwundert starrte er die spitzen Ohren des Vulkaniers an, dann zuckte er die Schultern.

»Kein entflohener Sklave«, meinte er enttäuscht. »Barbaren sind es. Aber war eine gute Tagesarbeit. Schon lange her, seit ich Barbaren in der Arena sah.«

Der Vorraum der Arena war offensichtlich eine Gefängniszelle. Kirks erste Handlung war die, sofort an den Eisengittern zu rütteln, nachdem man ihn hineingeschoben hatte. Der Polizist draußen schlug ihm auf die Hände und verletzte ihm dabei die Knöchel. Aber Kirk war es wenigstens gelungen, die Aufmerksamkeit des Mannes auf sich zu lenken. »Sage Merikus, daß wir ihn sehen wollen«, forderte er den Polizisten auf.

»Warum sollte sich der Erste Bürger mit einem Arenaköder befassen?«

»Sage ihm, es ist James Kirk. Vielleicht ein Freund von ihm.«

Der Polizist lachte.

»Angenommen, ich bin wirklich ein Freund, und du sagst es ihm nicht? Willst du das wirklich riskieren?«

Dafür fing er einen zornigen Blick auf, dann ging der Polizist davon.

Einige Zeit verstrich. Kirk sah McCoy zu, der Flavius' Kopfwunde versorgte. Als die Wunde nicht mehr blutete, bat er: »Flavius, sage mir doch, hat es denn nicht ständig Ausreißer und Unzufriedene gegeben in den zweitausend Jahren eurer Sklavenwirtschaft?«

Flavius setzte sich auf. »Vor langer Zeit hat es einmal Aufstände gegeben, aber die wurden unterdrückt. Und mit jedem Jahrhundert erwarben sich die Sklaven nach dem Gesetz neue Rechte. Schließlich wurden ihnen ärztliche Versorgung und eine Altersrente von der Regierung zugesagt.« Er zuckte die Schultern. »Und dann haben sie sich damit zufriedengegeben.«

Spock schaute von seiner Steinbank auf. »Faszinierend. Die Sklaverei garantiert medizinische Versorgung und Altersrenten...«

»Ist doch logisch, würde ich sagen, Mr. Spock«, sagte McCoy. »Genauso logisch ist es doch, daß ein Rom des zwanzigsten Jahrhunderts die Gladiatorenkämpfe im Fernsehen überträgt, daß es ein neues Auto Jupiter acht nennt oder...«

»Wäre ich in der Lage, meine Gefühle zum Ausdruck zu bringen, Doktor, so würde mich ihre neue Vorliebe für den Ausdruck ›logisch‹ ärgern«, unterbrach ihn Spock.

»Mediziner sind auf Logik getrimmt, Mr. Spock!«

»Verzeihung, Doktor. Ich hatte keine Ahnung, daß sie darauf getrimmt werden. Wenn ich Sie so beobachte, kann ich nur annehmen, daß das Training bei Ihnen nicht so recht funktioniert hat.«

Flavius schaute von einem zum anderen. »Sind die beiden Feinde, Captain?« fragte er leise.

Kirk lächelte. »Ich bin mir nicht sicher, ob sie das selbst wissen.« Er kehrte zu dem sehr interessanten Thema Halb-Rom zurück. »Aber, Flavius, als die Sklaven die Sonne zu verehren begannen, wurden sie doch wieder unzufrieden. Wann hat das alles begonnen?«

»Vor sehr langer Zeit. Vielleicht schon damals, als das Reich gegründet wurde. Uns hat man allerdings die Botschaft der Sonne vorenthalten.«

»Daß alle Menschen Brüder sind?«

Flavius nickte. »Vielleicht bin ich ein Narr, wenn ich das glaube. Oft scheint mir, daß ein Mann kämpfen muß, wenn er überleben will.«

»Nein«, widersprach ihm Kirk. »Glaube nur weiter, was du glaubst, Flavius. Alle Menschen sind wirklich Brüder.«

Vor der Zelle waren Schritte zu vernehmen. Der wölfische Polizist schloß, seine Männer zur Sicherheit hinter sich, die vergitterte Tür auf. »Flavius Maxiumus! Deine alten Freunde warten auf dich. Du bist für morgen schon zu den Spielen eingeteilt. Komm!«

»Ich will nicht kämpfen«, erklärte Flavius ruhig und bestimmt. »Ich bin ein Bruder der Sonne.«

Der Mann fletschte die Zähne. »Nimm ein Schwert in die Hand, dann wirst du schon kämpfen. Ich kenne dich doch, Flavius. Du bist so friedfertig wie ein Bulle.«

Zwei seiner Männer nahmen Flavius in die Mitte, hielten ihre Maschinengewehre schußbereit und marschierten mit ihm aus der Zelle hinaus. Der Polizist winkte den anderen zu. »Ihr drei, ihr kommt mit uns.« Er hatte noch zwei bewaffnete Männer bei sich.

»Drei gegen drei«, flüsterte Kirk Spock und McCoy zu. »Eine bessere Gelegenheit haben wir vielleicht...«

»Nicht sprechen«, bellte der Polizeichef. »Hinaus jetzt!«

Kirk deutete auf McCoy. »Ich glaube, er kann nicht weit laufen. Er ist krank.«

»Ja, wirklich«, sagte McCoy.

»Zum Teufel, wenn er nicht schnellstens aus dieser Zelle rauskommt, wird er sofort an irgend etwas sterben!«

McCoy hatte inzwischen begriffen, was Kirk wollte, und spielte mit. »Nein, ich glaube, ich kann schon laufen«, erklärte er etwas jämmerlich. »Jedenfalls werde ich es versuchen.«

Die drei tauschten Blicke aus und wußten: Jetzt oder nie.

Die Posten nahmen sie in die Mitte. Sie waren erst ein Stück im Korridor gegangen, als McCoy stöhnte. »Ahhh, mein Magen...« Er krümmte sich, die Knie wurden ihm weich, und er stöhnte zum Herzzerbrechen. Ein Posten packte ihn, um ihn wieder in die Höhe zu ziehen. Spock tat so, als wolle er dem Mann helfen, und legte ihm eine Hand auf die Schulter. Der Posten brach unter des Vulkaniers Nackengriff zusammen. Im gleichen Moment holte Kirk mit seiner Faust aus und traf den Polizeichef direkt aufs Auge. Der drehte sich herum und stürzte zu Boden. McCoy richtete sich aus seiner gekrümmten Haltung sehr schnell auf und nahm sich den dritten Mann vor. Zwei der Posten versuchten, wieder in die Höhe zu kommen, und bezogen dafür einige Raum-Karateschläge, die sie in die Bewußtlosigkeit schickten.

»Gutgemacht, Jim«, sagte eine Stimme.

Die Männer der *Enterprise* wirbelten herum.

Die Tür am Ende des Korridors war aufgegangen, und Kirk erkannte den Mann, der da stand, sofort. Es war Merrick. Der frühere Captain der S.S. *Beagle* war schon immer ein gutaussehender Mann gewesen. Er trug eine ausgezeichnet geschneiderte Sportjacke und Hosen von erlesenster Eleganz. Neben ihm stand ein kleinerer, dicklicher Mann, ebenfalls ausgezeichnet gekleidet. Die beiden Männer waren aber nicht allein gekommen. Hinter ihnen standen mit Maschinenpistolen bewaffnete Polizisten.

»Aber so einfach ist es nicht, Jim«, fuhr Merrick fort. »Seit zweitausend Jahren sind sie gewohnt, mit Sklaven umzugehen.«

Der kleinere Mann neben ihm sagte: »Aber aufregend war es, Merikus. In der Arena werden sie eine gute Schau abziehen.«

Kirk hatte sich vom Schock des Erkennens noch nicht erholt. »Bob Merrick! Du bist es wirklich...«

»Ja, ich. Merrick.« Er deutete auf das große Polizeigefolge. »Und sie. Nicht zu reden von denen...« Er deutete zum anderen Ende des Korridors. Dort standen noch mehr bewaffnete Posten.

»Aber das ist nicht der richtige Ort für eine Wiedersehensfeier«, mahnte der kleinere.

Bob Merrick bedeutete ihnen zu folgen. »Komm her, Jim... Auch deine Freunde. Wir haben viel zu besprechen, viel zu erklären und zu...«

»Ja, das haben wir«, unterbrach ihn Kirk.

Merrick machte eine ungeduldige Geste. »Du solltest mich nicht verurteilen, ohne die Tatsachen zu kennen. Komm mit. Wir werden dann offen reden können. Der Prokonsul hier weiß, wer und was wir sind.«

Sie gingen also. Die Posten sorgten dafür, daß die drei Männer der *Enterprise* auch wirklich mitkamen.

Es war eine luxuriöse Wohnung, in die die drei geführt wurden. Marmorsäulen stützten eine Mosaikdecke, auf der sich Nymphen mit Satyren vergnügten. Ein Springbrunnen sprühte farbiges Wasser in eine marmorne Muschel. Dick gepolsterte Sofas aus schimmerndem Material waren im ganzen Raum verteilt, niedrige Tische standen daneben. Alle vier Wände zeigten Wandmalereien von alten römischen Göttern, die ihren Vergnügungen nachgingen. Junge Frauen – Sklavinnen, die wegen ihrer Schönheit gekauft und für diesen Zweck ausgesucht worden waren – brachten auf goldenen Platten Früchte und Gebäck zu den Tischen.

Der dicke Prokonsul begrüßte sie mit einem Weinkelch in der Hand. Merrick, der geschickte Gastgeber, winkte den Posten zu, den Raum zu verlassen.

»Das ist eine persönliche Angelegenheit«, sagte er lächelnd zu Kirk. »Nicht wahr, Jim? Eine Feier. Ein Wiedersehen alter Freunde.«

Der Prokonsul befahl den Sklavinnen: »Wein für unsere Freunde. Du kommst von weit her, nicht wahr, Captain Kirk?« Er lachte breit. »Von sehr weit her. Ich bin Claudius Marcus, Prokonsul.« Er trat zu Spock. »So, und dieser Mann hier ist ein Vulkanier. Interessant. Nach all dem, was ich gehört habe, wünschte ich mir, ich hätte fünfzig solcher Männer für meine Arena.«

»Und dieser andere Mann ist der Schiffsarzt?« fragte Merrick eiligst..

»Dr. McCoy«, antwortete Kirk kurz.

Merrick sagte zu Claudius: »Wie schade, daß wir ihn nicht auf unsere Krankenhäuser loslassen können. Die medizinische Kunst könnte viel davon profitieren.«

Eines der Mädchen schob Claudius ein Tablett zu. »Du mußt sehr hungrig sein«, sagte der Prokonsul zu Kirk. »Versuch doch mal diese mit Garum gedünsteten Sperlinge. Einfach köstlich. Oder die gebratene junge Ziege.« Er deutete mit dem Daumen auf das Mädchen. »Drusilla. Sehr hübsch, nicht wahr? Bemerkenswert.«

Der Dicke hatte es also bemerkt, daß er das Mädchen anstarrte. Wirklich, diese Drusilla war ungewöhnlich hübsch mit ihren blonden Haaren und den dunklen Augen. Kirk wurde rot und wandte sich an Merrick. »Was ist mit deinem Schiff geschehen?« fragte er.

»Meteorschaden. Ich kam mit einer Landegruppe hierher, da

wir nach Iridiumerz suchten und einige Reparaturen durchzuführen hatten. Dann traf ich Claudius. Er überzeugte mich, es sei unfair dieser Welt gegenüber, wenn wir ihre Existenz auf anderen Welten bekanntmachen würden.«

»Ansteckung und Verseuchung«, sagte Claudius. »Das konnten wir nicht riskieren, ihr werdet das verstehen, wenn ihr uns besser kennt, Kirk.«

»Ich traf... also den Entschluß zu bleiben«, sagte Merrick.

»Und was geschah mit deiner Crew? Waren sie alle bereit, hierher ›an Land zu gehen‹?«

»Das hier ist eine wohlgeordnete Welt, Jim. Konservativ und aufgebaut auf den alten römischen Grundsätzen von Stärke und Tugend.«

»Was geschah mit deiner Crew?«

»Hier gab es seit über vierhundert Jahren keinen Krieg, Jim. Konnte sich dein Land in der vergleichbaren Ära auch dessen rühmen? Natürlich wünschen sie es nicht, daß ihre Stabilität untergraben wird durch gefährliche Ideen über andere Lebensarten und andere Welten.«

»Interessant«, bemerkte Spock. »Und, geht man von einem konservativen Reich aus, auch ganz verständlich, Captain.«

McCoy war entsetzt. »Spock, wo haben Sie denn Ihren Kopf?« fragte er.

»Doktor, ich sagte, ich verstünde es. Ich finde das Gleichgewicht dieser Zivilisation sehr aufschlußreich. Mir scheint, sie sind dem Schlachten Ihrer ersten drei Weltkriege entgangen.«

»Spock, hier gibt es *Sklaverei, Despotismus und Gladiatorenkämpfe*!«

Spock ließ sich nicht herausfordern. »Situationen, die den sechs Millionen, die in eurem Ersten Weltkrieg fielen, ziemlich vertraut sein müßten, Doktor, den elf Millionen, die im Zweiten, den siebenunddreißig Millionen, die in eurem Dritten Weltkrieg starben. Soll ich weiterreden?«

»Interessant«, bemerkte Claudius. »Und du, Captain? Welche Welt ziehst du vor?«

»Die meine«, antwortete Kirk, »mein Schiff, meinen Eid und meine Crew, Prokonsul.« Er wandte sich an Merrick. »Was mit deinem Schiff passiert ist, sagtest du. Und was mit deinem Eid geschah, ist auch ziemlich offensichtlich.«

Merrick zuckte mit keiner Wimper. »Und was meine Männer betrifft, Kirk... wer sich nicht an eine andere Welt anpassen kann, stirbt immer.«

Darauf gab es nur eine Antwort, und die sprach Kirk aus: »Du hast deine eigenen Leute in die Arena geschickt.« Das war keine Frage, sondern eine Feststellung, die eine nicht zu überbrückende Kluft zwischen ihnen aufriß. Merricks Augen wirkten gehetzt.

»Und du wirst auch nichts anderes tun als ich, Kirk, du wirst deine Leute ›an Land‹ holen«, sagte er.

Das Elend sucht sich Gesellschaft, dachte Kirk. McCoy rief: »Aber das ist doch ausgeschlossen, Jim! Die Vorschriften der Sternenflotte besagen...«

»Oh, Vorschriften sind dazu bestimmt, umgangen zu werden«, bemerkte Claudius. »Captain, auf deinem Schiff werden etwa vierhundert Leute sein, aber sie kommen herunter, wenn man es richtig anpackt. Immer ein paar...« Der Dicke lächelte und entnahm einer Tasche seiner Sportjacke einen Kommunikator. »Das ist der deine, Captain Kirk. Spare uns doch die unnötige Mühe und erteile jetzt sofort die entsprechenden Befehle.«

Merrick schlug einen kameradschaftlichen Ton an. »Sie werden sowieso bald ankommen, Jim. Erst kommt eine Gruppe zum Nachschauen, dann ein Rettungstrupp, dann ein zweiter, größerer Rettungstrupp. Ich hatte weniger Männer, aber am Ende kommt das gleiche heraus.«

Kirk lächelte sie an. »Ihr glaubt also wirklich, man könnte mich dazu zwingen, meine Leute herunterzuholen?«

»Das glaube ich natürlich, Captain«, antwortete Claudius. »Du wirst jedenfalls alles andere lieber tun als zusehen, wie deine beiden Freunde langsam zu Tode gequält werden.«

Kirk fühlte, wie seine Handflächen feucht wurden. Dann griff er nach seinem Kommunikator.

»Jim!«

Kirk öffnete den Kommunikator, ohne auf McCoys Protestruf einzugehen. »Captain an Brücke, bitte kommen...«

»Brücke. Scott hier, Sir, machen Sie weiter.«

Claudius griff nach unten und drückte einen Knopf, als Kirk rasch in das Gerät sprach. »Wenn ihr unseren Standort angepeilt habt, Scotty...« Er brach ab. Die Tür hatte sich geöffnet. Posten richteten ihre Maschinenpistolen auf ihn, auf Spock und McCoy. »Bleiben Sie auf Empfang, Chefingenieur...« Kirk schloß den Kommunikator.

»Das war weise von dir, Captain«, sagte Claudius. »Hat schließlich keinen Sinn, drei von Kugeln durchsiebte Leichen nach oben zu beamen.«

»Andererseits wartet aber mein Chefingenieur auf eine Nachricht. Wenn ich hundert mit Phasern bewaffnete Männer herunterhole...«

»...dann könntest du vielleicht die vereinten Armeen unseres ganzen Imperiums schlagen.« Claudius' Lippen verzogen sich zu einem Lächeln, das Kirk allmählich fürchtete. »Und, Captain, das kommt dich teuer zu stehen. Denke doch an deinen Eid bezüglich der Nichteinmischung in andere Gesellschaftsformen.« Nun wandte er sich an Spock. »Ich glaube, ihr habt doch alle einen Eid geleistet, daß ihr lieber sterben werdet, als gegen diese Regel zu verstoßen. Habe ich recht?«

»Absolut«, erwiderte Spock.

»Spock, müssen Sie immer so verdammt ehrlich sein?« explodierte McCoy.

Claudius befaßte sich nun wieder mit Kirk. »Warum willst du dir die Mühe machen, bewaffnete Männer herunterzuholen? Ich hörte, dein Schiff kann leicht die Oberfläche dieser Welt in eine Wüste verwandeln... Oh, aber da ist doch diese Oberste Direktive der Nichteinmischung.« Er deutete auf den Kommunikator. »Nun, Captain, dein Ingenieur wartet darauf, daß du deine Nachricht beendest. Was wirst du tun?«

Kirk öffnete den Kommunikator. »Tut mir leid, Scotty, daß ich Sie warten ließ...«

Claudius lauschte mit und hörte Scott sagen: »Wir machten uns schon Sorgen, Captain. Sie waren ein wenig überfällig.«

»Befiehl, daß deine Offiziere herunterkommen«, sagte Claudius.

»Lage Grün« sagte Kirk. »Alles in Ordnung. Captain Ende.« Er ließ den Kommunikator zuschnappen.

Claudius schleuderte seinen Weinkelch quer durch den Raum und entriß Kirk den Kommunikator. »Jim, das war dumm von dir!« rief Merrick.

Claudius tobte. »Wachen, nehmt sie mit! Bereitet sie für die Spiele vor!«

Als die drei an Merrick vorübergezerrt wurden, sagte der Excaptain: »Das ist kein Testtraining der Akademie, Kirk! Das ist Wirklichkeit. Sie bringen euch hinaus zum Sterben.«

Ein sehr unglücklicher Scott wußte nicht recht, was er tun sollte. »Lage Grün«, war die Kodebezeichnung für Schwierigkeiten, verbot aber gleichzeitig jede Aktion zu deren Behebung. Kirk signalisierte selten einmal Schwierigkeiten. Jetzt hatte er es getan, also mußte es sehr böse aussehen.

Scott verließ den Kommandosessel und ging zu Uhura. »Leutnant, sind Sie ganz sicher, daß Sie keinen Kontakt haben?«

»Nichts, Mr. Scott. Nur die eine Nachricht, die Sie empfingen.«

Die Arena war eine TV-Studiobühne. Jemand hatte hier etwas von römischer Geschichte verstanden. Die Bühne hatte Galerien, und die Steinbankreihen waren angeordnet wie im Kolosseum von Rom. Aber die Kameras hatte man eingestellt auf den sandbestreuten Kampfplatz, wo gewonnen oder verloren wurde. Als der Kameramann sein »Fertig«- Zeichen gab, setzte der Ansager ein liebenswürdiges Lächeln auf.

Konservenmusik plärrte, ein rotes Licht leuchtete auf, die Sendung hatte begonnen.

»Guten Abend, Ladies und Gentlemen. Wir übertragen heute live und in Farbe aus der Stadtarena das Spiel ›Nenn mir den Sieger‹. Sponsoren des Spieles sind die Vertragshändler von Jupiter acht. In wenigen Augenblicken beginnt der erste Kampf...«

SENDUNG LÄUFT blinkte aus und wurde zu UNTERBRECHUNG. Das große Lächeln des Ansagers verschwand. Hinter ihm befand sich eine mit Samt ausgeschlagene Loge. Claudius und Merrick betraten sie als erste; ihnen folgten bewaffnete Posten mit Kirk, dem man die Arme hinter dem Rücken gefesselt hatte. Der

Ansager drehte sich um. »Wir sind in einer Band-Werbesendung, Prokonsul. In vierzig Sekunden geht's weiter«, erklärte er.

Die Posten schoben Kirk zu einem Stuhl und richteten ihre Maschinenpistolen auf seinen Rücken. Merrick wirkte lange nicht mehr so selbstsicher und warf dem Captain einen besorgten Blick zu. Aber Claudius, der hier ja ganz zu Hause war, drehte sich nur um, weil er sich davon überzeugen wollte, daß Kirk sich der Örtlichkeit bewußt war.

Spock und McCoy standen in der Arena.

Sie trugen Gladiatorenkleidung, und man hatte ihnen römische Schilde und Schwerter gegeben. Spock hielt seine Waffe mit der Sicherheit des geborenen Athleten. McCoy dagegen fingerte unsicher daran herum. Beide schauten auf und sahen Kirk, und er wußte, daß seine Besorgnis um die zwei Kameraden da unten ebenso groß war wie deren Besorgnis um ihn. Entsetzen packte Kirk. Hinter den beiden in der Arena stand ein Mann mit einer Peitsche aus Lederschnüren.

»Moment noch...« verkündete der Ansager. »Zehn Sekunden.«

Der Mann mit der Peitsche gab den beiden Posten, die seitlich hinter McCoy und Spock standen, ein Zeichen, und die drückten ihnen ihre Schwertspitzen in den Rücken. »Wenn sie sich weigern, aufeinander loszugehen, dann spießt sie einfach auf«, befahl der Veteran den beiden Posten.

»Lage Grün.« Vielleicht war es ein Fehler gewesen, das Eingreifen der *Enterprise* ausdrücklich zu verbieten. Kirk hatte sich so etwas nicht vorstellen können. Er wehrte sich gegen seine Fesseln, als der Ansager wieder sein Licht SENDUNG AN bekam.

»Ah, heute gibt es eine besondere Überraschung in der ersten Runde! In der Ecke seht ihr zwei aggressive Barbaren, die sich sehr merkwürdig verhalten, und ich bin überzeugt, wir erleben heute etwas ganz Exquisites. Ihnen gegenüber stehen unsere Favoriten aus früheren Kämpfen – Maximus Achilles und unser bekannter und berühmter Flavius.«

Flavius, der erfahrene Gladiator. Und der andere war ebenso groß und sah ebenso gut geschult aus. Kirk konnte sich vorstellen, wie ausgezeichnet diese beiden Männer sich in der Arena auskannten, denn sie bewegten sich absolut sicher. Und der Sportberichterstatter holte das letzte bißchen Spannung aus dem Spektakel.

»Sieg – oder Tod? Und für wen von ihnen! Ihr wißt im Moment ebensoviel wie ich. Ladies und Gentlemen, das ist euer Programm. Ihr nennt den Gewinner!«

Zum Dröhnen von Musikkonserven hoben die beiden Gladiatoren die Schwerter, um den Prokonsul zu grüßen. Dann schritten sie vorwärts, McCoy und Spock entgegen.

Intuition ließ Spock in die fast korrekte Abwehrhaltung gehen. McCoy besaß diese Intuition nicht.

Maximus musterte Spock und wählte ihn als Gegner. Der Vulkanier wirbelte herum und entging so dem ersten Schwertstich. McCoy sah sich Flavius gegenüber, und beide zögerten.

Die Peitsche zischte. »Anfangen!«

Spock war immer bemüht, menschliches Leben zu erhalten, und verteidigte sich also nur. Maximus drang auf ihn ein. Flavius holte zu einem halbherzigen Stoß gegen McCoy aus und verfehlte ihn. Instinktiv hob der Mann von der *Enterprise* sein Schwert – der Kampf hatte begonnen.

Claudius drehte sich wieder einmal um, weil er Kirks Reaktionen beobachten wollte. Er fand sie außerordentlich befriedigend. Der Captain des Sternenschiffs war sehr blaß geworden und saß unnatürlich ruhig und starr da; seine Stirn war schweißbedeckt. Merrick wirkte nervös und ziemlich gereizt, sein Nacken war schamrot.

»Flavius hatte einen schlechten Start hinter sich«, sagte der Sprecher. »Aber er hat uns eigentlich noch niemals ent... Ah, das war aber knapp! Der Barbar mit den Spitzohren ist in Schwierigkeiten!«

Spock war durch seine Abwehrhaltung in eine Ecke gedrängt worden, und der riesige Maximus rückte ihm auf den Leib, um ihn zu erledigen.

»Bitte...« sagte Spock. »Ich sagte dir, daß ich durchaus in der Lage bin, dich zu besiegen.«

»Kämpfe, du Barbar!«

Wieder wich Spock gerade noch einem Schwertstich aus. Er verlor das Gleichgewicht, und Maximus hob seine Waffe, um die Runde zu beenden. Kirk versuchte aufzuspringen, wurde aber von einem Posten zurückgerissen und spürte den kalten Lauf der Maschinenpistole in seinem Nacken. Merrick lehnte sich zurück. »Die meisten meiner Männer gingen den gleichen Weg«, flüsterte er. »Ich hatte gehofft, bei den deinen sei es für mich ein wenig leichter.«

Reine Verteidigung hatte auch gewisse Nachteile. In der Arena wich Spock einem Stoß aus, um sich gleichzeitig für den nächsten zu exponieren. »Ich bitte dich«, wiederholte er, »ich will nicht…« Er duckte sich wieder. »Ich will dich nicht verletzen.«

Die Riemen, die Kirks Arme banden, waren schlüpfrig vor Schweiß. Jeder Muskel seines Körpers revoltierte gegen seine Hilflosigkeit. Er wollte eingreifen, wie er es immer und immer wieder getan hatte, wenn Spock seine Hilfe gebraucht hatte. Sein Gesicht spiegelte seine Agonie wider. Claudius, der sich erneut umgedreht hatte, fand das interessanter als seine Spiele.

Der Spielmeister war sehr verärgert. »Kämpft doch, ihr zwei«, schrie er und zog Flavius die Peitsche über den nackten Rücken. Der Gladiator hob sein Schwert. Dann ließ er es wieder sinken, denn seine Erfahrung sagte ihm, daß der Überlebende von Hunderten blutigen Kämpfern viel zu schlau war, um sich in die Reichweite seiner Waffe zu begeben.

»Flavius, wenn du die Wetten der TV-Zuschauer verpatzt, dann bekommst du eine Spezialbehandlung verpaßt.«

Flavius schluckte heftig, holte zu einem geschickteren Stoß gegen McCoy aus, aber sein rechter Arm blieb trotzdem sichtlich auf halber Kraft. McCoy taumelte rückwärts.

»Merrick…«, sagte Kirk.

»Irgendwelche Fragen, Captain?« sagte Claudius.

»Die Regeln?« fragte Kirk. »Wenn Spock seinen Mann zuerst erledigen würde…«

Claudius schüttelte den Kopf. »Er kann seinem Freund nicht helfen. Wir glauben, jeder Mann sollte seine eigenen Kämpfe durchstehen.« Er verzog wieder das Gesicht zu jenem weichen, gefürchteten Lächeln. »Bist du bereit, deine Mannschaft herunterzuholen? Nur die Schwachen sterben. Mein Wort als Römer darauf, Captain.«

»Nein«, erwiderte Kirk.

Seine Spannung wirkte sich allmählich auch auf Merrick aus. Der ehemalige Kadett der Raumakademie lehnte sich zurück und sagte leise zu Kirk: »Vielleicht verstehst du jetzt, Jim, weshalb ich nachgegeben habe. Die Römer waren immer die stärksten... Zweitausend Jahre Praxis in der Versklavung von Völkern, in deren Ausnutzung und Ausrottung...«

Claudius hatte es gehört. »Das ist richtig, Captain Kirk«, bestätigte er, ohne sich umzudrehen. »Der Tod verliert das Außergewöhnliche. Wir fürchten ihn nicht so, wie ihr es tut. Gib's doch zu, Captain. Du findest diese Spiele entsetzlich, abstoßend und...«

»Die Spiele selbst finde ich nicht entsetzlich«, entgegnete Kirk, »aber den Geist, der dahintersteht.« Der kleine Mann verlangte Angst, und die verweigerte ihm Kirk. »In einigen Teilen der Galaxis«, sagte der Captain, »habe ich Formen der Unterhaltung kennengelernt, die diese Spiele hier zu Volkstänzen degradieren.«

Das traf. Zum erstenmal musterte ihn Claudius ein wenig unsicher.

Die Peitsche war wieder über Flavius' Rücken gesaust. »Verteidige dich wenigstens«, fuhr der riesige Gladiator den kleineren McCoy an.

Auch McCoy wurde nun wütend. »Ich verteidige mich ja!«

»Aber doch nicht so, du Narr! Halte deine Waffe höher. Und jetzt hole mal tüchtig aus nach mir!«

Das tat McCoy und verlor um ein Haar dabei das Gleichgewicht. Flavius fing den Stoß mit einer leichten Bewegung aus dem Handgelenk heraus auf. Und da McCoy nun wußte, wie sehr er dem anderen unterlegen war, wurde er jetzt richtig wütend. Und Flavius, der unter den Buhrufen der Zuschauer ebenso litt wie unter McCoys Ungeschicklichkeit, erwachte nun auch zu einer gewissen Wut.

»Das sind deine Männer, Captain, die da unten sterben«, sagte der Prokonsul, »nicht fremde Leute.«

Kirk sah ihm fest in die Augen. »Prokonsul, ich war schon früher gezwungen, bestimmte Männer in den Tod gehen zu lassen, um das Überleben von vielen anderen zu ermöglichen.«

»Du bist ein gerissener Lügner.« Nach einer Pause deutete der Römer des zwanzigsten Jahrhunderts auf den Mann neben seinem

Stuhl. »Er war auch Raumkapitän. Ich habe ihn mir genau vorgenommen. Eure Rasse hat weder Saft noch Kraft.«

Darauf gab Kirk keine Antwort. Merrick rutschte unbehaglich auf seinem Stuhl herum. Und Claudius, der dies bemerkte, fuhr ihn an: »Na, was ist los? Heraus damit!«

»Er... Jim... Kirk hat das Kommando nicht nur über ein Raumschiff, Prokonsul, sondern über ein Sternenschiff.« Merrick wurde rot, weil ihn Claudius so anfunkelte. »Das ist ein ganz besonderes Schiff, und die Mannschaft ist ebenso überdurchschnittlich. Ich habe selbst versucht, ein solches Kommando zu bekommen, aber...«

Claudius schaute zu Spock und McCoy hinab. »Ich kann hier keine Überlegenheit feststellen. Sie kämpfen auch nicht besser als deine Männer, Merrick. Vielleicht nicht einmal so gut.«

Auf der Galerie wurde gezischt und gepfiffen. »Hör endlich zu rennen auf!« brüllte Maximus Spock an. »Kämpfe!«

Er stieß nach ihm, und Spock machte eine geschickte Drehung und sah zu McCoy. Dann manövrierte er seinen eigenen Gegner näher an McCoy und Flavius heran.

»Brauchen Sie Hilfe, Doktor?« fragte er.

»Wie kommen Sie auf diese Idee?« schrie McCoy zurück und machte einen Ausfall gegen Flavius. Maximus, der sich schrecklich ärgerte, weil Spock ihm ständig auswich, bellte: »So kämpfe doch, du spitzohrige Mißgeburt!«

»Gut gesagt, Kumpel«, rief McCoy Maximus zu und faßte den Schwertknauf ein wenig fester. »*Natürlich* brauche ich Hilfe. Bei allen...« Da McCoy auf Spock wütend war, drang er auf Flavius ein und wußte nicht, daß der Blutrausch, den er damit in seinem Gegner weckte, den Mann zu einem sehr beachtlichen Feind machen konnte. »Das war die allerdümmste, lächerlichste und verrückteste Frage, die ich je gehört habe.« Er keuchte und holte erneut aus.

Flavius gab ein kehliges Knurren von sich und hieb ziemlich realistisch auf McCoy ein, so daß dieser plötzlich wieder in die Wirklichkeit zurückkehrte. Und jetzt hatte er doch tatsächlich jene Wildheit hervorgerufen, die ihn noch das Leben kosten konnte, und zwar innerhalb weniger Sekunden.

Spock erkannte diese Gefahr sofort und ging zu seinem ersten Angriff über. Der riesige Maximus war denn auch von seinem Tempo und seiner Schlagkraft äußerst verblüfft. Spock rückte dem Gladiator immer näher auf den Leib; aber McCoy war schon im Sand zu Boden gegangen, und den Schild hatte er verloren. Den nächsten Schlag konnte er noch parieren. Dann wurde ihm das Schwert aus der Hand gewunden.

Kirk sah, wie schutzlos er jetzt war. Trotz der Maschinenpistolen in seinem Rücken sprang er auf und zerrte an seinen Fesseln. Sie hielten. Und die Posten droschen so auf ihn ein, daß er auf seinen Sitz zurückfiel.

Spock erledigte seinen Gegner mit einem Raum-Karateschlag, rannte durch die Arena, wirbelte Flavius herum und schickte ihn mit seinem vulkanischen Nackengriff zu Boden. Die Arena wurde zum Tollhaus. Der Spielemeister lief zu den Männern der *Enterprise*, auf der Galerie wurde »Foul!« gebrüllt, und die Posten wetzten heran und überwältigten Spock und McCoy, indem sie ihnen die Arme auf den Rücken drehten.

Kirk, Claudius und Merrick waren aufgesprungen.

Der erschütterte Ansager wirbelte zu Claudius herum. »Ein klares Foul, Prokonsul! Deine Entscheidung?«

In der Arena wurden Schwertspitzen auf die Nacken der beiden gestoßen. Der Spielemeister schaute zur Loge hinauf, den Befehl des Prokonsuls erwartend. Die Zuschauer brüllten und verlangten den sofortigen Tod der beiden. Claudius sprach mit Merrick.

»Nun, deine Meinung, Merikus? Sie sind schließlich so wie du auch.«

Merrick hielt es für sicherer, seine Meinung für sich zu behalten. »Die Entscheidung... liegt bei dir, Prokonsul.«

Claudius drehte sich zu Kirk um. »Und deine Meinung, Captain Kirk?« Er wollte sie aber gar nicht hören. »Sie jetzt töten – dann akzeptierst du später gern alles, was mit dir geschieht. Ich würde es nicht unbedingt genießen, aber du hast mich ja sowieso fast um mein größtes Vergnügen gebracht.« Er ging zum Rand der Loge. »Spielemeister! Bring sie in ihren Käfig zurück!«

Wieder drehte er sich zu Kirk um. »Captain, es wird für sie nicht leicht werden, und am wenigsten für dich selbst.« Den Posten befahl er: »Bringt ihn *sofort* in meine Wohnung!«

Er verließ die Loge. Und die Posten zerrten Kirk hinter ihm drein.

Der raffinierte Luxus von Claudius' Wohnung verursachte nach der Brutalität in der Arena bei Kirk Übelkeit. Hier feierte der Kunstkenner Triumphe. Der große Raum, in den Kirk geführt wurde, war mit Seidentapeten bespannt, in einem Alkoven stand ein breites Bett mit reichen Goldstickereien und in einer Wandnische eine Marmorstatue – Minerva, die römische Göttin der Weisheit.

Die Posten gingen wieder, und Kirk war allein. Claudius hatte versprochen, daß ihm hier etwas ganz besonders Unerfreuliches zustoßen würde. Ein wenig unsicher und sehr vorsichtig musterte der Captain den Raum. Auf einem Piedestal stand ein schwerer Etruskerkrug. Kirk hob ihn auf, um Gewicht und Handlichkeit zu prüfen. Wenn er, Kirk, schon sterben sollte, dann würde er es nicht kampflos tun…

»Man sagte mir…«

Das war eine weibliche Stimme. Drusilla trat hinter den Vorhängen des Alkovens heraus und zögerte, als sie Kirk mit dem erhobenen Krug sah. Sie trug ein Kleid aus reinstem Weiß. Ihr langes, glattes, blondes Haar fiel ihr bis auf die Hüften.

»Man hat mir gesagt, ich soll auf dich warten«, erklärte sie und ging zu einem Tisch. »Und ich soll dich mit Wein und Essen versorgen, mit allem, was du willst. Ich bin des Prokonsuls Sklavin, obwohl ich für diesen Abend…« Sie goß Wein in einen Becher und erwartete offensichtlich, daß Kirk zum Tisch kam, doch der Captain bewegte sich nicht. Er wußte ja, daß alles, was sich in diesem Raum ereignete, Betrug war und zu Qual und einem sicheren Tod führen mußte.

Sein Schweigen überraschte sie, und sie wandte sich ihm zu. »Man sagte mir, für diesen Abend sei ich *deine* Sklavin. Also befiehl mir.«

»Nein«, erwiderte Kirk. »Du kannst dem Prokonsul sagen, daß es so nicht geht.«

»Was geht nicht?« fragte sie verwirrt.

»Was er sich so vorstellt, egal, was es ist, welchen Trick oder...«

Sie verließ den Tisch und legte eine Hand auf seinen Arm. Ihr Herr, wenn er es auch nur vorübergehend war, bedurfte eines Trostes. Kirk schob die Hand weg. Dann schrie er: *»Hörst du mich, Prokonsul?* Was immer du vorhast, ich spiele nicht mit! Vielleicht sterbe ich, aber dir verschaffe ich daran keine Vergnügen!«

Drusilla trat neben ihn, doch er schob sie ziemlich grob weg und ging an ihr vorbei zur Tür, öffnete sie und schaute in den Korridor, weil er fest mit einem Lauscher vor der Tür gerechnet hatte. Aber der Gang war leer. Kirk schien also mit der Sklavin allein zu sein.

Sie mußte seine Gedanken erraten haben. »Nur am Straßeneingang stehen Posten«, erklärte sie ihm. »Bitte, glaube mir. Ich habe noch nie jemand angelogen, dem ich gehörte.«

Aber Kirks Verdacht war noch lange nicht zerstreut. Das *mußte* irgendein neuer, ausgekochter Trick sein. Und doch schien das Mädchen völlig aufrichtig zu sprechen. Und sein Benehmen mußte Drusilla verwirren.

Wie gern hätte er sich ein wenig entspannt! Das Leben seiner Freunde war im Moment in Sicherheit – aber zu welchem Zweck? Was ging in diesem Käfig vor, in den sie eingesperrt worden waren?

Was gegenwärtig im Käfig vorging, war ein ganz entschlossener Fluchtversuch. Die Tür war vergittert. Spock setzte seine ganze Kraft ein, um das Gitter aus seiner Verankerung zu reißen. McCoy stand hinter ihm und sah, daß sich Gitter und Tür nicht einmal um Fingerbreite bewegt hatten.

»Zornig, Spock? Oder vielleicht enttäuscht?«

»Solche Emotionen sind mir fremd, Doktor. Ich habe nur die Stärke dieser Tür überprüft.«

McCoy nickte. »Ja, zum fünfzehntenmal.«

Spock war nahe daran, Gereiztheit zu zeigen. Er mochte nicht antworten, wandte sich von der Tür ab und untersuchte noch einmal die ganze Zelle nach einem Gegenstand ab, der als Waffe benützt werden konnte, und nach einem Fluchtweg. McCoy beobachtete den Vulkanier genau, und seine Augen wurden wieder weicher. »Spock...«, sagte er leise.

Spock drehte sich zu ihm um.

»Spock ... äh ... wir hatten manchmal Meinungsverschiedenheiten ...« Er war sehr verlegen. »Oder vielleicht haben wir schlechte Witze gemacht. Es ist so, wie Jim sagte, manchmal sind wir nicht ganz wir selbst. Aber – äh – ich wollte sagen ...« Er zögerte. »Ich wollte sagen ...«, begann er wieder.

»Doktor«, unterbrach ihn Spock, »ich suche eine Waffe oder eine Fluchtmöglichkeit. Bitte, fassen Sie sich kurz.«

»Ich ... wollte ja nur sagen, daß Sie mir in der Arena das Leben gerettet haben.«

Spock nickte. »Ja, das stimmt.«

Da nun diese Tatsache auf beiden Seiten anerkannt und bestätigt war, nahm er seine Zellenuntersuchung wieder auf.

Da explodierte McCoy aber. »Ich habe doch versucht, Ihnen zu danken, Sie spitzohriger Waldschrat!«

»Ah, natürlich«, meinte Spock dazu. »Menschen haben immer das Bedürfnis, ihre Dankbarkeit zu zeigen.« Er nickte andeutungsweise. »Ich glaube, die richtige Antwort heißt: Oh, bitte, gern geschehen ... Sie sollten sich jedoch daran erinnern, Doktor, daß ich mich ausschließlich von Logik leiten lasse. Der Verlust unseres Schiffsarztes, egal, wie ich über seine relative Geschicklichkeit denke, beeinträchtigt die Leistungsfähigkeit unseres Schiffes, und deshalb ...«

McCoy unterbrach ihn. »Wissen Sie, weshalb Sie den Tod nicht fürchten, Spock? *Weil Sie sich viel mehr vor dem Leben fürchten!* Jeder Tag, den Sie erleben, könnte einer sein, der Ihre menschliche Hälfte durch Ihren Panzer spähen läßt.« Er trat einen Schritt näher an ihn heran. »Das ist es doch, nicht wahr? Unsicherheit. Sie wissen nicht, was Sie mit einem warmen, anständigen, echten Gefühl anfangen sollten!«

Spock wirbelte herum, und diesmal erwischte ihn McCoy dabei, wie Spock sein Gesicht in eine Maske vulkanischer Leidenschaftslosigkeit verwandelte. Es war nur ein Moment, dann war es vorbei, und Spock hob die Brauen.

»Wirklich, Doktor?« fragte er.

McCoy dachte: Ich mag diesen Mann sehr gern, aber er sagte: »Ich weiß. Ich mache mir doch auch Sorgen um Jim, Spock.«

Der Captain war im Moment jedoch in Sicherheit. Und hungrig. Er setzte sich neben Drusilla auf eine Couch und räumte ordentlich unter den Leckerbissen auf, die Drusilla ihm nicht einmal sehr aufnötigen mußte. Es war schon lange her, seit er gebratenen Fasan gegessen hatte. Und der Wein war auch ausgezeichnet. Schließlich war Essen immer noch Essen und Wein immer noch Wein, und es war kaum damit zu rechnen, daß daran herumgepfuscht worden war. Und das Mädchen... Als Hunger und Durst befriedigt waren, besah er sich die Sklavin näher.

»Na, endlich hast du mich bemerkt«, stellte sie fest. »Ich machte mir schon Sorgen. Ich habe ja den Befehl, dich zu erfreuen.«

Kirk nippte an seinem Weinglas. »Gut«, sagte er. Dann deutete er auf die Fasanenreste. »Ausgezeichnet. Und du?«

»Erlesen«, antwortete sie, »wie man mir sagte.« Ihr Gesicht blieb ernst. »Aber nicht wahr, die Männer lügen doch meistens?«

Kirk musterte sie und lehnte sich zurück. »Ich habe schon viele fremde Welten gesehen und merkwürdige Sitten kennengelernt. Vielleicht ist das hier als eine Art Folter gedacht?«

Sie rückte näher an ihn heran und stellte das Tablett auf den Tisch. »Folter? Das verstehe ich nicht. Ich habe nicht den Wunsch, dich auf irgendeine Weise gefoltert zu sehen.« Sie küßte ihn. »Du wirst es mir doch sagen, wenn du einen Schmerz verspürst?«

»Du wirst es als erste erfahren«, versprach er, nahm sie in die Arme und erwiderte ihren Kuß mit großer Intensität.

Auf der *Enterprise* quälte sich Scott mit seinen Sorgen ab. Allmählich wurden sie zu einem produktiven Zorn, der neue Ausblicke auf mögliche Aktionen bot.

»Wie lange ist es schon her, seit wir von ihm gehört haben?« fragte er Uhura.

»Neun Stunden und einundvierzig Sekunden, Sir.« Sie deutete auf den Bildschirm. »Dort ist es fast dunkel. Die Stadtbeleuchtung wird bald eingeschaltet werden.«

»Mr. Chekow, übernehmen Sie die Orter. Leutnant Uhura, Sie gehen ihm zur Hand.« Er kehrte zum Kommandosessel zurück, zögerte aber noch immer. Andererseits war ihm durch keinen Befehl untersagt worden, denjenigen einen Schreck einzujagen, die da unten seinem Captain und der Landegruppe soviel Ärger machten. Vielleicht war es nicht gut, aber es könnte doch ratsam sein, denen dort zu zeigen, was ein Sternenschiff tun konnte, falls es ernst wurde.

Scott war schon entschlossen. »Leutnant Uhura, stellen Sie die genaue Lage der Energiezentrale der Stadt fest.« Er überlegte kurz und fügte hinzu: »Mr. Chekow, Sie klären die Art der Energie, die Spannungsfaktoren und wie kräftig wir einwirken müssen, um das ganze Netz zu überlasten.«

»Captain...«

Kirk, der auf dem breiten Bett im Alkoven schlief, war sofort hellwach, als er Claudius' Stimme hörte. Er rollte sich zu seinem eigenen Schutz herum, sah aber, daß der kleine Mann allein war und nur dastand und wohlwollend dreinschaute.

»Du hattest eine sehr anstrengende Zeit auf unserem Planeten«, sagte er. »Kein Wunder also, daß du den ganzen Nachmittag verschlafen hast.« Er ging zu einem Tisch. »Tut mir leid, daß ich aufgehalten wurde. Können wir uns jetzt unterhalten?«

Er goß Wein ein. Kirk folgte ihm, und als er den bewaffneten Posten vor der Tür sah, war sein altes Mißtrauen sofort wieder da. Den angebotenen Wein lehnte er ab. »Oh, einer der Kommunikatoren, die wir euch abnahmen, fehlt«, sagte der Prokonsul. »Könnte es vielleicht meine schöne Drusilla gewesen sein?«

Kirk antwortete nicht. Merrick hatte nun den Raum betreten. Claudius deutete auf Kirk und sagte: »Sieh mal nach, ob er den Kommunikator hat.«

Kirk ließ ihn suchen. »Nicht, daß ich ihn schwer dafür bestraft hätte. Dir hätte ich die Schuld gegeben, Merrick«, sagte Claudius und hob seinen Weinkelch. »Kirk, du bist ein Römer oder hättest einer sein können... Er hat den Kommunikator nicht?«

»Nein, Prokonsul...« Merrick wandte sich an Kirk. »Er nannte dich einen Römer. Das war ein großes Kompliment, Jim.«

»Magst du etwas zu essen, Captain Kirk?« unterbrach ihn der Prokonsul.

Kirk sah, daß Merrick nicht zum Sitzen eingeladen worden war und unsicher von einem Fuß auf den anderen trat. »Danke, ich habe schon gegessen«, lehnte er ab.

»Ich nehme an, du hast alles bekommen, was du wolltest, Captain.«

»Alles... vielleicht bis auf eine Erklärung.«

»Ich nehme an, unsere Welt erscheint dir so fremd, wie mir die eure erscheinen würde... Da du ein Mann bist, schulde ich sie dir. Du wirst in einigen Stunden sterben.« Er schluckte. »Und weil du ein Mann bist...« Erst jetzt wurde er sich Merricks Anwesenheit bewußt, und seine Miene zeigte etwas wie Verachtung. »Merikus, du kannst gehen. Die Gedanken, die ein Mann mit einem anderen teilt, können dich ja nicht interessieren.«

Merrick ging, ohne auf die offensichtliche Beleidigung zu reagieren. Offenbar sagte er sich, daß Schweigen Gold ist. Und Claudius sagte zu Kirk: »Und da du ein Mann bist, Captain Kirk, genehmigte ich dir ein paar letzte Stunden als Mann. Verstehst du?«

Kirk lächelte ein wenig. »Nun, ich möchte sagen... ich habe es genossen.«

»Leider haben die Fernsehzuschauer deinen Trotz und Widerstand in der Arena bemerkt. Wir müssen nun beweisen, daß Widerstand falsch ist.«

»Natürlich«, antwortete Kirk.

»Da ich jedoch gelernt habe, dich zu respektieren, verspreche ich dir, daß du schnell und leicht sterben wirst.«

»Natürlich ziehe ich das vor. Und meine Freunde?«

»Verständlich, daß du nach ihnen fragst. Für sie gilt selbstverständlich dasselbe, wenn ihre Zeit gekommen ist.« Er rief die Posten herbei und deutete auf Kirk. »Bringt uns zur Arena... Wir haben«, erklärte er Kirk, »fünfzehn Minuten der ersten Show für dich reserviert, Kirk. Wir werden gute Zuschauerzahlen haben und in Farbe ausstrahlen. Du verstehst wahrscheinlich nicht, was das für eine Ehre ist, da ihr ja Jahrhunderte von so etwas Plumpem wie TV entfernt seid.«

»Ich bin sicher, daß es bei uns ähnlich war.«

Die Hände hatten sie ihm nicht gebunden. Er brauchte sie, um Schwert und Schild zu halten. Vom Eingang der Arena, wo Spock und McCoy gewartet hatten, konnte er sehen, wie Claudius die

Loge über ihm betrat. Die Posten schoben ihn, beaufsichtigt vom Spielemeister, an einem großen Mann in Gladiatorenkleidung vorbei. Kirk erkannte Flavius. Die beiden tauschten Blicke, als Merricks Stimme zu vernehmen war, der mit einem von den Posten sprach. »Ich habe mit dem Gefangenen privat etwas zu besprechen.«

»Unmöglich«, erwiderte der Spielemeister kurz.

»Ich bin immer noch der Erste Bürger, und du wirst mir gehorchen.«

»Achtung... Noch zehn Sekunden«, meldete der Ansager.

Der Spielemeister kümmerte sich nicht weiter um Merrick, sondern schob Kirk in die Mitte der Arena. Und da rief ihm der verzweifelte Mann nach, der sich selbst damit verriet: »Es ist zu spät, dir zu helfen, Jim, aber ich werde für deine Freunde tun, was ich kann!«

Der Sprecher begrüßte nun die Zuschauer: »Guten Abend, meine Damen und Herren. Vor der ersten Runde gibt es heute eine einfache Hinrichtung. Bleiben Sie aber auf diesem Kanal, denn Sie werden noch sehr viel Aufregendes sehen.«

Claudius beugte sich über den Logenrand. »Spielemeister, mach es kurz! Nur einen Stoß!«

Der Veteran zog sein Schwert. »Nicht bewegen«, befahl er Kirk. »Du stirbst sonst nur schwerer.«

Er hob die Waffe zum Stoß, doch in diesem Moment ertönte ein wilder Schrei: *»Mörder! Mörder!«*

Flavius war in die Arena gerannt und schwang sein Schwert. Der verblüffte Spielemeister wirbelte herum, Posten liefen herbei, um den Angriff des Gladiators aufzuhalten. Und Kirk hatte ihn fast erreicht, als die Lichter in der Arena ausgingen und alles plötzlich in fast völlige Dunkelheit gehüllt war. Kirk zögerte nur einen Sekundenbruchteil. Dann ging ein Posten mit einem Raum-Karateschlag zu Boden. Ein zweiter wurde durch den Schwertknauf niedergestreckt. Maschinenpistolen ratterten.

»Zu den Zellen!« schrie Kirk Flavius zu. »Wo sind sie?«

»Die vergitterten Türen gegenüber...«

Flavius brach unter der Salve aus Maschinenpistolen zusammen. Kirk erkannte die Gefahr, in der er schwebte, duckte sich unter einem Schwert durch, wirbelte einen Posten herum, so daß er mit Schwung gegen den Maschinenpistolenschützen flog. Der verlor das Gleichgewicht, und Kirk entriß ihm die Waffe. Als er die vergitterten Türen auf der anderen Seite der Arena erreichte, gingen die Lichter wieder an.

Man sah ihn. Posten schrien, eine Maschinenpistolensalve bestrich seine unmittelbare Nähe. Aber Kirk drehte sich um und brachte den Schützen mit einer eigenen Salve zum Schweigen. Dann zerschoß er das schwere Schloß an der Gittertür.

Die Zelle lag auf halber Höhe des Korridors. »Aufpassen!« schrie Kirk. Dann zerschoß er auch das Zellenschloß.

Spock stieß die Tür auf, und McCoy schrie: »Jim! Alles in Ordnung mit dir?«

»Was haben sie Ihnen angetan, Captain?«

»Spock, vielleicht ist's besser, jetzt nicht darüber zu reden...«

Verfolger rasten heran. Ein Speer sauste an den Flüchtenden vorbei. Kirk zielte. Die Männer blieben stehen, nur einer ganz hinten hob seine Waffe...

»Halt!«

Es war Claudius. Hinter ihm drängten sich Wachen. Er stand am anderen Ende des Korridors, so daß nach beiden Richtungen jeder Fluchtweg abgeschnitten war.

»Wir stehen beide genau in der Schußlinie«, sagte Claudius zu den Posten. »Nur Schwerter.«

Beide Postengruppen rückten mit hocherhobenen Schwertern vor.

»Aber ich kann meine Maschinenpistole benutzen, Claudius«, sagte Kirk, »und zwar in beide Richtungen.«

Er musterte den kleinen, dicken Prokonsul und sah, daß Merrick dazugekommen war. Claudius ließ ihn stehen und ging ein paar Schritte weiter. »Du tust mir leid, Captain Merrick«, sagte er. »Aber paß auf. Dann siehst du wenigstens, wie richtige Männer sterben.«

Ein Posten hob seinen Speer. Kirk wirbelte mit der Maschinenpistole herum. Aber sie klickte nur, denn der Zylinder war leer. Die Posten griffen an. Kirk schlug den ersten mit dem Kolben nieder. Spock hob sein zu Boden gefallenes Schwert auf, und McCoy bückte sich nach dem Speer neben ihm.

Nun kam Merrick zu einem Entschluß. Den Männern der *Enterprise* stand der Tod unmittelbar bevor. Sie kämpften nun Rükken an Rücken. Merrick zog den fehlenden Kommunikator aus seiner Tasche und öffnete ihn. »Sternenschiff, diesen Standort anpeilen. Drei zum...«

Da taumelte er und sah verwirrt drein. Claudius zog das Schwert zurück, mit dem er ihn erstochen hatte. Merrick hustete und flüsterte in den Kommunikator: »Drei zum Hochbeamen... dringender Notfall...«

Als er zusammenbrach, warf er Kirk über die Köpfe der Posten noch den Kommunikator zu. Der tote Bob Merrick von der Raumakademie hatte doch noch Frieden mit sich selbst geschlossen. Vor Claudius' entgeistertem Gesicht lösten sich Kirk, Spock und McCoy in einem Funkenregen auf, dann war auch dieser verschwunden.

Kirk diktierte den Eintrag im Logbuch des Captains:

»Notieren besonderes Lob für Ingenieur-Offizier Scott für seine Leistung bei der Führung dieses Schiffes während meiner Abwesenheit. Trotz stärkster Versuchung und fast unüberwindlicher persönlicher Gefühle gehorchte er dem Obersten Grundsatz für die Besatzungen von Sternenschiffen. Seine vorübergehende Stadtverdunklung war keine Einmischung in das Sozialgefüge dieses Planeten und rettete mein eigenes Leben und das der Landegruppe. Wir sind dabei, in Kürze den Orbit zu verlassen.«

Er drückte den AUS-Knopf. Scott stand neben ihm und war hochrot vor Verlegenheit und Freude. »Vielen Dank, Captain«, sagte er. »Ich muß mich jetzt um die Maschinen kümmern.«

Als er zum Brückenlift kam, stiegen Spock und McCoy gerade aus.

McCoy näherte sich dem Kommandantensessel und sagte: »Ich ersehe gerade aus deinem Bericht, daß Flavius getötet wurde. Das tut mir sehr leid. Ich mochte diesen riesigen Sonnenanbeter.«

»Ich wollte, wir hätten diesen Glauben etwas genauer unter die Lupe nehmen können, Captain«, erklärte Spock ernsthaft. »Es scheint unlogisch zu sein, daß Sonnenverehrer eine Philosophie totaler Brüderschaft entwickeln konnten. Die Verehrung der Sonne ist fast immer eine primitive abergläubische Religion.«

Das hatte Uhura gehört. Sie drehte sich an ihrer Konsole um. »Ich fürchte, Mr. Spock, da haben Sie nicht recht. Sie alle...«

Drei Augenpaare hingen an ihr. »Ich habe«, fuhr sie fort, »altmodische Radiowellen aufgenommen und Gespräche über diese Religion der Brüderschaft abgehört. Verstehen Sie denn nicht? Es ist doch gar nicht die Sonne am Himmel, es ist der *Sohn, der Sohn Gottes!*«

McCoy protestierte. »Aber als wir die Sterne erwähnten, sagte Septimus, sie würden die Sonne anbeten.«

Kirk sah sehr nachdenklich drein. »In den meisten unserer Religionen neigen die Menschen doch dazu, nach oben zu blicken, wenn sie von ihren Gottheiten sprechen, nicht wahr? Caesar und Christus... sie hatten doch beide. Und erst jetzt verbreitet sich hier das Wort...«

»Eine Philosophie totaler Liebe und totaler Brüderlichkeit«, sagte McCoy.

Spock nickte. »Sie wird den Platz ihres kaiserlichen Roms einnehmen. Und das wird in ihrem zwanzigsten Jahrhundert erfolgen.«

»Es wäre nett, das zu beobachten und Anteil zu nehmen«, erklärte Kirk, der an die Wildheit der Arena dachte.

»Wie dumm von mir, daß ich das nicht sofort begriffen habe!« rief Spock.

McCoy schaute ihn an. »Da gebe ich Ihnen recht, Mr. Spock.«

»Doktor... Wenn ich wieder mal die Gelegenheit habe, Ihnen das Leben zu retten...«

»...dann werden Sie das Logische tun und mich retten.« McCoy lachte ihn an. »Tröstlich, das zu wissen, Spock.«

Etwas Gutes hat sich zwischen den beiden Männern ereignet, dachte Kirk für sich. Er war froh darüber. Beide Männer waren ihm sehr teuer. Höchste Zeit also, daß sie zugaben, wie viel sie einander wert waren. Er wußte natürlich, wie wenig ihr ständiges Geplänkel zu bedeuten hatte, aber es war eben doch vergeudete Zeit, die man besser nützen konnte. Aber wer weiß? Es gab schließlich sehr viele Möglichkeiten, Zuneigung zu zeigen.

Er wandte sich an Chekov. »Mr. Chekov, Sie bringen uns aus dem Orbit hinaus. Dann Sol-Faktor Eins.«

»Jawohl, Sir. Dann Sol-Faktor Eins.«

Kirk schaute auf den Bildschirm. Der erdähnliche Planet, der zu einem gewaltigen Imperium Romanum geworden war, war nur noch ein stecknadelgroßer Lichtpunkt. Dann erlosch auch er.

Der Tag der Taube

Der Planet hatte zwar gemeldet, er werde von einem unidentifizierten Raumschiff angegriffen, aber die Landegruppe der *Enterprise* hatte nichts gefunden als schwarzen Staub, weiße Felsen und merkwürdige Ansammlungen beweglicher Pflanzen. Die Tricorder weigerten sich, einen Beweis für eine Kolonie oder für Menschen zu liefern, die den Notruf ausgesandt hatten. Und doch mußte es sie gegeben haben.

Kirk bückte sich nach einer Handvoll schwarzen, pulvrigen Erdreichs. »Ein SOS aus einer menschlichen Siedlung – hundert Männer, Frauen und Kinder. Alle verschwunden. Wer hat das getan? Und warum?«

Wie zur Antwort piepte der Kommunikator. »Hier Spock, Sir. Die Sensoren haben ein Schiff der Klingonen erfaßt, das sich sehr schnell nähert.«

»Schutzschilde einschalten, Mr. Spock! Defensiv verhalten. Werdet ihr angegriffen, dann Einsatz aller Mittel.« Er klappte den Kommunikator zu. So, das war also die Antwort. Klingonen. Sie hatten also die Siedlung zerstört. Aber Spock hatte noch mehr Nachrichten über das sich nähernde Schiff. »Captain, dort gibt es Schwierigkeiten an Bord. Es gibt dort Explosionen ... massive Beschädigungen. Wir haben aber nicht einen Schuß abgegeben.«

»Volle Gefechtsbereitschaft beibehalten, Mr. Spock.«

Hinter seiner Gruppe verdichtete sich die Luft zu einem schimmernden Nebel. Sechs Klingonen in ihren steifen, metallenen Wappenröcken materialisierten; ihre Waffen hatten sie schußbereit in den Händen. Ihr Anführer nahm als erster volle Gestalt an. Sein hartes Gesicht mit den Schlitzaugen war wutverzerrt. Er griff aus und schwang Kirk herum. »Sie haben mein Schiff angegriffen!« schrie er. »Vierhundert Mann meiner Besatzung sind tot! Mein Schiff ist nicht mehr manövrierfähig. Ich verlange das Ihre! Sie sind Gefangener des Klingonischen Imperiums, weil Sie ungerechtfertigte Kriegshandlungen begangen haben.« Er nickte seinen Männern zu. »Entwaffnet sie!«

Kirk hatte sofort die harten Mongolenzüge erkannt. Das war der Kang der Klingonen. »Wir haben nichts gegen euer Schiff unternommen«, widersprach er.

Man schob ihn mit Chekov und McCoy in eine Reihe. Der Kang schritt vor ihnen auf und ab. »Drei Jahre lang hat eure Föderation mit unserem Imperium Frieden gehalten. Wir haben den Vertrag buchstabengetreu erfüllt.«

Kirk protestierte erneut. »Wir haben euer Schiff nicht angegriffen!«

»Dann waren also die Schreie meiner Männer nur Einbildung? Wie lauten Ihre Geheimbefehle? Daß Sie einen Krieg beginnen sollen? Nun, das ist Ihnen gelungen. Oder sollten Sie nur eine neue Waffe ausprobieren? Wir sind sehr daran interessiert, sie zu untersuchen.«

»Auf diesem Planeten gab es eine Kolonie der Föderation«, sagte Kirk. »Und *die* wurde zerstört.«

»Durch wen? Und wie? Ich sehe keine Leichen, keine Ruinen. Eine Kolonie von Unsichtbaren!«

»Vielleicht war es eine neue Waffe der *Klingonen*, die keine Spuren hinterläßt. Die Schiffe der Föderation haben sich wirklich nicht auf hinterlistige Angriffe spezialisiert.«

Neben dem Kang schwebte in Bodennähe ein kleiner, pilzförmiger Kristall; eine wirbelnde rote Farbe flackerte dumpf durch einen weißen Stein, so daß nur ein schwaches, häßliches Pulsieren, das vom Kern des Kristalls ausging, zu erkennen war.

»Ihr habt mein Schiff mit einem falschen Klingonen-Notruf in einen Hinterhalt gelockt!« erklärte der Kang.

Kirk starrte ihn verblüfft an. »*Sie* wollen einen Notruf erhalten haben? *Wir* haben einen empfangen!«

»Ich habe nicht die Absicht, Kirk, mich weiter um Ihre Phantastereien zu streiten. Die *Enterprise* gehört uns. Geben Sie Ihrem Transporterraum die entsprechenden Anweisungen. Wir sind bereit, sofort an Bord zu beamen.«

»Geht doch alle zusammen zum Teufel«, empfahl ihm Kirk.

»Wir haben keinen Teufel, aber wir verstehen, was ihr damit

meint.« Der pulsende rote Kristallkern wurde greller, als der Kang schrie: »Wir werden euch alle zu Tode foltern, einen nach dem anderen! Wer will der erste sein? Sie, Kirk?«

Chekov explodierte nun förmlich und griff den Kang an. *»Ihr Schweine. Ihr dreckigen klingonischen Mörder.«* Kirk versuchte, ihn zurückzuziehen, doch das gelang ihm nicht, und einige Männer des Kang schlugen Chekov zu Boden. Der schrie: *»Ihr habt meinen Bruder getötet, meinen Bruder Piotr!* Vom Forschungsvorposten auf Arcanis Vier... Hundert friedliche Leute massakriert, *genauso wie hier!«*

Der Kang winkte einem seiner Männer. Gegen Chekovs Nakken wurde ein Gerät gehalten, das etwas versprühte. Der Mann krümmte sich vor Schmerz. Kirk riß sich los, wurde aber von den Klingonen immobilisiert. Das Gerät wurde neu eingestellt, und Chekov brüllte.

»Sie gewinnen«, sagte Kirk, sich an den Klingonen wendend. »Aber hören Sie mit dieser Folter auf.«

»Jim!« rief McCoy. »Du kannst denen doch nicht die *Enterprise* ausliefern!«

»Pille, hilf Chekov.«

Der Kang musterte Kirk. »Lassen Sie sich nur keine Tricks einfallen. Ich werde beim ersten Anzeichen von Verrat hundert Geiseln töten.«

»Ich werde Sie an Bord der *Enterprise* beamen. Wenn wir dort sind – keine Tricks.«

»Ihr Wort?«

Kirk nickte. Und Chekov, der sich noch immer vor Schmerzen krümmte, schrie: »Captain, das können wir doch nicht! Überlassen Sie... diesen *Tieren*... doch nicht unser Schiff!«

»Tiere?« fragte der Kang. »Euer Captain kriecht doch wie ein Tier. Ein Klingone hätte sich niemals ergeben.« Er wandte sich an Kirk. »Befehlen Sie, daß alle in diesem Gebiet nach oben transportiert werden.« Dann sagte er etwas zu seinen Männern, und Kirk, der von drohenden Waffen umringt war, klappte seinen Kommunikator auf.

»Kirk an *Enterprise*. Mr. Spock...«

»Hier, Captain.«

»Wir haben Gäste«, berichtete ihm Kirk. »Stellen Sie den Transporter auf Breitfeld ein und beamen Sie alle im Zielgebiet nach oben.« Sein Finger drückte einen winzigen Knopf am Kommunikator.

»Ja, Captain.«

Alle begannen zu schimmern; Kirk befand sich direkt vor den Mündungen der Waffen, und Chekov wurde von McCoy gestützt. Beider Augen sprühten vor Wut.

Im Transporterraum der *Enterprise* materialisierte nur die Landegruppe. Kein Klingone stand auf der Plattform.

Kirk trat von seinem Transporterplatz herab. »Volle Alarmbereitschaft herstellen, Mr. Galloway! Gute Arbeit, Spock.«

»Was ist eigentlich geschehen?« fragte der bestürzte McCoy.

»Landegruppe intakt nach oben geholt!« erklärte ihm Spock.

»Alle anderen im Transit festgehalten«, meldete Scott an der Konsole. »Wer sind diese Gäste eigentlich, Captain?«

»Klingonen.«

Scott lachte fröhlich und schlug klatschend auf die Konsole. »Da drin sind sie, bis wir beschließen, sie zu rematerialisieren.«

»Galloway?« fragte Kirk.

»Sicherheitstrupps unterwegs, Sir.«

Chekovs Stimme klang erstickt vor lauter Haß. »Captain! Lassen Sie sie doch auf dem Planeten. Lassen Sie sie dort, wo sie jetzt sind! In der Nichtexistenz. Dann gibt es ein paar klingonische Monster weniger in der Galaxis.«

»So würden sie vermutlich auch handeln«, meinte Kirk.

Als der Sicherheitstrupp durch die Tür eilte, sprach Kirk mit dem Chef des Transporterraums. »Bringt sie jetzt herein.«

Die sechs Klingonen nahmen auf der Plattform langsam Gestalt an. Alle versteiften sich, als sie die veränderte Lage zur Kenntnis nehmen mußten. Der Sicherheitstrupp war ihnen zahlenmäßig überlegen, und so ließen sie sich widerstandslos entwaffnen. Der waffenlose Kang sah Kirk an.

»Lügner!« Er spuckte das Wort förmlich aus.

Kirk trat energisch einen Schritt vor und erklärte formell: »Sie alle sind Gefangene der Föderation der Vereinigten Planeten, gegen die Sie möglicherweise Kriegshandlungen begangen haben.«

»Auf meinem Schiff gibt es noch Überlebende«, sagte der Kang.

Kirk nickte dem Transporterchef zu, und Scott antwortete: »Captain, es war uns noch nicht möglich, zum Oberkommando der Sternenflotte durchzukommen. Alle Frequenzen des Subraumes sind blockiert. Und die Strahlung vom Schiff der Klingonen ist viel zu stark. Das Schiff ist eine Gefahr für die ganze Umgebung.«

»Scotty, bereiten Sie dessen Zerstörung vor.«

»Sie wollen also den Job beenden, den Sie begonnen haben!« sagte der Kang.

Kirk wirbelte herum. »Sie würden nicht hier stehen, hätte ich das getan.«

Die überlebenden Klingonen nahmen schimmernd Gestalt an. Unter ihnen gab es einige Frauen. Eine davon war von königlicher Anmut und verließ sofort die Plattform und trat vor den Kang. Er nahm ihren Arm. »Das hier ist Mara, meine Frau und gleichzeitig Wissenschaftsoffizier«, erklärte er Kirk.

Sie übersah den Captain hochmütig. »Was ist geschehen?«

»Noch mehr Betrug der Föderation. Wir sind Gefangene.«

Sie war sichtlich entsetzt. »Was werden sie uns antun? Ich habe von ihren Greueltaten gehört... von ihren Todeslagern.«

»Sie müssen noch einige Dinge über uns lernen, Madam«, sprach Kirk sie an und wandte sich an Galloway. »Halten Sie diese Leute im Mannschaftsraum fest. Programmieren Sie eine Lebensmittelsynthese, damit wir... unseren Gästen helfen können. Commander Kang, wir werden Sie gut behandeln.«

»Das habe ich gesehen«, erwiderte der Klingone.

Kirk verbeugte sich und ging, gefolgt von Spock, McCoy und Chekov in den Korridor hinaus. Ungesehen und ungehört schwebte der Kristall summend über ihren Köpfen mit.

»Wer oder was hat eigentlich deren Schiff angegriffen, Jim?«

Kirk antwortete nicht. »Mr. Spock, Alarmbereitschaft wird aufrechterhalten. Suchen Sie den ganzen Sektor nach anderen Schiffen ab. Überprüfen Sie genau die ganze Kolonie. Wir müssen der Sache rasch auf den Grund kommen.«

»Wir wissen doch, was geschehen ist!« rief Chekov. »Dieser Notruf...«

Spock sagte: »Die Klingonen waren so weit weg, daß sie, als wir den Notruf auffingen, die Kolonie gar nicht angegriffen haben konnten. Außerdem scheinen sie selbst einen solchen Notruf empfangen zu haben.«

»Lügen!« rief Chekov. »Sie wollen nur einen Krieg anfangen und behaupten jetzt, wir hätten sie angegriffen!«

Sie betraten den Lift, und McCoy meinte: »Chekov könnte recht haben. Die Klingonen behaupten, sie hätten den Waffenstillstand genau eingehalten, aber es gab doch verschiedene Zwischenfälle... Vorgeschobene Posten wurden überfallen...«

»Es wurde nie der Beweis erbracht, daß die Klingonen für diese Überfälle verantwortlich waren, Pille.«

McCoy war sichtlich erregt. »Brauchen wir denn noch Beweise? Wir kennen doch die Klingonen nur allzu gut.«

Er stürmte aus dem Lift. Kirk runzelte die Stirn, denn so ungestüm kannte er McCoy sonst nicht.

Am Brückendeck marschierte Chekov trotzig auf seinen Posten. Kirk schaute ihm nach, ehe er um Uhuras Bericht bat.

»Captain, wir konnten das Oberkommando der Sternenflotte noch immer nicht erreichen. Die Außenverbindungen sind vollkommen blank.«

»Bleiben Sie dran, Leutnant. Wir haben einen diplomatischen Tiger am Schwanz.«

Dann wandte er sich in seinem Kommandosessel zu Sulu um. »Die vorderen Phaser feuerbereit machen, Mr. Sulu.«

»Jawohl, Sir.«

»Phaser Feuer frei«, befahl Kirk.

Auf dem Schirm flammte das havarierte Schiff auf – und verschwand. Das war also erledigt.

»Leutnant Uhura?«

»Noch immer kein Kontakt mit der Sternenflotte.«

»Versuchen Sie's weiter, Leutnant. Mr. Sulu, setzen Sie Kurs siebzehn Mark vier. Sol-Geschwindigkeit Drei.«

Im Mannschaftsraum saßen die Männer vom Sicherheitsdienst und die »Gäste« einander mißtrauisch gegenüber. Über ihnen schwebte der Kristall. Der Kang, Mara neben sich, benutzte einen leeren Raum, um erregt auf und ab zu marschieren. »Wenn ich dieses Schiff übernehme«, sagte er, »werde ich Kirks Kopf ausstopfen und an der Wand seiner Kabine aufhängen lassen.«

»Sie werden uns töten, ehe wir handeln können«, warnte sie ihn.

»Nein! Die wollen uns erst ausquetschen, unsere Stärke und unsere Pläne kennenlernen. Aber da haben sie kein Glück. Niemals! Sie werden schon ihre Fehler machen. Die Eroberung der *Enterprise* vermittelt uns das Wissen, das nötig ist, diesen Krieg schnell zu beenden.«

Das unhörbare Pulsieren des Kristalls bewegte sich aus dem Mannschaftsraum in den Korridor und erreichte die Brücke. Da verblaßte das Pulsieren. Uhura schlug, plötzlich gereizt, auf ihre Instrumentenknöpfe. »Noch immer kein Kontakt, Sir! Frequenzen normal, alle Kanäle sind offen. Das verstehe ich einfach nicht. Wäre es möglich, daß die Klingonen etwas damit zu tun haben?«

Plötzlich schüttelte sich das Schiff. Das leise Summen der Maschinen wurde lauter und höher. Kirk wirbelte herum. »Mr. Sulu?«

»Kursänderung, Sir. Beschleunigung...« Er hatte mit den Schaltern zu kämpfen. »Ruder ist tot. Hilfsnavigationsgerät tot.«

»Überbrücken!« rief Kirk.

»Captain, es funktioniert *überhaupt nichts mehr*«, rief Sulu.

»Neuer Kurs?«

»Neun-null-zwei Mark fünf...«

Dieser Kurs würde die *Enterprise* glatt aus der Galaxis hinausführen. Kirk drückte einen Knopf. »Scotty, Maschinen stop!«

Scotts Stimme klang über Interkom sehr besorgt. »Würde ich ja, wenn ich könnte, Sir! Meine ganzen Instrumente spielen verrückt. Etwas... hat... sie übernommen...«

Die Brücke erzitterte. »Die Maschinen, Captain!« schrie Scott. »Sie sind auf Sol Neun – ganz von selbst.«

Uhura setzte die Kopfhörer auf. »Captain!« rief sie. »Bericht von den unteren Decks! Notschotte geschlossen! Fast vierhundert Mannschaftsangehörige sind unten eingeschlossen.«

Wütend sprang Kirk auf und rannte zum Lift. Der Kristall folgte ihm in den Mannschaftsraum. Der Kang freute sich über die Information. »Ah, der größte Teil Ihrer Mannschaft sitzt in der

Falle? Und Ihr Schiff rast wie ein wildgewordener Bulle aus der Galaxis hinaus? Köstlich, einfach köstlich. Aber wie habe ich diese Sabotage bewirkt, Kirk? Meine Männer sind ja hier.«

Wütend rannte Kirk weiter zu Galloway. »Doppelte Sicherheitsposten. Vielleicht sind einige Klingonen unbemerkt mit an Bord gekommen. Mr. Spock, gehen Sie zu Scott und helfen Sie ihm, alles wieder zurechtzubiegen und diese Mannschaftsangehörigen unten zu befreien.«

Dann musterte er den Kang. »Bevor ich Sie in den Raum hinausschieße oder wenigstens einsperre, schulde ich Ihnen noch das.« Seine Faust landete am Kinn des Klingonen. Der taumelte zurück in eine Konsole, und seine Hand fiel auf einen Hebel. Der Hebel wurde rot – und zu einem Schwert. Entgeistert starrte der Kang das Ding an. Dann hob er es auf und wog es in der Hand. Im gleichen Moment begannen alle Gegenstände im Raum zu glühen und formten sich zu Schwertern, Schilden, Speeren und Streitäxten. Die Klingonen rannten zu den Waffen.

Kirks Leute griffen nach ihren Phasern. Aber auch die Phaser begannen zu glühen, dann wurden sie zu Schwertern und Morgensternen.

Der Kang ging in die Angriffsposition eines Schwertkämpfers. »Sie haben vierhundert meiner Männer getötet, Captain Kirk. Höchste Zeit, daß diese Schuld zurückgezahlt wird.«

Kirk besah sich das Schwert, das vorher ein Hebel an einer Konsole gewesen war. Molekulare Umkehrung. Aber auch eine Erklärung genügte nicht, um ein tödliches Problem zu lösen. Sein eigener Phaser war zum Schwert geworden.

Die Klingonen griffen an, und damit hatte der Kampf begonnen. Kirk kämpfte wie ein alter Fechtmeister, und er wehrte gerade einen Hieb des Kang ab, als er sah, daß Galloway verwundet war. Er kämpfte sich zu seinem Leutnant durch, legte einen Arm um ihn und schob ihn in den Lift. Mit einem zischenden Laut schoben sich vor den Nasen der Klingonen die Türen zu. Enttäuscht und wütend schlugen sie mit Fäusten und Schwertern auf die Lifttür ein.

Kirk sprach über Interkom mit dem Ingenieur. »Die Klingonen sind frei, Scotty. Und bewaffnet. Sie werden versuchen, das Schiff zu übernehmen. Wie viele Männer haben wir eigentlich?«

»Das weiß ich nicht, Sir, aber dreihundertzweiundneunzig sitzen in den unteren Decks in der Falle.«

»Ziehen Sie zum Schutz Ihrer Station und für die Hilfskontrollstation so viele Männer wie möglich zusammen. Überprüfen Sie die Bewaffnung und versuchen Sie, diese Männer zu befreien.«

»Sir, die Türen und Schotte lassen sich keinen Fingerbreit vom Fleck bewegen. Wir müssen sie aufschneiden.«

»Sprengen Sie meinetwegen die Schotte. Wir brauchen Leute!«

Nun ging er zu Spocks Station. »Alle Sensoren zur Überprüfung des Schiffes, Mr. Spock. Berichten Sie jede Bewegung der Klingonen. Das Klingonen-Reich hat eine ausgesprochene Tradition in Duellen. Sie glauben, sie können uns mit Schwertern besiegen!«

Spock beäugte mißtrauisch das Schwert, das einmal sein Phaser gewesen war. »Weder die Technologie der Klingonen, noch die unsere kann dies tun, Captain. Augenblickliche Transmutation von Materie. Ich zweifle daran, daß sie verantwortlich sind für…«

»Haben Sie andere logische Kandidaten?« fragte Kirk ungeduldig.

»Bis jetzt nicht, Captain, aber wenn sie solcher Dinge fähig sind, hätten sie doch sicher viel wirkungsvollere Waffen und die nur für sich selbst schaffen können.«

Kirk seufzte und wandte sich ab. »Mr. Sulu, gehen Sie nach unten und übernehmen Sie den Schutz für die Maschinenstationen und die Hilfskontrollen.«

Sulu stand auf, und Chekov folgte ihm.

»Sie bleiben, wo Sie sind, Mr. Chekov«, sagte Kirk.

»Nein, Sir. Ich habe mit den Klingonen eine ganz persönliche Rechnung zu begleichen.«

»Bleiben Sie auf Ihrem Posten. Wir haben jetzt keine Zeit für Rachefeldzüge.«

Chekov rannte zum Lift, doch Kirk holte ihn ein und hielt ihn an der Schulter fest. Chekov riß sich los, und Spock, der neben Kirk auftauchte, streckte den Arm nach ihm aus. Chekov duckte sich darunter durch und zog sein Schwert.

»Versuchen Sie es ja nicht, mich aufzuhalten, Captain!« rief er.

»Ich habe doch gesehen, was sie von Piotr übrigließen. An seinem Grab habe ich geschworen, daß ich seinen Tod rächen würde...« Er zog sich in den Lift zurück, und die Türen schlossen sich.

»Wer ist dieser Piotr?« fragte Sulu verblüfft.

»Sein Bruder«, antwortete Kirk. »Kam bei einem Überfall der Klingonen um.«

»Sein Bruder? Chekov hat nie einen Bruder gehabt. Er ist ein Einzelkind.«

Jetzt war Kirk verblüfft. »Nein, da müssen Sie sich irren«, entgegnete er.

»Sicher nicht, Sir«, versicherte ihm Sulu ernst. »Ich *weiß* es. Deshalb beantragt er ja immer Landerlaubnis, wenn wir auf der Erde sind. Als guter einziger Sohn, sagt er, müsse er doch seine Eltern besuchen.«

»Jetzt gehen Sie aber zur Maschinenstation«, drängte Kirk.

Sulu ging, und Kirk war ernstlich besorgt. Über Interkom sagte er: »Captain Kirk an Sicherheitsabteilung. Suchen Sie Mr. Chekov und bringen Sie ihn zur Brücke zurück.«

Uhura drehte sich um. »Captain, wie könnte Chekov auf die Idee gekommen sein, einen Bruder zu haben?«

»Das weiß ich auch nicht, Leutnant. Aber er glaubt es, und jetzt will er sich für einen gar nicht existierenden Verlust rächen.«

Auf der Brücke der *Enterprise* verdichtete sich das Geheimnis immer mehr, aber im Mannschaftsraum klärte sich einiges.

Ein Klingone hatte auf den Sichtschirm den Plan des Sternenschiffs mit allen Einzelheiten projiziert. »Commander Kang, hier ist die ganze Anlage des Schiffes«, meldete er.

»Die Zahl der Feinde gleicht der unseren«, sagte Mara. »Die Kampfkraft hält sich die Waage.«

»Dann werden wir das Schiff nehmen«, erklärte Kang voll wilder Entschlossenheit. Er sah sich die Diagramme genauer an. »Diese Punkte müssen wir in Besitz nehmen. Zuerst das Maschinendeck...«

McCoy arbeitete fieberhaft an Galloways Wunde. Dabei konnte er das Stöhnen weiterer Verwundeter hören, die ebenfalls auf Behandlung warteten.

»Diese gemeinen Burschen«, murmelte er. »Sogar im Krieg gibt es Regeln, an die man sich halten sollte... Man hackt einfach nicht wahllos auf einen Menschen ein, der schon wehrlos am Boden liegt.«

Weitere Verletzte wurden hereingetragen. McCoy untersuchte sie. Er beugte sich über einen der Männer und sagte zum Sanitäter: »Jetzt bin ich allmählich davon überzeugt, daß die einzigen guten Klingonen tote Klingonen sind.«

Scott neigte dazu, ihm recht zu geben. Alle Versuche, die abgeschnittenen Mannschaftsmitglieder aus ihrer Falle zu befreien, waren fehlgeschlagen. Phaserstrahlen konnten die Schotte nicht durchschneiden, denn ihre Metallstruktur hatte sich verändert. Scott drückte auf einen Interkomknopf, um seinen Bericht zu erstatten.

»Was ist mit den Waffen?« fragte Kirk.

»Ich bin eben dabei«, antwortete er. »Captain, eine solche Antiquitätensammlung haben Sie garantiert noch nie gesehen.«

Die Waffenkammer war zu einem mittelalterlichen Wunderland geworden. Bogen, Kriegsbeile, Messer, Breitschwerter...«

»Gehen Sie wieder zum Maschinendeck«, befahl ihm Kirk. »Und versuchen Sie weiter, die ganze Maschinerie wieder unter Kontrolle zu bekommen. Und machen Sie ganz schnell einige Phaser.«

»Jawohl, Sir.«

Er war gerade im Gehen, als er eine scharfe, zweikantige Waffe an einem Ständer bemerkte. Er nahm sie ab und strich über die Klinge. »Ein richtiges schottisches Breitschwert«, stellte er fast zärtlich fest und tauschte es gegen das Schwert an seiner Hüfte aus.

Spock hatte inzwischen festgestellt, daß der Computer achtunddreißig Gegner gezählt hatte. »Die Klingonen haben Deck Sechs und Deck Sieben besetzt, Captain«, erklärte er. »Wir kontrollieren alle Sektionen darüber.« Er beugte sich wieder über seinen Sichtschirm. »Nein, wie merkwürdig!« rief er verblüfft.

»Was denn?« wollte Kirk wissen.

»Es scheinen viel mehr Energie-Einheiten an Bord zu sein, als es sich aus den Mannschaftsangehörigen der *Enterprise* und der Anzahl der Klingonen ergibt. Ein sehr beträchtlicher Unterschied...«

»Könnten sich vielleicht noch mehr Leute aus der Crew des Kang an Bord geschwindelt haben?«

»Deren Schiff war total verlassen, Captain.« Er legte einen Schalter um. »Ich werde noch einmal die Zahlen der Menschen und der Klingonen überprüfen.«

Der Kristall hatte inzwischen zum Maschinenraum gefunden und hing ungesehen und unhörbar hoch in der Luft.

Scotty stieg von einer Leiter herab in die tieferen Regionen seiner Sektion. »Mr. Sulu, was gesehen von diesen elenden Teufeln?«

»Alles klar, Mr. Scott.«

Klingonen drangen in die obere Region ein und sprangen auf die Menschen herab. Diese mußten sich völlig überrascht zurückziehen. Scott schlug einen Klingonen zu Boden. Dann rannte er durch eine Tür in den Korridor hinaus. Sulu folgte ihm und erledigte zwei Klingonen, die noch auf ihn eindrangen.

»Ich habe keine Ahnung, wie viele von diesen Kreaturen hier herumwimmeln«, keuchte Scotty. »Hier trennen wir uns. Vielleicht kann einer von uns... bis zur Brücke kommen.«

In der Sektion selbst wurde der Rest der Mannschaft gegen eine Wand gedrängt. Als sie entwaffnet waren, schritt ein triumphierender Kang mit Mara an der Seite herein.

Es war nicht einfach, sich zur Brücke durchzuschlagen. Überall schienen Klingonen zu sein. Scott versteckte sich in einem Waschraum.

»Captain, eine fremde Lebensform, eine einzige Einheit. Ich bin aber nicht in der Lage, den Aufenthaltsort festzustellen«, rief Spock. Er legte einen Schalter um. »Daten an den Bibliothekscomputer zur Analyse weitergegeben.«

»Wir müssen Kontakt herstellen«, sagte Kirk neben ihm. »Wir müssen unbedingt herausfinden, was dieses Wesen will.«

Kühler als ein ganzer Block Eis antwortete Spock: »Captain, der Computerbericht...«

Es klickte, und die blecherne Computerstimme meldete: »Fremde Lebensform an Bord besteht aus reiner Energie. Typ unbekannt. Aktionen deuten auf Intelligenz und einen bestimmten Zweck.«

»Auf welchen Zweck?« fragte Spock.

»Unzureichende Daten für weitere Analysen«, erwiderte die Computerstimme.

Als der Computer seine Unzulänglichkeit zugeben mußte, fühlte sich Kirk zu neuen, schöpferischen Gedanken angefeuert. Aus seinen menschlichen Gedächtnisbanken heraus stellte er die nötigen Verbindungen her. »Ein Bruder, den es nie gegeben hat... Eine Phantomkolonie, Phantasienotrufe, dann die Illusion, daß Phaser plötzlich Schwerter seien... Sehen Sie darin nicht allmählich ein Muster, Mr. Spock?«

Spock war Tatsachen gegenüber immer aufgeschlossen. »Wenn der Fremde diese Phänomene erzeugt hat, scheint er in der Lage zu sein, sowohl Materie als auch Geist zu manipulieren.«

»Und jetzt kontrolliert dieses Wesen die *Enterprise*, befördert uns aus der Galaxis hinaus. *Warum?*«

»Leider muß ich darauf hinweisen, Captain, daß offensichtlich hier der Geist beeinflußt wird, und so können wir nicht mit Sicherheit feststellen, daß unsere eigenen Erinnerungen in diesem Moment genau sind.«

Kirk stellte sich der einzigen Alternative. »Wir müssen also mit dem Kang reden und das Kriegsbeil begraben.«

»Sir, der Ausdruck könnte nicht genauer gewählt worden sein. Da jedoch Blut geflossen ist, erscheint es mir schwierig, einen Waffenstillstand mit den Klingonen zu schließen.«

»Einen was? Einen Waffenstillstand?«

Es war ein wütender, tobender McCoy. Seine weiße Arztuniform war blutbespritzt. »Ich habe sieben Männer unten im Revier, ein paar davon liegen im Sterben, weil Greueltaten an ihnen begangen wurden! Und Sie sprechen von einem Frieden mit diesen Teufeln?«

So zornig hatte Kirk Pille noch nie gesehen. »McCoy...«, begann er.

Aber McCoy ließ sich nicht bremsen. »Während ihr hier redet, planen die Klingonen weitere Angriffe. Das ist ein Kampf auf Leben und Tod, und wir würden besser allmählich damit anfangen, ihn zu gewinnen.«

»Wir versuchen, ihn zu beenden, Doktor.« Spocks Stimme

klang noch ruhiger als sonst. »Wir haben ein fremdes Wesen an Bord, das vielleicht für diese Situation verantwortlich ist.«

McCoy funkelte ihn böse an. »Wem ist das nicht egal, wer was angefangen hat! Wir stecken jedenfalls mitten drin! Diese verdammten Mörder! Die müssen alle ausgerottet werden.«

»Pille, der Feind ist dieser Fremde, und den müssen wir ausschalten.«

Uhura schaltete sich ein. »Revier ruft Sie, Doktor. Es sind neue Verwundete angekommen, die Ihre Behandlung benötigen.«

McCoy marschierte erbost zum Lift.

Der Kang meldete sich über Interkom. Kirk sprudelte heraus: »Da gibt es etwas sehr Wichtiges, über das wir sprechen müssen…«

Der Klingone erwiderte voll triumphierender Rachsucht: »Ich habe euren Maschinenraum besetzt und kontrolliere jetzt die Antriebsmaschinen und das Lebenserhaltungssystem dieses Schiffes.« Er nickte Mara zu; sie legte eine Anzahl von Schaltern um, und der Kang sprach weiter über Interkom.

»Ich habe alle Abteilungen – außer jenen mit meinen eigenen Leuten – vom Lebenserhaltungssystem abgeschaltet. Ihr werdet also alle sterben.«

Die Lichter auf der Brücke wurden schwächer, auf den Konsolen wurden die Leuchtknöpfe dunkel.

Kirk ging langsam zu Sulus Station. »Mr. Sulu, gehen Sie hinab zur Hand-Not-Schaltung. Versuchen Sie dort, die Stromkreise für das Lebenserhaltungssystem zu schützen und die Zusatzaggregate zu aktivieren.«

»Jawohl, Captain.« Doch als Sulu sich dem Lift näherte, stürmte Scott heraus. Kirk ging sofort auf ihn zu. »Scotty, ich bin froh, daß Sie entkommen sind.«

Scott zitterte. »Chekov hatte recht, Captain! Wir hätten diese schlitzäugigen Verbrecher im Transporter lassen sollen. Dorthin gehören sie nämlich, in die Nichtexistenz. Jetzt können sie die ganze *Enterprise* studieren und ihre Technologie mit der unseren aufbessern, und das bedeutet eine Umkehrung der Machtverhältnisse!« Er warf sich gegen Kirk, aber nicht mit Angriffsabsichten, sondern weil er vor Elend nach Trost hungerte.

»Scotty!« rief Kirk besorgt.

Spock trat heran. »Mr. Scott, so beruhigen Sie sich doch«, mahnte er.

Scott zog sich zurück. »Lassen Sie Ihre vulkanischen Hände von mir!« schrie er ihn an. »Bleiben Sie mir vom Leib! Sonst könnten Ihre Gefühle darunter leiden, Sie grünblütiges Halbblutmonstrum!«

Kirk traute seinen Ohren nicht. Entgeistert starrte er Scott an. Dann gab Spock eine eisige Antwort. »Ich möchte nur sagen, daß es für mich wirklich kein reines Vergnügen ist, zusammen mit Menschen zu dienen. Ihre unlogischen und närrischen Emotionen stellen eine dauernde Belästigung dar.«

»Dann verschwinden Sie doch endlich!« schrie Scott.

Spock ging auf Scott zu. Drohend stand er vor ihm, und Scott holte in seiner Angst zu einem ungeschickten Faustschlag aus. Kirk griff nach ihren Armen, aber Spock schüttelte ihn ab. Kirk versuchte erneut, die beiden zu trennen, und fiel dabei auf seinen Kommandosessel.

»Spock, Scotty! Aufhören!« rief er. *»Was ist eigentlich mit uns los? Was sagen wir alles zueinander?«*

Spock war wieder so ruhig wie vorher, vielleicht noch ein wenig unbeteiligter als sonst.

»Faszinierend«, sagte er zu Kirk. »Streß als Ursache, Captain?«

»Wir litten früher schon oft unter Streß, und nie vorher sind wir einander fast an die Kehle gegangen.« Scott wollte wieder auf Spock eindringen, doch Kirk schob ihn zurück.

»Das ist ein *Krieg!*« schrie Scott.

»Hier gibt es keinen Krieg…« Kirk schien seinen eigenen Worten nachzulauschen. »Oder… vielleicht *doch?*«

»Haben wir vergessen, wie wir uns und unser Schiff verteidigen müssen?«

»Halten Sie endlich den Mund, Scotty.« Kirk schaute die beiden Kampfhähne finster an. »Was ist denn mit uns los? Wir wurden doch darin geschult, die Ursachen von Streitigkeiten vernünftig zu beseitigen, wo immer das möglich ist. Warum benehmen wir uns jetzt wie die Wilden?«

Er schwang sich zu seinen Männern herum. »Auf diesem Schiff

gibt es zwei Gruppen, die etwa gleichwertig bewaffnet sind. Wurde nun tatsächlich für uns ein Krieg angezettelt? Komplett mit Waffen, Kriegsgründen und patriotischem Trommelschlag?« Er wandte sich an Scott und schüttelte den Kopf. »Und sogar noch Rassenhaß!«

Spock nickte dazu. »Die kürzlichen Ereignisse dürften darauf hinweisen, daß die Feindseligkeiten zwischen den Menschen und den Klingonen künstlich verstärkt werden. Dieser Kampf folgt ganz offensichtlich einem Plan. Wir scheinen die Bauern in diesem Spiel zu sein.«

»In welchem Spiel?« fragte Kirk. »Und wessen Spiel? Wie lauten die Regeln?«

»Es ist außerordentlich dringlich, daß wir das fremde Wesen finden, seine Motive klären – und Mittel finden, seine Aktivitäten zu unterbinden.«

In Scotts Kopf wirbelten die Gedanken wie irr herum, doch er war jetzt wieder ruhiger – und ziemlich schuldbewußt. »Ohne Sensoren, Sir?« fragte er Spock. »Wir haben doch keine Energie mehr. Das Ding geht anscheinend durch die Wände. Es kann überall sein.«

Kirk drückte auf den Interkomknopf. »Mr. Sulu, Bericht, bitte.«

»Nichts Gutes, Captain. Die Stromkreise sind in Ordnung, aber kein System reagiert mehr.« Während er noch sprach, flackerten Lichter über die komplizierten Instrumente des Rohres und fügten sich zu einem Muster zusammen.

»Bekommen wir da vielleicht etwas herein?« fragte Kirk.

»Jawohl, Sir. Antrieb und Lebenserhaltungssystem wiederhergestellt. Fernkontrollen in Bereitschaft...«

»Gut gemacht«, antwortete Kirk.

»Aber Captain, das habe ich ja gar nicht getan! Alles kam von selbst wieder ins Lot.«

»Ist schon gut, Mr. Sulu. Kehren Sie jetzt an die Handsteuerung zurück. Kirk Ende.«

Auch die Brückenlichter brannten wieder normal, die Instrumente summten wie gewöhnlich. Spock wandte sich zu Kirk um. »Sensoren arbeiten wieder, Captain«, meldete er.

»Dann fangen Sie damit an, nach diesem fremden Wesen zu suchen, Mr. Spock.«

Im Maschinenraum musterte die sehr verblüffte Mara die Lichter auf einer großen Schalttafel. »Das Lebenserhaltungssystem hat die Arbeit wieder aufgenommen und arbeitet wieder gleichmäßig«, sagte sie zum Kang.

»Dann mußt du eben versuchen, sie ungleichmäßig arbeiten zu lassen«, riet er ihr.

»Die Systeme scheinen von anderer Stelle aus kontrolliert zu werden.« Zum erstenmal war nun ihre Stimme unsicher. »Ich kann auch den Kurs des Schiffes nicht mehr beeinflussen, damit wir zu unserem Reich zurückkehren können.«

»Ein neuer Trick von Kirk? Hat er diese Stromkreise umgangen? Welche Kraft ist das, die unseren Kampf unterstützt, aber unseren Sieg verzögert? Unterbrich die Energiezufuhr am Hauptstrang des Lebenserhaltungssystems an den Kupplungsmuffen. Wo sind die?«

Sie besah sich das Diagramm auf dem Sichtschirm. »Hier auf diesem Deck.« Der Kang nickte, und sie befahl einem Klingonen, mit ihr zu kommen.

Oben auf der Brücke war Spock ganz angespannt. Er wirbelte herum. »Das fremde Wesen entdeckt, Captain. Im Maschinenraum, in der Nähe von Reaktor Nummer Drei.«

Kirk sprang auf. »Gut, dann gehen wir.«

Mara, mit dem Klingonen im Gefolge, lief den Korridor entlang, der zu den Kupplungen führte. Als sie an einer Wandnische vorbeikam, sprang Chekov mit gezogenem Schwert heraus. Sein Gesicht war haßverzerrt. Zwei genau geführte Streiche erledigten den Klingonen. Mara machte kehrt und wollte davonrennen, wurde aber von Chekov festgehalten. Sie wehrte sich erbittert und kämpfte gut, aber Chekov blockte ihren Karateschlag ab. Er drückte sie mit dem Rücken an die Wand und hielt ihr das Schwert an die Kehle. Seine Haltung veränderte sich plötzlich, und er musterte sie grinsend. »Nein, du stirbst noch nicht«, sagte er. »Du bist zwar kein Mensch, aber sehr schön, was?« Sein Griff verstärkte sich. »Sag mal, *wie* menschlich bist du eigentlich?«

Sie versuchte, ihn von sich wegzuschieben und sich seinem Griff zu entwinden. Aber Chekov preßte seine Hand auf ihren Mund und drückte Mara in die Wandnische, als Kirk und Spock gerade den Lift verließen. Als sie Maras gedämpften Schrei hörten, schauten sie einander kurz an und rannten um die Ecke. Was sie dann sahen, ließ sie entgeistert stehenbleiben.

»Chekov!«

Chekov wirbelte herum, schleuderte Mara an die Wand und sah sich Kirk gegenüber. Er versuchte, den Captain zu unterlaufen, doch der bekam ihn zu fassen und schlug ihm ein paarmal ins Gesicht. Chekov schluchzte. Er hob sein Schwert und versuchte nach Kirk zu stoßen, wurde aber sofort entwaffnet und mit einem Faustschlag zu Boden geschickt. Kirk war außer sich vor Zorn und schlug noch immer auf ihn ein.

Spock legte ihm eine Hand auf die Schulter. »Captain... Er ist nicht dafür verantwortlich...«

Mara hatte sich zusammengeduckt und versuchte, ihre zerfetzten Kleider einigermaßen zusammenzuhalten. Kirk ging zu ihr. »Hören Sie mich an«, sagte er. »Auf diesem Schiff befindet sich ein fremdes Wesen, das uns zum Kampf zwingt. Die Motive kennen wir nicht, wir versuchen aber, sie herauszufinden. Wollen Sie uns helfen? Wollen Sie mich zum Kang bringen? Ich will einen wenigstens vorübergehenden Waffenstillstand schließen.«

Ihre Augen sprühten vor Haß, der aber mit Angst gepaart war. Kirk wandte sich an Spock. »Kümmern Sie sich um sie«, bat er. Dann ging er zu dem weinenden Chekov und legte ihm den Arm um die Schultern. Was war nur mit ihnen allen los? Haß und Gewalttaten, wohin man auch schaute.

McCoy verband gerade wieder Galloways Wunde, als Kirk mit Chekov ins Revier kam. Der noch immer weinende Chekov klammerte sich hilfesuchend an Kirk. Dann folgten Spock und eine ziemlich mitgenommene Mara. McCoy schüttelte den Kopf, verließ Galloway und half Kirk, Chekov auf einen Untersuchungstisch zu legen. Sofort brachte der Arzt Elektroden am Kopf seines neuen Patienten an.

»Die Gehirnwellen zeigen eine Manie, die an eine Paranoia heranreicht. Was ist denn mit ihm passiert, Jim?«

»Er... er war außer sich, taugt nichts als Kämpfer.« Er wandte sich zur Tür um. »Kommen Sie, Spock.«

McCoy hielt ihn auf. Er schien jetzt wieder ruhiger zu sein, doch er sah erschöpft und sehr verstört aus. »Jim, Galloways Herzwunde ist fast verheilt, und auch die anderen Verletzungen heilen phantastisch schnell.«

»Das Wesen scheint uns lebend zu brauchen«, meinte Spock.

»Warum?« fragte Kirk. »Damit wir kämpfen und immer nur kämpfen können?«

Galloway schob aggressiv sein Kinn vor. Er wollte weg aus dem Revier – um sich an den Klingonen zu rächen.

Kirk fühlte die Feindseligkeit des Leutnants fast körperlich. »Spock, wir müssen dieses fremde Wesen finden!« Er schaute Mara an. »Sie kommen mit. Vielleicht können wir Ihnen dessen Existenz beweisen.«

Im Korridor nahm Spock seinen Tricorder heraus und ging voran. Vorsichtig tastete er den Weg ab. Als sie den zweiten Quergang erreichten, blieb Spock stehen und deutete nach links. Sie bogen um die Ecke – und alle hörten das leise Summen des Kristalls. Ohne ein Wort zu sagen, bedeutete ihnen Spock, sie sollten zur rechten Korridorseite hinaufschauen. Dort schwebte der Kristall und strahlte heller und leuchtender als je zuvor.

Kirk warf Mara einen prüfenden Blick zu. Jetzt mußte sie es ja wohl glauben, aber sie starrte das rote, wirbelnde Ding zweifelnd an.

»Was ist das?« fragte Kirk.

»Captain, da habe ich keine Ahnung.«

Kirk näherte sich dem Kristall. »Was willst du? Warum tust du das alles?« Das Ding hing nur da.

»Was willst du eigentlich von uns?« brüllte Kirk.

Das Ding glühte noch heller und hüpfte ein wenig herum. Spock bemerkte das und wirbelte herum, weil er etwas gehört hatte. Galloway kam, noch immer bandagiert und ein wenig schwach, den Gang entlang, aber er war voll grimmiger Entschlossenheit.

»Leutnant Galloway!« rief Kirk. »Was tun Sie hier? Hat der Doktor Sie entlassen?«

»Ich habe mich selbst entlassen.«

Kirk mußte sich ernstlich zusammenreißen und sich daran erinnern, daß dieser Kristall den Krieg wollte und Aufruhr und Ungehorsam verursachte.

»Sie gehen ins Revier zurück«, befahl er.

»Nicht um alles in der Welt! Die Klingonen hätten mich beinahe endgültig erledigt, und jetzt hole ich mir ein paar Skalps...«

»Ich befehle es Ihnen.«

»Ich habe meine eigenen Befehle, und denen gehorche ich. Ich muß ein paar Klingonen töten. Entweder sie – oder wir. So ist es doch?«

Der Kristall hüpfte ein wenig über Galloways Kopf. Spock schaute nach oben und sah dieses Hüpfen, als Galloway an ihm vorbei zum Lift humpelte. Da hielt er den Mann mit einem Nakkengriff fest. Kirk sah, wie Galloway bewußtlos zusammensackte. Spock beobachtete schon wieder den Kristall. Sein Glühen hatte sich abgeschwächt.

»Außerordentlich interessant«, murmelte Spock.

Er sah Kirk an. »Während Mr. Galloways Gefühlsausbruch – er drückte seinen Haß und Rachedurst aus – hat die Lebensenergie dieses Wesens *zugenommen.* Als der Leutnant bewußtlos wurde, hat das Ding Energie *verloren.*«

»Ein Wesen, das sich von den Gefühlen anderer ernährt?« fragte Kirk.

»Captain, können Sie sich noch an die Drella von Alpha Carinae Fünf erinnern? An diese Energiewesen, die sich von der Liebe ernähren, die sie füreinander empfinden?« Ruhig schaute er zum Kristall hinauf. »Diese Kreatur scheint ihre Kraft aus der Feindseligkeit zu beziehen, aus gewalttätigen Absichten...«

»Sie ernährt sich vom Haß!« Kirk hatte plötzlich alles begriffen.

»Ja, wenn man es ganz einfach ausdrücken will, Captain. Das Ding wirkte wie ein Katalysator, um diese Situation zu schaffen, damit es Energie daraus beziehen konnte. Es hat Kampfgruppen einander entgegengeführt und für primitive Waffen gesorgt, um einen sehr gewalttätigen Konflikt austragen zu lassen. Es hat Gefühle von Rassenhaß aufleben lassen...«

»Und hat die jeweiligen Kampfstärken und die Bewaffnung so im Gleichgewicht gehalten, daß der Zustand der Feindseligkeit stabil bleiben konnte. Spock, das Ding muß doch auch irgendwie verletzlich sein. Es muß aufgehalten werden.«

»Dann müssen aber alle Feindseligkeiten an Bord eingestellt werden, Sir. Die Kämpfe müssen ein Ende haben, und das sehr bald.«

Kirk nickte. »Ja, das ist richtig. Sonst ist das Schiff verloren, zur ewigen Reise zwischen den Galaxien verdammt, erfüllt mit Blutdurst und ununterbrochenen Kriegen. Der Kang muß auf uns hören. Wir müssen unser ganzes Wissen zusammenlegen, um dieses Ding auszuschalten.«

Der Kristall pulsierte aufgeregt und hüpfte herum, als sei er zornig, weil sein Geheimnis nun gelüftet war. Kirk ging zum nächsten Interkom, und das Ding folgte ihm und summte drohend. Einen Augenblick zögerte Kirk, dann ging er weiter. Der Kristall summte nun noch lauter und blieb über Mara hängen. Plötzlich und ohne Warnung warf sie sich auf Kirk, biß, kratzte und versuchte, ihn vom Interkom wegzuschlagen. Aber Spock schob sie weg und hielt ihre Arme fest.

Kirk drückte auf sämtliche Knöpfe. »Commander Kang, hier spricht Kirk.«

Mara schrie: »Das ist ein fauler Trick! Sie sind...«

Spock legte ihr seine Hand auf den Mund, und Kirk drückte wieder alle Knöpfe. Es war hoffnungslos, der Klingone antwortete nicht.

»Captain, dieses fremde Wesen wirkt schon auf seinen Geist ein. Bald wird keiner von uns mehr in der Lage sein, dieser Kraft zu widerstehen.«

Der Interkom piepte, und Kirk meldete sich.

»Scotty, Sir. Die Dilithiumkristalle des Schiffes zerfallen sehr schnell. Wir können den Prozeß nicht aufhalten.«

Kirk schlug mit der Faust gegen die Wand. »Zeitfaktor, Scotty?«

»Zwölf Minuten, dann haben wir keine Energie mehr für unsere Maschinen.«

»Tun Sie alles, was Sie können, Kirk Ende.«

Der Kristall hörte zu hüpfen auf, glühte hell und strahlend; dann verschwand er durch eine Wand. Kirk wandte sich an Mara. »Und dann treiben wir für immer und ewig, nur mit Haß und

Blutdurst an Bord. Glauben Sie mir jetzt?«

Sie schaute ihn fest an, doch eine Antwort gab sie nicht.

Die Dilithiumkristalle verloren immer mehr Energie. Es gab nichts, womit man den Zerfall der Kristalle hätte aufhalten können.

»Wir haben noch neun Minuten und siebenundfünfzig Sekunden vor Nullenergie«, sagte Spock. »Aber es gibt eine logische Alternative, Captain.« Er schaute Mara nachdenklich an. »Schließlich ist sie unsere Gefangene. Wenn man ihm droht...«

Mara war zusammengezuckt, denn ihr fielen die Geschichten von den Greueltaten der Menschen an gefangenen Klingonen ein, von denen sie gehört hatte, und Kirk ahnte das. Ihn stieß der Gedanke ab, daß er Mara als Druckmittel benutzen sollte, obwohl das Ergebnis vielleicht eine nützliche Unterhaltung werden konnte. Aber der Friede war nun die einzige Hoffnung. »Ja, Sie haben recht, Mr. Spock«, sagte er schließlich.

Er schaltete seinen Interkom ein und legte einige Härte in seine Stimme. »Ich rufe den Kang! Hier spricht Captain Kirk. Ich weiß, daß Sie mich hören können. Nein, nicht abschalten! *Wir haben Mara, Ihre Frau!*«

Der Kang lauschte am Interkom im Maschinenraum. Kirk sprach weiter: »Wir reden jetzt über einen Waffenstillstand – oder sie stirbt. Antworten Sie!«

Der Kang schwieg.

»Sie hat noch fünf Sekunden zu leben. Antworten Sie!«

Die Antwort kam. »Sie ist ein Kriegsopfer, Captain. Sie versteht es.« Der Kang schaltete den Interkom ab, dann wandte er sich an seine Männer. »Wenn wir Kirk schnappen – dann gehört er mir.«

Die letzte Karte war ausgespielt. Kirk sah Mara an und deutete auf einen Stuhl. »Setzen Sie sich dorthin und kommen Sie uns nicht in die Quere. Leutnant Uhura, Sie bewachen sie.

Sie verstand nicht ganz. »Sie... werden mich nicht...«

»Die Föderation tötet oder mißhandelt keine Gefangenen. Sie haben üble Geschichten gehört, schlechte Propaganda.« Er schaute weg, als sei sie nicht mehr vorhanden. »Mr. Spock, wieviel Zeit haben wir noch?«

»Acht Minuten und zweiundvierzig Sekunden, Sir.«

Mara hatte sich nicht gesetzt, sondern ging zu der Anzeigetafel, die Spock studierte. Sie las den Zustand der Dilithiumkristalle ab. Uhura beobachtete sie genau, als sie sich erschüttert von der Tafel abwandte. »Dann war das also kein Trick...«, flüsterte sie.

»Das hat alles dieses fremde Wesen getan«, erklärte ihr Spock. »Wir sind in seiner Macht, unsere Leute und die Ihren.«

Kirk stand auf. »Wir wollten nur das Ende dieses Kampfes, um uns alle zu retten«, sagte er.

»Wir haben immer gekämpft, Captain Kirk«, brach es nun aus ihr hervor. »Wir mußten ja. Wir sind Jäger und nehmen uns das, was wir brauchen. In unserem Sonnensystem haben wir sehr arme Planeten. Wir müssen also nach außen drängen, wenn wir überleben wollen.«

»Eine Möglichkeit des Überlebens ist gegenseitiges Vertrauen, Mara. Und gegenseitige Hilfe.«

»Ich will Ihnen jetzt helfen.«

»Wie?« fragte er.

»Ich bringe Sie zu meinem Mann und werde Ihre Wünsche bekräftigen.«

Aber Scott war noch immer mißtrauisch. »Ich würde ihr nicht glauben, Captain«, sagte er.

»Wir kommen jetzt sowieso nicht an der Verteidigung der Klingonen vorbei, wenn nicht... Spock! Interschiff-Beamen! Von einem Teil des Schiffes in einen anderen. Das ist doch möglich?«

»Es wird sehr selten gemacht, Sir, weil es gefährlich ist. Absolute Genauigkeit ist erforderlich. Wenn das Transportobjekt in einem festen Gegenstand materialisieren sollte, einer Mauer oder einem Deck...«

»Bereiten Sie den Transporter vor«, befahl Kirk.

»Mr. Scott, bitte helfen Sie mit den Transporterinstrumenten.«

»Jawohl, Sir.«

Mara betrat den Lift, Kirk folgte ihr. »Wir warten auf Ihr Signal«, sagte er.

Der Transporterraum war leer. Kirk nahm absichtlich sein Schwert ab und legte es auf die Konsole. Mara lächelte ihn an. Spocks Stimme kam aus dem Interkom. »Die Automatik ist eingeschaltet, Captain«, meldete er. »Wenn der Transporter aktiviert ist, haben Sie genau acht Sekunden Zeit, dann müssen Sie auf der Plattform stehen.«

An der Konsole flackerten Lichter. Kirk drückte einen Knopf, und von nun an wurde jede Sekunde angezeigt. »Ich hoffe«, sagte Kirk, »Ihre Computerdaten stimmen, Mr. Spock.«

»Das werden Sie von jetzt an in fünf-Punkt-zwei Sekunden wissen, Captain.«

Kirk und Mara nahmen ihre Plätze ein. Dann lösten die beiden sich in einem glänzenden Schimmer auf. Als sie im Maschinenraum materialisierten, sprang der Kang erstaunt auf. »Mara! Du lebst ja! Und du bringst uns sogar noch unseren Feind mit! Wachen!« schrie er.

Mit gezogenen Schwertern wurde Kirk umringt.

»Er ist allein und unbewaffnet gekommen. Er muß mit dir sprechen«, rief Mara.

»Tapferer Captain. Und worüber?« Der Kang wandte sich an seine Männer. »Tötet ihn!«

Mara schrie: »Nein, du mußt ihn anhören! Für uns alle besteht sehr große Gefahr.«

Der Kang überlegte, und Kirk erklärte: »Bevor Sie zu töten anfangen, hören Sie mir wenigstens eine Minute lang zu«, forderte er.

Der Kang wandte sich an Mara. »Was haben sie dir getan? Wie haben sie deinen Geist manipuliert?« Dann sah er ihr zerrissenes Gewand. Seine Miene wurde eisig. »Ah, ich sehe schon, weshalb diese menschlichen Untiere dich nicht getötet haben...«

Nun packte sie ein Schwert und warf es Kirk zu. Er fing es auf, und der Kang griff sofort an.

»Mit seinem Tod gewinnen wir!« brüllte er.

»Keiner gewinnt!« rief Kirk und ging nun selbst zum Angriff über. »Hören Sie, wir können gar nicht getötet werden, keiner von uns. *Ein fremdes Wesen ist an Bord, das uns lebendig braucht!«*

Der Kang holte zu einem neuen heftigen Schwertstreich aus.

»Du Narr!« schrie Mara.

Hinter ihnen summte der Transporter. Spock, McCoy, Sulu und die ganzen Sicherheitskräfte der *Enterprise* nahmen schimmernd Gestalt an. Die Männer des Kang gingen sofort mit gezogenen Schwertern auf sie los. Die Sicherheitsposten wurden von Sulu angeführt.

Kirk schlug mit einer harten Rechten einen Klingonen nieder und erreichte den Kang – und hielt ihn fest. »So hör mir doch zu, du verdammter Narr! Ich kann doch beweisen, was ich sage!« schrie er.

Der Kang riß sich los und hob das Schwert zum tödlichen Streich, aber Kirk parierte ihn. Der Kang holte erneut aus, und Kirk duckte sich. Da hörte er ein triumphierendes Pulsen. Er schaute nach oben – der Kristall über ihren Köpfen leuchtete grellrot.

Der Captain stieß den Kang zurück und rief: *»Da hinauf müssen Sie schauen!«*

Und der Kang schaute. Dann sah er Kirk an, aber er begriff noch immer nicht, was er gesehen hatte.

Der Kampf ging weiter. Der Klingone ließ dabei den Kristall nicht aus den Augen; allmählich dämmerte ihm die Wahrheit. Kirk stieß sofort nach. »Commander, es geht um unser Leben! Wir müssen gegen diesen gewalttätigen Unsinn kämpfen, sonst bleiben wir für immer unter der Kontrolle dieses Fremden über unseren Köpfen.«

Nun wurde das Pulsieren des Kristalls immer lauter, und Kirk spürte die Hitze der blutroten Strahlung. Der Kang fauchte vor Blutdurst. Kirk schlug das Schwert, das wieder in seiner Hand erschienen war mit aller Wucht gegen ein Schott, so daß es zerbrach. Der Kang starrte ihn verständnislos an. Dann tat er einen Schritt vorwärts und hob seine Waffe. Kirk wich keinen Schritt zurück. »Los doch! In das Gehirn oder ins Herz – es ist einerlei, Kang. *Denn ich bleibe nicht tot!* Das nächste Mal wird das Ding dafür sorgen, daß ich Sie umbringe! Und auch Sie werden nicht tot bleiben. Das gute alte Kriegsspielen – geistlose Schachfigur gegen geistlose Schachfigur! Und dabei sitzt irgendwo ein Ding und vergnügt sich daran... vergnügt sich am Töten, Kang – und beginnt immer wieder neu von vorne.« Da lag das Schwert an seiner Kehle.

»Jim, spring ihn an!« rief McCoy.

Aber Spock, der weise Vulkanier, sagte etwas anderes: »Jene, die hassen und kämpfen, müssen sich selbst bezähmen können, Doktor, oder der Kampf hört nie auf.«

Mara warf sich ihrem Mann zu Füßen. »Ich bin deine Frau, eine Klingonin. Würde ich dich ihretwegen belügen? Höre auf Kirk! Er sagt die Wahrheit.«

Der Kang schaute zu dem aufgeregt pulsierenden Kristall hinauf, und langsam lockerte sich sein Griff um das Schwert. Dann ließ er es fallen.

»Klingonen töten nur für ihre eigenen Zwecke«, erklärte er dem Kristall. Und zu seinen Leuten sagte er: »Alle Feindseligkeiten einstellen! Ruhe!«

Dann hob er Mara auf und gemeinsam gingen sie zu Kirk, der gerade den Interkom aktivierte. Der Klingone war noch immer mißtrauisch.

»Leutnant Uhura, schalten Sie mich auf das gesamte Interkomnetz des Schiffes.«

»Fertig, Captain.«

»Achtung, Achtung, an alle! Es wurde ein Waffenstillstand geschlossen... Der Kampf ist aus. Legt alle Waffen nieder.« Der Captain trat zurück und wandte sich nun an den Kang. »Jetzt sind Sie an der Reihe!«

Der Klingone zögerte noch einen Augenblick, dann ging er zum Interkom. »Hier spricht der Kang. Alle Feindseligkeiten einstellen. Waffen niederlegen.«

Der Kristall tanzte vor Wut, aber das Pulsieren war nun schwächer geworden, das Licht fahler. »Ah, die Einstellung der Gewalttätigkeiten hat den Fremden geschwächt«, stellte Spock fest. »Ich würde sagen, ein guter Geist ist auch eine wirksame Waffe.«

Kirk nickte und wandte sich an den Kristall: »Du verläßt sofort mein Schiff, hörst du?« Das Ding zog sich zurück. »Hier hast du keine Macht mehr. Wir haben dich durchschaut, und wir haben keine Lust, dein Spiel noch weiter mitzuspielen.«

Das Pulsieren wurde immer schwächer. Kirk schaute nach oben. »Vielleicht sind noch mehr von deiner Art hier. Du hast viel Leid verursacht und Probleme bereitet. Aber damit ist jetzt Schluß, verstanden? Wir passen auf... Und wir sind immer bereit für dich. Und jetzt verschwinde!«

Das rote Licht war zu einem schwachen, dunkelroten Funken geworden, der zu flackern begann. Plötzlich verschwand der Kristall durch ein Schott.

Kirk war nach den vielen Stunden nervöser Überlastung so erleichtert, daß es ihn gar nicht wunderte, als plötzlich alle Schwerter und Schilde nicht mehr da waren. Spock und McCoy fanden ihre Phaser dort, wo sie hingehörten. McCoy nahm den seinen in die Hand.

Uhura meldete sich. »Captain, der Treibstoffverlust hat aufgehört. Die eingesperrten Mannschaftsangehörigen sind frei. Alle Systeme kehren zur Normalfunktion zurück.«

»Weitermachen, Leutant. Mr. Sulu, Sie kehren auf Ihren Posten zurück. Setzen Sie Kurs nach... nun, Kurs auf irgendeinen alten Stern in der Galaxis.«

Als Sulu gegangen war, schlug Kirk dem Kang freundschaftlich auf die Schulter. Der Kommandantensessel war wieder ein Platz, an dem ein Mann sich ein wenig erholen konnte. Jedenfalls für ein paar Momente. Kirk lehnte sich entspannt zurück.

»Also voran, Mr. Sulu. Sol Eins.« Er wandte sich an den Kang und Mara. »Morgen werden wir einen neutralen Planeten erreicht haben. Dort können wir Sie absetzen. Und diesmal gibt es keinen Krieg.«

»Warum geht den Menschen der Frieden immer über alles?« fragte der Kang. »Das verstehe ich nicht. Nur Schwächlinge tun das. Kirk, eine ganze Galaxis mit all ihren Reichtümern ist zu haben!«

Spock schaute auf. »Zwei Tiere mögen eines Knochens wegen kämpfen, Sir, oder sie können ihre Fähigkeiten zusammenlegen, miteinander auf die Jagd gehen, viel mehr Beute machen und sie ehrlich teilen. Seltsam, meistens wirkt es sich so am besten aus.«

»Ein Tier muß dem anderen Tier vertrauen«, bemerkte der Kang.

»Richtig«, pflichtete ihm Kirk bei. »Zusammenarbeit – oder nutzloser Kampf in alle Ewigkeit. Das ist ein Gesetz des Universums, das ihr Klingonen besser lernen würdet... *Wir haben es gelernt.*«

Hatte der Klingone das begriffen? Vielleicht. Jedenfalls war sein Gesicht ungewöhnlich nachdenklich.

Platos Stiefkinder

Der Planet war auf keiner Karte verzeichnet, aber die Sensoren der *Enterprise*, die sich im Orbit befand, hatten Reichtümer an Mineralien und Chemikalien unter der zerrissenen, gebirgigen Oberfläche festgestellt. Spock schaute von seinem Sichtgerät auf. »Auch Kironid-Lager, Captain«, sagte er.

»Koordinaten aufnehmen«, befahl ihm Kirk.

Uhura wandte sich um. »Mr. Spock, was ist eigentlich Kironid?«

»Eine besonders starke und langlebige Energiequelle, Leutnant, und außerordentlich selten.«

Sie wollte ihm weitere Fragen stellen, aber da blinkten die Lichter an ihrer Instrumententafel. »Captain«, meldete sie Kirk, »da kommt ein Notruf herein.«

Das war sehr merkwürdig. Ein nicht eingezeichneter Planet, offensichtlich unbewohnt – und ein SOS-Ruf. »Dann nehmen wir ihn mal auf, Leutnant«, sagte Kirk. »Auf Audio.«

Eine Frauenstimme kam, verstärkt durch das Audio-System der Brücke, so laut herein, daß alle sie hören konnten.

»Mein Ehemann stirbt. Wir brauchen sofort einen Arzt. Wenn ein Arzt diesen Notruf hört – bitte, wir brauchen Sie. Setzen Sie sich mit uns in Verbindung. Mein Ehemann liegt im Sterben.«

»Und ich dachte, Mr. Spock, da unten gebe es kein Leben«, bemerkte Kirk. »Aber dieser Notruf klingt echt.«

Der Captain stand auf und ging zu Uhuras Station. »Leutnant, bestätigen Sie und geben Sie durch, daß wir uns sofort nach unten beamen lassen. Und benachrichtigen Sie Dr. McCoy, er soll uns im Transporterraum treffen.«

Mit dem Arztkoffer in der Hand materialisierte McCoy zusammen mit Kirk und Spock vor einer säulenbestandenen Promenade. Niemand schien in der Nähe zu sein. Dann entdeckte Kirk eine Bewegung hinter einer Marmorsäule. Ein offensichtlich sehr ängstlicher Zwerg in einem griechischen Gewand, das eine mißgebildete Schulter freiließ, trat hinter der Säule hervor und hastete herbei.

»Seid ihr vom Raumschiff *Enterprise*?«

Kirk musterte ihn einen Augenblick, dann sagte er: »Ja, das sind wir.«

»Ich möchte euch keinesfalls beleidigen«, versicherte ihnen der Zwerg eiligst und verbeugte sich tief. »Alexander... zu Ihren Diensten. Ich singe, tanze und spiele eine ganze Reihe von Spielen, und dazu bin ich ein guter Verlierer. Vergessen Sie das bitte nicht.«

Das war eine ganz ungewöhnliche Rede. Die Männer der *Enterprise* schauten einander an und waren nahe daran, ein wenig belustigt zu lächeln.

»Und wenn Sie jetzt bitte mit mir kommen wollen...«, forderte der Zwerg sie auf.

»Wer bewohnt diesen Planeten?« wollte Kirk wissen.

Der Zwerg verbeugte sich wieder. »Die Platonianer. Sie haben sicher noch nie von uns gehört. Unser Heimatstern ist Sahndara. Vor gut tausend Jahren, gerade bevor der Stern zur Nova wurde, setzten wir uns ab. Unser Führer liebte Platos Ideen... Plato – Platonianer, verstehen Sie? Parmen, unser derzeitiger Philosophenkönig, nennt uns Platos Kinder. Einige von uns sind jedoch der Meinung, er würde uns besser *Stief*kinder nennen.« Er lachte nervös. »Und jetzt bitte – man erwartet Sie.«

Er rannte ihnen voran wie eine aufgezogene Laufpuppe. Die drei von der *Enterprise* zögerten erst ein wenig, dann folgten sie ihm neugierig, wenn sie auch ein gewisses Unbehagen dabei verspürten.

Wer immer McCoys künftiger Patient war, er hatte es zu etwas gebracht. Der Zwerg führte sie in einen atriumähnlichen, weiten Hof mit Marmorsäulen. In der Mitte des Platzes ließ eine marmorne Nymphe aus einem Krug Wasser in einen spiegelnden Teich rinnen. Links davon stand ein Spieltisch mit Bänken; die Figuren, die dort aufgebaut waren, bestanden aus geometrischen Formen und stellten Kugeln, Pyramiden, Zylinder und Würfel dar. Zwei große Männer in langen Roben standen neben einer Couch, auf der sich ein dritter zurücklehnte. Seine Beine waren zugedeckt. Kirk bemerkte, daß sein Gesicht vor Schmerz krampfhaft zuckte. Das schien eine dunkelhaarige, sehr schöne Frau, die sich über ihn beugte, mit großer Sorge zu erfüllen. Sanft berührte sie seinen kahlen Kopf, ehe sie den Neuankömmlingen entgegeneilte.

»Parmen und ich heißen Sie in unserer Republik willkommen«, sagte sie. »Ich bin Philana, seine Frau. Wer von Ihnen ist der Arzt?«

Dann war also der Philosophenkönig der Platonianer der Patient. »Der Arzt bin ich«, antwortete der verblüffte McCoy und folgte Philana zur Couch. Er schlug die Decke von den Beinen des Patienten zurück. Das linke Bein war fast bis zum Knie dick geschwollen. »Was ist mit dem Bein passiert?« erkundigte der Doc sich.

»Na, was meinen Sie?« erwiderte Parmen so gereizt, wie nur Kranke sein können. »Gekratzt habe ich mich.«

»Das verstehe ich nicht. Wieso wurde da nicht sofort etwas unternommen?« fragte McCoy.

»Es war reine Dummheit. Können Sie etwas tun?«

Diese Frage ließ McCoy auf der Hut sein. »Sicher werden wir versuchen, etwas zu tun«, erwiderte McCoy. »Allerdings ist es eine sehr massive Infektion. Lassen Sie mich Ihnen eine Spritze geben, um die Schmerzen zu lindern.«

McCoy öffnete seinen Arztkoffer. Aber bevor er noch die Injektionsspritze berührte, machte sie sich selbständig, segelte durch die Luft und verhielt einen Moment. Kirk und Spock schauten verblüfft zu. Parmen fragte: »Wohin?«

McCoy faßte sich allmählich wieder. »In Ihren Arm«, sagte er.

Die Spritze senkte sich auf Parmens Oberarm, machte die Injektion und schwebte wieder zurück in die Tasche. Der Kranke bemerkte McCoys Gesichtsausdruck. »Entschuldigen Sie, ich wollte Ihnen die Sache nicht aus der Hand nehmen«, erklärte er, »aber ich kann schließlich keine weitere Ansteckung riskieren.«

Der Zwerg berührte Philanas weiße Robe. »Herrin, sie sind gekommen, um zu helfen«, sagte er. »Sie verdienen etwas Besseres als den Tod.«

Alexander hatte so leise gesprochen, daß Kirk ihn nicht verstanden hatte, doch was er sah, genügte. Der Mund des kleinen Mannes wurde gewaltsam geöffnet. Seine Hand wurde zur Faust geballt und ihm in den Mund geschoben. Dann schnappten seine Zähne so zu, daß er sich in die Knöchel biß.

»Alexander, du redest zuviel«, tadelte Philana.

Die Faust blieb im Mund. Die gemarterten Augen des Zwerges begegneten Kirks Blick.

»Wie lautet Ihre Prognose, Doktor?«

Parmen gelang es kaum, diese Worte auszusprechen. Sein Atem kam in keuchenden Stößen, und er schwitzte heftig. McCoy überprüfte den Patienten mit seinem Tricorder und sagte: »Es wird viel besser sein, wenn ich mit meinen Instrumenten selbst umgehe, ohne Ihre Hilfe.«

Parmen stöhnte, drehte sich auf die Seite, und McCoy konnte sich nun der Couch nähern. »Ich verstehe nicht, wie ein einfacher Kratzer eine solche Infektion auslösen kann«, stammelte der Kranke.

Der Arzt stellte sich vorsichtig seitlich von ihm auf. »Das verstehe ich auch nicht, aber die Infektion ist da. Und wie soll ich eine Infektion mit einer Tricorder-Diagnose angehen, wenn mein Gerät keine Informationen über die Bakterien von Platonius hat? Ich kann im Moment nicht mehr tun, als die uns bekannten Breitbandantibiotika anzuwenden und zu *hoffen*.«

»Wirf mal einen Blick auf den Spieltisch«, riet ihm Kirk.

Man hatte dem Zwerg die Faust aus dem Mund genommen, so daß er mit einem der Männer in den langen Roben ein Spiel machen konnte. Kirk und McCoy sahen, wie Alexander eine Figur bewegte, doch die seines Gegners machte den nächsten Zug ganz allein und ohne fremde Hilfe.

»Deine Pyramide ist gefährdet, Heraklit«, sagte Alexander.

Ein Würfel stieg in die Luft und ließ sich auf einem anderen Feld nieder. »Aha! Jetzt aber nicht mehr«, stellte Heraklit lachend fest. »Ich habe das Spiel gewonnen.«

Kirk trat neben Philana. »Diese psychokinetische Fähigkeit ist einmalig«, sagte er. »Wie lange ist sie schon in Ihrem Volk bekannt?«

»Zweieinhalb Jahrtausende, seit wir auf Platonius ankamen.«

»Und wie wird diese Kraft übertragen?« wollte Spock wissen.

»Durch Gehirnwellen«, erklärte sie.

»Hören diese Gehirnwellen auf, wenn ihr schlaft?«

»Nein, denn sie sind fest im Unterbewußtsein vergraben«, sagte sie.

»Wie werden sie von Träumen beeinflußt?« fragte Kirk.

Ihr angespannt wirkendes Gesicht verzog sich zu einem kalten Lächeln. »Unser Schlaf ist traumlos.«

McCoy holte jetzt aus seinem Arztkoffer verschiedene Chemikalien und mischte sie in einer Phiole. Parmen zeigte bereits die Symptome des Deliriums. »Warum habt ihr keine Ärzte und keine Medizinen?« fragte McCoy frustriert.

»Wir hatten keinen dringenden Bedarf an ärztlicher Kunst, Doktor«, erwiderte Philana. »Als wir noch auf Sahndara waren, hatten wir ein masseneugenisches Programm. Wir sind dessen Resultat. Unsere Bevölkerung wurde auf 38 Personen beschränkt, und das ist für unser Utopia perfekt. Übersteigerte Empfindungen und der Sorgetrieb für die Familie wurden eliminiert. Wir wurden gezüchtet für Kontemplation, Selbstvertrauen und Langlebigkeit... Wie alt, würden Sie sagen, daß ich bin, meine Herren? Keine Angst, ich bin nicht eitel.«

»Fünfunddreißig«, antwortete Spock.

»So alt? Ich... hörte mit dreißig zu altern auf. Und überdies haben Sie Ihre Schätzung um zweitausend Jahre verfehlt. Ich bin zweitausenddreihundert Jahre alt. Wir haben sehr jung geheiratet, Parmen und ich. Ich war hundertsiebzehn, er hundertachtundzwanzig. Verstehen Sie, wir haben es nicht nötig, uns zu bewegen, und zu arbeiten brauchen wir sowieso nicht.«

Kirk nickte. »Deshalb haben Sie ja auch keine Widerstandskraft.«

»Das ist richtig«, gab sie zu. »Ein Schnitt oder auch nur eine aufgesprungene Haut kann tödlich sein.« Sie schaute zur Couch hinüber. »Wir machten einen Mondspaziergang. Das tun wir sehr selten. Mein Mann stürzte...«

Parmen gab einen Schrei von sich. Sie eilte zu ihm und beobachtete McCoy. Er arbeitete sehr flink und geschickt und zog seine Medikamentenmischung in die Spritze auf. Plötzlich fiel eine Marmorbüste von ihrem Sockel. Der Spieltisch mit seinen geometrischen Figuren hob sich in die Luft und wirbelte durch den Raum. McCoy versuchte, mit seinem Körper die Spritze und die Phiole zu schützen, aber er wurde herumgewirbelt und über den Boden geschleudert.

Kirk rannte herbei, um ihm aufzuhelfen. Spock rettete Spritze und Phiole und sagte: »Captain, ich glaube, wir erleben nun die psychokinetischen Manifestationen von Parmens Delirium.«

Kirks Kommunikator schlug an. Er ließ ihn aufschnappen und vernahm Scotts Stimme. »Captain, wir haben hier einen entsetzlichen Sturm, können aber gar keine Ursache dafür feststellen. Wenn das so weitergeht, halten wir nicht lange durch.«

»Alle Maschinen auf volle Leistung, Mr. Scott. Bringen Sie das Schiff aus der Umlaufbahn in den Raum.«

»Das habe ich schon versucht, Sir. Wir hängen hier fest.«

»Dann können Sie jetzt nichts tun, als alles dichtzumachen und durchzuhalten.«

»Jawohl, Sir...«

Kirk schob seinen Taschensender wieder in den Gürtel. »Parmens Delirium wirft nicht nur hier die ganze Einrichtung durch die Gegend, sondern reißt auch noch die *Enterprise* auseinander«, bemerkte er erbittert. »Pille, schick ihn schlafen, aber ganz schnell!«

McCoy zog den Rest aus der Phiole in die Spritze auf. Er versuchte, seinen Patienten so lange ruhig zu halten, bis er ihm die Injektion geben konnte, aber Parmen starrte ihn aus irren Augen an und schleuderte ihn an die Wand zurück. Es gelang McCoy gerade noch, die Spritze festzuhalten. Dann fiel der Blick des Philosophenkönigs auf Alexander. Der Zwerg flog gegen eine andere Marmorwand.

»Hilfe! Rettet mich!« schrie er.

Unsichtbare Hände mißhandelten den armen Zwerg. Kirk packte ihn und schrie ihm zu: »Bleib hinter mir!«

»Es hat keinen Sinn. Sein Geist findet mich sowieso...«, wisperte der Kleine. »Doktor, bitte, retten Sie ihn nicht. Bitte nicht. Lassen Sie ihn doch sterben. Die anderen werden einander alle gegenseitig umbringen, weil jeder Herrscher werden will.«

Ein Schlag, der für Alexander gedacht war, traf Kirks Wange. »Pille, beeil dich doch mit dieser Injektion!« rief er.

McCoy duckte sich so zusammen, daß Parmen ihn nicht sehen konnte, packte seinen Arm und stieß ihm die Spritze in die Schulter. Alexander schrie erneut. »Agh... Ich... kann... nicht... mehr... atmen... Ich werde... erw... erwürgt...«

»Pille, schüttele Parmen ordentlich durch und reiße ihn damit aus seiner Konzentration!«

McCoy gehorchte, leerte die Spritze, und der unsichtbare Griff um Alexanders Hals lockerte sich. Ein Piedestal, das gerade umstürzen wollte, richtete sich selbst wieder auf. Kirk öffnete seinen Kommunikator. Ob nun auf der *Enterprise* wieder Ruhe eingekehrt war?

»Alles wieder in Ordnung, Captain«, meldete Scott. »Die Turbulenzen sind abgeklungen.«

»Stellen Sie die Schäden fest, Mr. Scott, und lassen Sie die nötigen Reparaturen ausführen.«

»Jawohl, Sir.«

Philana hatte gesehen, daß der Schlaf den Patienten beruhigt hatte, und nun war sie den Besuchern gegenüber viel freundlicher. »Ich weiß gar nicht, wie ich Ihnen danken soll.«

»Ein Dank ist nicht nötig«, erwiderte Kirk kurz.

»Alexander, führe unsere Gäste in den Südflügel.«

»Nein, vielen Dank«, wehrte Kirk ab. »Wir müssen wieder auf unser Schiff zurückkehren.«

»Jim, ich meine, ich sollte bleiben, bis das Fieber gebrochen ist«, flüsterte ihm McCoy zu.

Kirk zögerte. »Gut, wir bleiben«, entschied er dann.

Der Südflügel war eine großartige Suite. Die Wände waren mit Seide bespannt. Alexander lief geschäftig herum, zeigte ihnen die Ankleide- und Schlafräume. »Wenn Sie etwas brauchen, sagen Sie's nur«, empfahl er Kirk.

»Vielen Dank, Alexander«, sagte Kirk lächelnd.

»Ah, das ist doch alles selbstverständlich. Ihr Leute habt mir das Leben gerettet.« Er schluckte nervös. »Ich... glaube, ich sollte... es Ihnen doch sagen...«

»Was sagen?« drängte Kirk.

Der kleine Mann schien es sich wieder anders zu überlegen. Er schüttelte den Kopf, und ein bitteres, besorgtes Lächeln lag um seinen Mund. »Ich wußte gar nicht, daß es solche Leute wie Sie überhaupt gibt.«

Kirk spähte durch eine Tür in einen leeren Korridor. »Wo sind denn die Leute alle?« erkundigte er sich.

»In ihren Räumen. Sie meditieren.«

»Alexander, gibt es hier noch andere Platonianer wie dich?«

Das Zwergengesicht zuckte. »Was meinen Sie damit?«

»Leute, die keine psychokinetischen Fähigkeiten haben«, sagte Kirk leise.

»Und ich dachte schon, Sie sprechen von meiner Größe. Mich lachen sie deswegen aus. Aber um Ihre Frage zu beantworten: Ich bin der einzige, der diese Fähigkeit nicht besitzt. Mich brachte man als Hofnarr her. Und deshalb bin ich auch für alle der Sklave und Trottel.«

»Wie kommt man eigentlich zu dieser Fähigkeit?« fragte Spock.

»Soviel ich weiß, bekommt man sie einfach, nachdem man geboren ist. Sie sagen, ich sei ein Atavismus, und das bin ich auch. Und Sie sind das ja ebenfalls.«

»Wir sind auch ohne diese Fähigkeiten ganz glücklich«, erklärte Kirk.

Alexander musterte Kirks Gesicht. »Wissen Sie, das glaube ich Ihnen sogar«, stellte er nachdenklich fest. »Woher kommen Sie eigentlich? Gibt es dort viele Leute ohne diese Fähigkeit und... von meiner Größe?«

Kirk mochte den kleinen Mann gern. »Größe, Gestalt oder Farbe – für uns ist das alles unwichtig. Und niemand hat diese Fähigkeit.«

»Niemand?« Alexander staunte.

Und da wurde er zur Tür zurückgezogen und aus dem Raum gezerrt.

Kirk blickte Spock an. Der Vulkanier sagte: »Es wird ein Vergnügen sein, von hier wegzukommen.

Kirk begann, hin und her zu gehen. »Das könnte vielleicht gar nicht so einfach sein. Wenn Parmen sterben sollte...«

»Auch wenn er nicht sterben sollte«, sagte Spock.

Kirk nickte. »Dieses kleine Utopia ist wahrscheinlich das bestgehütete Geheimnis der Milchstraße. Sie sind von unseren Sensoren nicht zu erfassen und in der Lage, uns im Orbit festzuhalten – *das alles ergibt ein Muster, das mir gar nicht gefällt.*«

McCoy kam herein und schloß die Tür sorgfältig hinter sich.

»Na?« meinte Kirk.

»Meine Mixtur hat schon gewirkt«, berichtete er. »Das Fieber ist gebrochen. Du lieber Gott, diese Regenerationskräfte! Die Infektion geht bereits zurück.«

Kirk nahm seinen Kommunikator heraus. »Wir werden jetzt sofort von hier verschwinden. So ist es wohl am besten... Kirk an *Enterprise*... Scott, bitte kommen...«

»Hier Scott, Sir.«

»Machen Sie sich bereit, uns hinaufzubeamen.«

»Ich fürchte, das kann ich nicht, Captain«, erwiderte Scott langsam. »Unsere ganzen Instrumente, sogar unsere Phaserwaffen, sind nicht einsatzfähig.«

»Haben euch die Turbulenzen so zugesetzt?«

»Es waren nicht die Turbulenzen, Sir. Die Schäden am Schiff sind minimal.«

»Was war dann los?«

Scotts Stimme klang verzweifelt. »Ich wollte, ich wüßte es, Sir. Vielleicht können Sie mir's sagen. Ich berichte Ihnen nur die Tatsachen.«

Kirk schaute zur Tür. Sie war noch geschlossen. »Scotty, wir haben es hier mit einer Gesellschaft zu tun, deren psychokinetischen Kräfte viel stärker sind als unsere Maschinen. Seid ihr wenigstens in den Raum hinausgekommen?«

»Nein, Captain. Die Orbitsperre ist stärker denn je. Und unsere Subraumverbindung mit dem Oberkommando der Sternenflotte ist völlig abgeschnitten.«

»Ich werde mich um diese Sache kümmern«, versprach Kirk. »Ich melde mich dann wieder, Scotty.« Er ließ den Kommunikator zuschnappen und steckte ihn in seinen Gürtel. Dann öffnete er die Tür und trat in den Korridor hinaus.

Er fand Parmen auf der Couch. Die Augen des Philsophenkönigs waren geschlossen, doch nicht vor Schwäche, sondern in der

Verzückung einer ästhetischen Ekstase. Der kleine Alexander stand neben ihm, zupfte eine Leier und sang:

Der Große Pan
Bläst sein Horn
Verkündet die Zeit
Im Rhythmus
Seines Hufes,
Ja, seines Hufes.
Vorwärts, vorwärts,
Mit unserem Plan,
Den wir ausführen,
Wie wir ihn begannen…

Kirk näherte sich der Couch.

»Exzellenz!« sagte er.

Parmen öffnete die Augen. »Parmen genügt«, sagte er. »Philosophenkönige brauchen keine Titel.«

»Ich will wissen, weshalb die Instrumente und Waffen der *Enterprise* blockiert sind, weshalb das Schiff im Orbit festgehalten wird.«

»Captain, bitte… Sie müssen sich irren. Ich versichere Ihnen…«

Dieses Ausweichmanöver erbitterte Kirk noch mehr. »Eben habe ich mit meinem Chefingenieur von der *Enterprise* gesprochen«, erklärte er. »Wir haben unseren guten Willen gezeigt. Nun zeigen Sie auch den Ihren. Ich fordere, daß das Schiff sofort aus der Sperre entlassen wird.«

Parmen war, und das ließ sich nicht übersehen, sehr verärgert.

»Captain, die natürlichen Vorzüge meiner Stellung erlauben mir, Sie daran zu erinnern, daß ich das Oberhaupt dieses Fürstentums bin. Gäste platzen nicht einfach hier herein, stellen Forderungen und sprechen Befehle aus.«

Er sah Kirks Phaser. Die Waffe verließ Kirks Gürtel und flog in Parmens Hand. Kirk musterte verächtlich das kalte Gesicht. »Gäste«, fauchte er. »Gäste werden im allgemeinen nicht wie Verbrecher behandelt.«

Dieser Vorwurf ärgerte Parmen noch mehr. »Unterlassen Sie diesen Ton, wenn Sie mit mir sprechen!« schrie er.

Kirks Hand hob sich und schlug sich selbst scharf auf die linke Wange, dann hob sich auch die andere Hand und klatschte auf die rechte Wange. Innerhalb weniger Sekunden hatte er keine Möglichkeit mehr, seine Hände nach eigenem Belieben zu bewegen. Parmen lehnte sich zurück und sah befriedigt zu, wie Kirk sich wiederholt heftig ins Gesicht schlug.

Auch die Kontrolle über seinen Taschensender schien der Captain verloren zu haben. Einige Male versuchte er, Scott zu erreichen, doch es gelang ihm nicht. Sein Gesicht brannte von den sich selbst zugefügten Schlägen. Und er kochte vor Wut.

»Offensichtlich wünscht Parmen nicht, daß ein Kontakt mit der *Enterprise* zustande kommt«, sagte Spock.

McCoy protestierte. »Vielleicht braucht er noch Medikamente aus der Schiffsapotheke. Warum sollte er Kontakte verhindern?«

»Um nicht bekanntwerden zu lassen, wie brutal er einen Captain der Sternenflotte behandelt hat.«

Kirk schüttelte den Kopf. »Nein, Mr. Spock. Eines ist gewiß. Parmen kümmert sich absolut nicht um meine Würde oder meine Sicherheit.«

»Zugegeben, Captain«, erwiderte Spock. »Und er hätte Sie auch nicht so brutal behandelt, wenn er überhaupt die Absicht hätte, Sie – oder die *Enterprise* zu entlassen.«

Plötzlich erhob sich McCoy von der Couch und ging zur Tür.

»Wohin gehst du?« fragte ihn Kirk.

»Ich will ja gar nicht gehen, Jim, aber ich kann nicht anders.«

Während er noch sprach, wurde auch Kirk unwiderstehlich zur Tür gezogen. Spock wehrte sich noch dagegen, war aber ebenfalls machtlos und folgte ihnen. Die drei wurden buchstäblich den Korridor entlang getrieben, und sie schauten voll Entsetzen auf ihre sich bewegenden Füße hinab. Ihr eigener Wille war völlig ausgeschaltet, und so wurden sie in Parmens Zimmer befördert, begleitet vom Klingen einer Leier und vom Schlag einer Trommel. Als sie den Raum betraten, erhob sich Alexander und ließ die Trommel im Rhythmus ihrer Schritte dröhnen. Parmen, mit Philana neben sich, applaudierte heftig.

Philana erhob sich von der Couch und knickste vor ihnen. »Verehrte Raumfahrer, wir sind für immer und ewig in eurer Schuld«, sagte sie. »Bitte, nehmt ein paar Kleinigkeiten als Zeichen unserer Dankbarkeit entgegen. Sie stammen aus der Quelle unserer Inspirationen. Für den edlen Captain den Schild, den Perikles als Symbol seiner ritterlichen Führerschaft trug…«

Sie deutete auf einen Schild an der Wand, der sofort in Kirks Hände flog. »Ihrem schweigsamen und berühmten Mr. Spock ist diese Kithara zugedacht, mit deren Musik er seine stets mißbilligende Braue…« fuhr Philana lächelnd fort.

Das Instrument verließ eine Bank, segelte über Spock dahin, der nach der Kithara griff und sie unter seinen Arm klemmte.

Nun war McCoy an der Reihe, um sein Geschenk zu empfangen. »Und für Sie, Dr. McCoy, der meinen Ehemann rettete, diese uralte Kollektion griechischer Kuren, von Hippokrates persönlich aufgezeichnet…«

Von einem Tisch erhob sich eine Schriftrolle und segelte zu McCoy. Kirk trat jetzt einen Schritt nach vorn. »Wurde nun endlich mein Schiff freigegeben?« fragte er barsch.

»Captain, warten Sie«, sagte Parmen. »Ich weiß, was Sie denken. Meine demütigste Bitte um Vergebung. Sie wurden ausgenutzt. Zu meiner eigenen Verteidigung lassen Sie mich Ihnen sagen, daß meine Krankheit mich zutiefst verstörte, viel mehr, als ich selbst geglaubt hätte.«

Er lehnte sich zurück. Dann fügte er hinzu: »Ich bin sicher, Captain, daß auch Sie ein wenig außer sich waren. Daß auch Sie mit zuviel Temperament und Zorn reagiert haben. Bei mir ist es jedoch ein wenig anders als bei Ihnen, denn was ich denke und fühle, wird sofort in die Wirklichkeit umgesetzt. Bitte, finden Sie in Ihrem Herzen Verzeihung für mich.«

»Wurde die Enterprise inzwischen freigelassen?« fragte Kirk.

»Sie wird es in Kürze werden. Dann steht es Ihnen frei, den Planeten zu verlassen.«

Kirk drehte sich auf dem Absatz um und sagte über die Schulter: »Dann guten Tag, und vielen Dank für die Geschenke.«

»Oh, nichts zu danken. Ich habe allerdings noch eine abschließende Bitte…« Kirk wirbelte herum. »Nun?« fragte er.

Aber Parmen sah McCoy an. »Nach dieser fast tödlich verlaufenen Infektion wurde mir klar, daß wir es uns in Zukunft nicht mehr leisten können, ohne einen geschickten Arzt zu sein.« Er machte eine Kunstpause. »Und wir würden es begrüßen, wenn Sie, Dr. McCoy, bei uns blieben.«

Kirk blieb wie angewurzelt stehen. »Es tut mir leid«, hörte er McCoy sagen. »Das ist unmöglich.«

Parmen setzte sich abrupt auf.

»Wir wollen die Sache in aller Freundschaft abwickeln, aber wir sind entschlossen, Sie hierzubehalten, Doktor.«

»Sie bringen das fertig, nachdem Ihnen Dr. McCoy das Leben gerettet hat?« hielt ihm Kirk entrüstet vor.

»Captain, ich verliere allmählich die Geduld…«

Jetzt explodierte Kirk. »Und Sie wollen ein Schüler Platos sein!«

Die Bemerkung amüsierte Parmen. »Mein lieber Captain, es ist uns gelungen, jahrhundertelang in Frieden und Harmonie zu leben.«

»In wessen Harmonie?« Spocks Stimme klang eisig. »In der Ihren? Plato wollte Schönheit, Wahrheit und vor allem Gerechtigkeit.«

Diese Bemerkung traf Parmen an einer sehr empfindlichen Stelle. »Captain, bitte! Ich gebe zu, daß uns die Umstände gezwungen haben, ein paar Anpassungen von Platos Lehre vorzunehmen. Aber unsere demokratische Gesellschaft ist die beste überhaupt, die sich denken läßt. Jeder kann in jedem Augenblick das tun, was er tun will, und so sein, wie er mag. Und selbst der Herrscher der Platonianer kann er werden, falls sein Geist stark genug ist.«

»Und wenn er nicht stark genug ist, wird er so mißhandelt wie Alexander, nicht wahr?«

Parmen lehnte sich wieder einmal zurück. »Captain, wir sind schließlich keine Kinder mehr. In Ihrer Kultur ist Gerechtigkeit der Wille des Stärkeren. Sie wird den Völkern mit Waffengewalt und ganzen Flotten von Raumschiffen in die Kehle gestopft. Auf unserer Welt gibt es so etwas nicht. Unsere Gerechtigkeit ist der Wille des stärkeren Geistes. Und das betrachte ich als gewaltigen

Fortschritt.«

»Warum?« fragte Kirk. »Wir würden niemals unsere Waffen zu solchen Brutalitäten mißbrauchen, die Sie verüben.«

Parmen sprang auf. »Captain Kirk, leben Sie wohl.«

»Komm, Pille«, forderte Kirk McCoy auf.

Er und Spock wandten sich der Tür zu, aber McCoy blieb wie angewurzelt stehen. Kirk schaute zurück.

»Pille?«

»Ich kann mich nicht bewegen, Jim. Sie werden mich behalten, egal ob ich will oder nicht. Bitte, geht.«

»Nein!« brüllte Kirk.

Parmen sagte: »Captain, gehen Sie lieber, solange Sie noch können.«

»Wir bleiben hier, bis Dr. McCoy entlassen wird.«

»Sie wollen bleiben? Gut. Sie können uns helfen, verschiedene Jahrestage zu feiern.« Nun wandte sich Parmen an den unbeweglichen McCoy. »In deren Verlauf hoffen wir, Sie zu überreden, in unserer winzigen Republik zu bleiben.«

Seine Zunge konnte McCoy noch bewegen, und das tat er. »Sie können mich nicht überreden.«

»Oh, ich glaube schon«, erwiderte Parmen.

Von einer Marmorstatue der Aphrodite lösten sich zwei Kränze, wirbelten durch die Luft und landeten zu Füßen von Kirk und Spock. Die beiden Männer waren gezwungen, sich danach zu bücken und sie aufzuheben. Da fielen ihnen ihre Geschenke aus den Händen, und die gleiche Kraft zwang sie, einander zeremoniell die Kränze auf den Kopf zu drücken.

Parmen nickte Alexander zu, und der Zwerg trommelte einen Tanzrhythmus; Kirk und Spock begannen zu tanzen. Sie hüpften kindisch um einen Teich herum und verbeugten sich voreinander wie aufgezogene Puppen.

Schließlich tauschten sie ihre Kränze aus, und dann mußten sie voreinander auf die Knie fallen.

»McCoy!« schrie Kirk gellend. »Du bleibst nicht hier, egal, was er uns auch antut.«

Parmen machte eine befehlende Handbewegung. Kirk hustete, und seine ablehnende Miene wurde zu untertäniger Schmeichelei.

Und dann hörte er sich deklamieren:

Ich bin dein Sklave. Was ziemt mir anderes
Als jederzeit mich deinem Wunsch zu fügen?
Köstlich der Dienst, den du verlangst,
Und meine Zeit dient deinem Wohlergehen.
Ich halt die Stunde an, damit sie dir,
Mein Herrscher, nicht vergehen möge.
Und schickst du deinen Sklaven einst von dir,
So laß nicht Bitterkeit dein Herz erfüllen.

Er schämte sich selbst dieser untertänigen Worte, doch er konnte nicht anders, sie strömten aus ihm heraus:

Und meine Eifersucht darf nie in Frage stellen,
Was du, mein Herrscher, je zu tun beliebst.
Ich bin dein Sklave. Mein Herz und Hirn
Sind einzig auf dein Glück bedacht.
Ein Narr ist treue Liebe, jedoch dein Wille, Herr,
Ist meines Daseins strahlendstes Gestirn.

Wie idiotisch kam sich Kirk vor! Er schämte sich ungeheuer.

»Halt! Halt! Aufhören mit diesem Unsinn!« brüllte McCoy.

Kirk schaute auf. »Pille, egal, was er mich zu sagen zwingt, sage du nein. Hast du mich gehört, McCoy? Nein ist die Antwort! Ich...«

Da wurde ihm der Kopf fast von den Schultern gedreht, ein Arm auf den Rücken gebogen, bis er vor Schmerz schrie.

»Nun, Doktor?« fragte Parmen.

McCoy durchlebte die Folter einer grauenhaften Unentschlossenheit.

Dann sagte er: »Ich habe meine Befehle.«

Parmen kniff den Mund zusammen. »Wie Sie wollen, Doktor.«

Kirk wurde zu Boden geschleudert. Er stand auf und ging mit erhobenen Fäusten auf Parmen los. Der Platonianer starrte ihn an. Kirk blieb, den einen Fuß noch in der Luft, wie versteinert stehen. »Ist das Ihr Utopia?« schrie er. »Sie haben nicht einmal ...«

Da wurde er wieder zu Boden geschleudert, und nun konnte er nicht einmal mehr sprechen.

»Wir haben genug von Ihren Moralpredigten«, erklärte Parmen hochmütig.

McCoy wirbelte herum. »Und wir hatten zuviel von den Ihren! Sie werden mich niemals zwingen, hier auf diesem Planeten zu bleiben!«

Er wurde an die Wand geschleudert.

»Oh, Sie werden noch sehr froh sein, wenn Sie bleiben können«, erklärte ihm Parmen.

Er machte Kirk von den Knien aufwärts wieder beweglich. Der Vulkanier, den Kirks Elend zutiefst quälte, ging auf Parmen zu, erstarrte aber mitten im Schritt.

Philana sah Spock an, der stieß einen Schrei aus und begann plötzlich einen wilden, stampfenden Flamenco zu tanzen. Er tanzte ständig um den zu Boden gegangenen Kirk herum, und McCoy starrte mit blicklosen Augen geradeaus.

»Ausgezeichnet gemacht, Philana«, lobte Parmen, dann wandte er sich an den versteinerten McCoy. »Sie brauchen nur zu nicken, sonst nichts.«

Der mit den Absätzen stampfende Spock tanzte nun um Kirks Kopf herum. Noch ein kleiner Schritt näher, dann würde Kirk von ihm zu Tode getrampelt werden.

Spocks rasender Tanz hörte abrupt auf. In einer fingerschnalzenden Bewegung hielt der Vulkanier über Kirks Körper inne. Seine Arme fielen herab. Er begann zu zittern. Dann lachte er schallend.

McCoy öffnete die Augen, als er das hörte. Spocks Lachen wurde immer wilder. Der Doc schwang sich zu Parmen herum. »Mr. Spock ist ein Vulkanier«, sagte er. »Sie dürfen bei ihm keine Emotionen erzwingen. Es kann ihn vernichten.«

»Aber, aber«, warf Parmen ein. »Es gibt doch nichts Entspannenderes als ein herzerfrischendes Lachen.«

Der Lachanfall nahm Spock sehr mit. McCoy sah, wie er seine Hände auf die Brust preßte, um die furchtbaren Krämpfe zu lindern. McCoy holte zu einem verheerenden Schlag gegen Parmen aus und schrie: »Sie bringen ihn ja um!«

Das Lachen hörte abrupt auf. Langsam sackte Spock auf die Knie. Erschöpft ließ er den Kopf sinken, und seine Arme hingen schlaff herab.

»Der arme Kerl sieht wirklich elend aus, nicht wahr, liebe Frau?«

Philana legte ihre Arme um Parmen. »Das tut er wirklich. Weißt du, nichts erleichtert das Elend besser als ein guter, ehrlicher Schrei.«

»Er ist ein Vulkanier!« rief McCoy. »Ich bitte Sie…«

Parmens Gesicht war rot vor Aufregung. »Später, später«, wehrte er ungeduldig ab. »Und für Vulkanier trifft das vielleicht gar nicht zu. Sollen wir's ausprobieren, Philana?«

Spocks Schultern begannen zu zittern, und dann zitterte sein ganzer Körper und wurde schließlich von Krämpfen geschüttelt. Er blickte direkt in Kirks schmerzverzerrtes Gesicht. Der Captain kroch mit ausgestreckten Armen über den Boden, ihm entgegen. »Halten Sie aus, Spock«, flüsterte er. »Aushalten! Machen Sie ihm nicht das Vergnügen, Sie zu zerbrechen…« Verzweifelt kämpfte er mit Spock um das Durchhalten, doch es nützte nichts, denn Spocks sonst so ruhiges und gelassenes Gesicht war zu einer Maske tragischer Pein geworden. Tränen traten ihm in die Augen und liefen ihm über die Wangen. Er vermochte sein Schluchzen nicht mehr zu unterdrücken, und so schlug er krachend auf den Boden.

Alexander war außer sich, zitterte vor Wut und rannte, die Leier in der Hand, in die Raummitte. »Parmen! Sie haben dein Leben gerettet!«

Er wurde zum Teich zurückgeworfen; taumelnd und tropfnaß kam er auf die Beine, und die Nässe mischte sich mit seinen Tränen. »Ich schäme mich, ein Platonier zu sein! Ich schäme mich ganz entsetzlich!« rief er.

Kirk wurde auf die Füße gehoben, und vom Teich aus wurde der Zwerg mit einem Schwung auf seinen Rücken gesetzt. Alexanders Arm schlug auf ihn ein, als wäre er ein Reittier, während Kirk um Spocks Körper herumgaloppierte.

»Wie können Sie das alles zulassen?« fragte Parmen McCoy mit trauriger Stimme.

Ihre Qualen wurden für einen bestimmten Zeitraum unterbrochen. Sie durften in ihre Suite zurückkehren. Alexander war ihnen gefolgt und zog nun eine trockene Jacke und Hose an, die sein Narrenkostüm waren. Aber Spock hielt sich abseits und hatte die Augen geschlossen. Für ihn als Vulkanier war der Verlust jeder Kontrolle über sich und seine Gefühle eine so große persönliche Kränkung, daß er noch immer innerlich zitterte. Kirk ruhte auf einer Couch aus und beobachtete ihn besorgt. »Pille, kannst du denn gar nichts für ihn tun?« fragte er.

»Da gibt es keine Medizin, Jim. Er muß sich selbst durchkämpfen.«

Obwohl seine sämtlichen Muskeln schmerzten, stand Kirk auf. McCoy ging mit ihm zu Spock hinüber. Schweigend blieben die beiden vor ihm stehen. Endlich wurde sich Spock ihrer Gegenwart bewußt und öffnete die Augen. Sie spiegelten noch immer den Aufruhr der Pein wider.

»Ich hoffe, die haben Sie nicht allzu sehr verletzt, Captain.«

»Alle Muskeln tun mir weh, Spock, aber sonst ist nichts.«

»Die Demütigungen müssen für Sie schwer zu ertragen gewesen sein, Sir. Ich... kann das verstehen.«

Sein Gesicht nahm wieder den unbeteiligten Ausdruck an wie sonst. Aber seine Stimme und die Hände zitterten, und das konnte er nicht unterdrücken. Kirks Zorn flammte erneut auf.

Spock schloß wieder die Augen. »Captain!«

»Ja, Spock.«

»Captain, sind Sie immer noch wütend auf Parmen?«

»Sehr sogar.«

»Und Sie, Dr. McCoy?«

»Ja, Spock. Ich auch.«

»Dann müssen Sie diesen Zorn irgendwie abreagieren. Genau

wie ich auch.«

Plötzlich stand Spock auf und hatte die Augen weit offen. Sie funkelten vor Zorn. Er ballte die Hände zu Fäusten, und er zitterte im Bemühen, seinen Zorn zu unterdrücken. »Fast hätten sie es geschafft, daß ich Sie tötete, Captain. Das wollten sie vielleicht, und deshalb haben sie mir eine solche Wut aufgezwungen. Diesen furchtbaren Haß. Ich darf nicht zulassen, daß dies so weitergeht. Ich muß ihn unter Kontrolle bringen...«

Er griff nach Kirks Arm, und seine Hand schloß sich so fest darum, als wolle er ihm den Knochen brechen. Kirk hielt still. Langsam entspannte sich Spock wieder und ließ den Arm los. Nun hatte sein Körper zu zittern aufgehört, als sei der harte Griff nach Kirks Arm das gewesen, was er gebraucht hatte, die Sicherheit, daß der teure, verehrte Freund noch da war. Jetzt setzte er sich.

McCoy war ungeheuer besorgt und zog Kirk zur Seite. »Hör mal, Jim... Ich habe nachgedacht. Ich werde bleiben.«

»Das kannst du nicht, Pille.«

»Ich habe Parmens Wort, daß ihr dafür in Sicherheit seid.«

»Parmens Wort! Er läßt uns wahrscheinlich zur *Enterprise* beamen, und dann schleudert er das Schiff in die Atmosphäre zurück.«

McCoy schüttelte den Kopf. »Warum willst du mich unbedingt überreden?«

»Wenn er uns direkt vor dir umbringen würde, dann würdest du ihm das heimzahlen. Als Arzt hast du die Mittel dazu.« Er legte eine Hand auf McCoys Schulter. »Ich weiß, daß du das Rechte zu tun versuchst. Wenn aber einer von uns von hier wegkommt, dann weiß Parmen, daß die Sternenflotte diesen Planeten hart bestrafen wird. Er kann uns also nicht gehen lassen. Wenn du erklärst, daß du bleiben willst und dich damit opferst, unterschreibst du nur unser aller Todesurteil.«

Alexander zupfte an McCoys Uniform. »Der Captain hat recht«, sagte er. »Ich habe Sie leider nicht gewarnt. Man hat Sie so behandelt, wie sie mich immer behandelten. Aber Sie können sich wenigstens wehren...«

Die Augen des kleinen Mannes füllten sich mit Tränen. »Ich dachte die ganze Zeit, mein Geist könne nicht einmal ein Steinchen bewegen. Sie erzählten mir immer, welches Glück ich hätte, weil sie sich die Mühe machten, mich zu behalten. Und ich glaubte ihnen. Und jeder ihrer Launen mußte ich nachkommen. Senke den Blick! Schau ihnen nicht in die Augen. Lächle! Lächle! Diese großen Menschen… Sie waren meine Götter!«

Er griff nach einer Vase, schleuderte sie an eine Säule und suchte sich einen scharfen Scherben heraus. »Sie haben mich gelehrt, sie richtig zu sehen. Ich weiß jetzt, was sie sind. Ich bin es nicht, der seiner Größe wegen minder ist, es sind sie! Sie sind es.«

»Alexander, leg das weg«, mahnte Kirk.

»Nein.«

Kirk und McCoy gingen auf ihn zu. »Ich sagte, wirf das weg«, befahl ihm Kirk.

Alexander zog sich zur Tür zurück. »Ich werde ihnen die Kehlen durchschneiden. Erst Parmen; und dann bekommen sie eine Infektion, wenn ich sie nicht töten kann. Aber diesmal lassen Sie ihn sterben, egal, was er sagt.«

Kirk nickte McCoy zu. Beide griffen nach ihm. McCoy hielt einen Arm fest, und widerstrebend lieferte der Zwerg seine Waffe an Kirk ab. »Sie sollen doch wenigstens einen Geschmack von dem bekommen, was sie mir immer boten«, bettelte er. »Bitte! Die werden euch sowieso umbringen.«

»Es hat keinen Sinn, wenn du auch noch sterben mußt«, sagte Kirk.

Alexander starrte ihn ungläubig an, dann schluchzte er.

»Zum erstenmal… hat jemand an mein… Leben gedacht! Ich hätte Ihnen… gleich sagen sollen, daß sie darauf aus waren, Sie alle umzubringen. Ich wußte es doch… Aber ich hatte solche Angst.« Er weinte herzzerbrechend.

»Ist schon gut, Alexander«, tröstete ihn Kirk. »Wir haben ja noch nicht aufgegeben. Vielleicht kannst du uns helfen.«

»Ich will… alles für Sie tun.«

»Du kannst uns helfen, wenn wir erfahren, ob alle anderen Platonianer immer diese Fähigkeit besessen haben?«

»Nein. Nicht, bevor wir auf diesen schrecklichen Planeten kamen.«

Nun war auch Spock zu ihnen getreten. »Dann haben sie diese

psychokinetische Kraft erst erworben, *nachdem* sie hierherkamen«, sagte Kirk.

»Ja, vermutlich.«

»Kannst du dich etwa daran erinnern, wann nach eurer Ankunft hier diese Fähigkeit sich zeigte und entwickelte?«

»Wie könnte ich das je vergessen! Es war genau sechs Monate und zwei Wochen, nachdem wir hier waren. Da fingen sie an, mich herumzustoßen.«

»Weißt du etwa, für wie lange ihr Vorräte mitgebracht hattet?«

Der Zwerg überlegte scharf. »Ich glaube, für ungefähr vier Monate. Nein, drei waren es.«

»Ja, das ist genau genug. Faszinierend«, sagte Spock. »Zwei oder drei Monate, nachdem sie einheimische Lebensmittel zu essen begannen, entwickelte sich also diese Gabe.«

Alexanders Augen weiteten sich vor Staunen. »Ja! Das stimmt genau!«

Spock wandte sich an Kirk. »Dann wäre die Annahme logisch, daß es zwischen dieser psychokinetischen Gabe und der einheimischen Nahrung Zusammenhänge gibt.«

McCoy konnte dieser Hypothese nicht gleich zustimmen. »Warum verfügt dann Alexander über diese Gabe nicht genauso wie die anderen?«

»Vielleicht konnte sein Stoffwechsel mit der entscheidenden Substanz nichts anfangen, Doktor.«

»Pille, mir wäre recht, wenn du Alexanders Blut untersuchen würdest«, schlug Kirk vor.

Der Zwerg klammerte sich an Kirk. »Wird es sehr weh tun?«

McCoy lächelte ihn an. »Du wirst gar nicht spüren, daß die Untersuchung vorgenommen wird«, sagte er und strich mit dem Tricorder über seinen Arm.

»Pille, hast du vielleicht auch noch die Tricorder-Werte von Parmens Blut?«

»Natürlich. Parmen besitzt das höchste Ausmaß psychokinetischer Fähigkeiten; Alexander das niedrigste, und zwar unter den gleichen Umweltbedingungen.« Er sah Kirk an. »Ich werde die Blutproben einem genauen Vergleichstest im Tricorder unterziehen.«

»Wenn sich diese Theorie als richtig erweist, haben wir auch eine Waffe«, stellte Kirk fest.

Als der Tricorder summte, las McCoy am Datenfenster die Informationen ab. »Der einzig bedeutende Unterschied zwischen Parmens und Alexanders Blut ist die Konzentration von Kironid, die von den Hormonen der Hirnanhangdrüse abhängt.«

»Und Kironid ist eine erstklassige Energiequelle. Das könnte es sein!« meinte Kirk nachdenklich.

»Die Hypophysenhormone bestätigen diese Annahme«, sagte Spock und schaute Alexander an. »Sie regulieren auch das körperliche Wachstum.«

»Dann meinen Sie also, dieselbe Substanz, die mir die Fähigkeit vorenthielt, hat mich auch zum Zwerg gemacht?«

Spock nickte. »Jetzt wissen wir, weshalb Parmen sein Utopia so geheimgehalten hat. Jeder, der hierherkommt und lange genug bleibt, wird diese Fähigkeit erwerben.«

»Genau, Mr. Spock.« Kirk wandte sich an McCoy. »Gibt es keine Möglichkeit, auch bei uns eine solche Kironid-Konzentration zu bewirken?«

»Möglich ist es sicher, Jim, wenn es auch einige Zeit kosten wird.«

»Worauf warten wir dann noch?«

McCoy ging sofort an die Arbeit. Er entnahm seinem Arztkoffer einige Phiolen und stellte sie in den Tricorder; er las die Skalen ab und setzte dann ein Mikroskop an. Weitere Phiolen wanderten in den Tricorder. Dann zögerte der Doc. »Jim, selbst wenn das Kironid die gewünschte Wirkung hat, so heißt das noch nicht, daß es uns hilft, hier wegzukommen.«

Kirk sah Spock erwartungsvoll an. »Wenn wir alle diese Fähigkeit entwickeln, welche Chance haben wir dann gegen achtunddreißig Gegner?«

»Captain, das ist eine sehr gute Frage. Aber die Kraft summiert sich nicht einfach. Wäre das nämlich der Fall, dann hätten die Platonier bei ihrem Hang zu Feindseligkeiten vor ein paar Jahrhunderten Parmen absetzen können. Dafür wäre ein Zusammenschluß von zweien oder dreien von ihnen ausreichend gewesen.«

Alexander zupfte an Kirks Ärmel. »Da hat er recht. Parmen

sagt, jeder hat seine eigene Energiefrequenz. Und er sagt auch, wenn sie versuchen, ihre Kräfte zusammenzulegen und sie gemeinsam zu benutzen, so wirkt das niemals.«

McCoy richtete sich auf und hatte eine Spritze in der Hand. »Ich bin soweit«, meldete er.

»Dann wollen wir keine Zeit verlieren. Gib uns die doppelte Konzentration, die du in Parmens Blut gefunden hast.«

Als Spock seine Injektion erhalten hatte, sagte er: »Der Zeitfaktor macht mir Sorgen. Es kann Tage oder Wochen dauern, bis sich soviel Kironid gebildet hat, daß es uns auch wirklich nützt.«

»Und was ist mit Alexander?« fragte Kirk.

»Nun, da das Kironid bereits in seine Grundelemente zerlegt ist, müßte eine direkte Injektion in den Blutstrom bei ihm ebenso helfen wie bei uns. Besser sogar, denn er ist akklimatisiert.«

Aber Alexander wollte nichts von dem Kironid. »Sie meinen, ich will diese Fähigkeit haben? Und einer von ihnen sein? Nur faul daliegen und mich bedienen lassen? Nein, danke. Wenn Sie es wirklich schaffen, von hier wegzukommen, dann ist meine einzige Bitte die: Nehmen Sie mich mit. Setzen Sie mich dann irgendwo ab, wo man nie etwas von Kironid oder Platonius gehört hat.«

»Na schön, Alexander«, meinte Kirk. »In Ordnung.«

»Jim!«

Kirk wirbelte herum. Die Luft im Raum schimmerte im Transportereffekt.

Ungläubig beobachtete er, wie sich aus dem funkelnden Nebel die Gestalten von Uhura und Christine Chapel formten. Sie sahen ihn; als sie jedoch zu sprechen versuchten, blieben ihre Münder geschlossen. Dann bewegten sich ihre Beine, und die beiden marschierten wie Marionetten zu einem Ankleidezimmer.

»Schwester! Leutnant Uhura!« schrie Kirk.

Sie drehten sich nicht um und gingen weiter in den Ankleideraum.

Endlich wandte sich Kirk voll Bitterkeit an seine Männer. »Die Nachmittagsunterhaltung scheint ihnen noch nicht genügt zu haben«, stellte er fest.

Und die Bitterkeit blieb auch, als die Vorbereitungen für die abendliche Unterhaltung getroffen wurden. Die Uniformen der *Enterprise* verschwanden. Kirk und Spock wurden zwangsweise in kurze griechische Gewänder gekleidet. Auf die Köpfe wurden ihnen Laubkränze gesetzt. Im Hauptraum ihrer Suite erschien ein Tisch, der mit Essen, Obst und Wein, mit Silber und Kristall hoch beladen war. Dann öffnete sich die Tür des Ankleidezimmers. Ein wenig schüchtern in ihren Minikleidern – sie standen ihnen ausgezeichnet – kamen die beiden Mädchen herein. Christine zögerte ein wenig. Dann lachte sie vor Vergnügen und sagte: »Wie froh bin ich, Sie alle wiederzusehen!«

Uhura las die Frage in Kirks Augen. »Wir wurden in den Transporter gezwungen und heruntergebeamt. Es war so, als seien wir für jemand Marionetten geworden. Captain, etwas ist doch da ganz und gar nicht in Ordnung, nicht wahr?«

»Das ist richtig«, bestätigte Kirk.

Er hatte Lachen gehört. Die erschreckten Mädchen schauten einander an. »Spock«, sagte Kirk, »haben Sie irgendeine Reaktion auf die Kironid-Injektion gespürt?«

»Mir ist etwas warm geworden, Captain.«

»Mir auch. Wollen wir nicht noch einen einfachen Test versuchen? Wir könnten uns doch darauf konzentrieren, daß wir diese Weintrauben in die Höhe heben.«

Sie schauten die Trauben intensiv an, aber sie blieben ruhig zwischen zwei Äpfeln liegen.

»Hat nicht geklappt«, stellte Kirk fest.

Es war eine Fanfare zu hören, dann Applaus. Kirk schaute von den enttäuschenden Weintrauben auf. Wandverkleidungen im Raum waren beiseite geglitten, und hinter ihnen kamen Logen zum Vorschein, die mit Platonianern besetzt waren. Kirk sah Alexander am Musikpodium mit Instrumenten neben sich. Parmen, Philana und McCoy nahmen die mittlere Loge ein. Der Philosophenkönig stand auf und hob eine Hand.

»Akademikerkollegen! Vor zweitausendfünfhundert Jahren kam eine kühne Vagabundengruppe auf diesem kahlen Planeten an. Wir mußten schwere Zeiten durchstehen, und die Fron war hart. Dann beschenkte eine göttliche Vorsehung unsere Geister mit der Kraft aller Kräfte! Durch sie wurden alle unsere Bedürfnisse erfüllt. Wir entschlossen uns, eine Utopia-Brüderschaft zu gründen. Das ist eine sehr festliche Gelegenheit, denn heute begrüßen wir das erste neue Mitglied unserer Brüderschaft.«

»Parmen, rechnen Sie lieber nicht damit!« schrie Kirk. »Erst müssen Sie des Doktors Zustimmung gewinnen.«

»Und die bekommt er nie!« schrie McCoy ebenso laut.

»Doktor, bitte«, flüsterte Parmen. »Sie stören die ganze festliche Stimmung...« Er winkte. »Der Rummel kann beginnen!«

Die vier Leute der *Enterprise* wurden auf ihren Sofas wie in einem Spiel musikalischer Stühle herumgewirbelt. Dann fiel Uhura in einer schwülen Pose auf eine Couch. Danach war Christine an der Reihe. Kirk und Spock wurden zu einer Couch gezogen. Danach mußten alle die Plätze tauschen.

Spock saß auf Christines Couch und stemmte sich mit aller Kraft gegen Parmens Willen. Es nützte nichts. Sein Arm legte sich um Christine, und ihre Hand wurde gezwungen, sein Gesicht zu streicheln. Die Platonianer kicherten.

»Ich schäme mich so furchtbar, Mr. Spock«, flüsterte sie, aber gleichzeitig griff ihre Hand in sein Haar, um es zärtlich zu zausen. »Oh, bitte, Mr. Spock, versuchen Sie doch, das abzustellen! Bitte, lassen Sie das nicht länger zu!«

Aber sie umarmten einander fest. Dann trafen sich ihre Lippen, und als der Kuß zu Ende war, sagte Christine verzweifelt: »Ich wollte immer viel für Sie tun, aber jetzt würde ich mich am liebsten in die allerhinterste Ecke verkriechen und sterben.«

Christine sank auf die Couch zurück, und Spocks Körper folgte ihr. »Bravo, bravo!« brüllten die anderen.

»Ich habe solche Angst, Captain«, sagte Uhura. »Solche Angst...«

Kirk zog sie an sich. Uhura sah ihm in die Augen.

»Versuchen Sie, nicht an sie zu denken«, riet ihr Kirk. »Versuchen Sie's nur.«

Sie lächelte matt. »Wissen Sie, was ich denke, Captain?«

»Was denn, Leutnant?«

»Ich denke an alle Zeiten auf der *Enterprise*, wo ich fast zu Tode geängstigt war. Ich sah Sie immer so beschäftigt mit Ihren Aufgaben. Aus allen Teilen des Schiffes konnte ich Ihre Stimme hören. Dann verging die Angst wieder. Und jetzt lassen die mich zittern. Aber ich habe jetzt keine Angst.« Ihre dunklen Augen waren ganz aufrichtig. »Nein, ich habe keine Angst...«

Sie küßten einander.

Der Applaus war dürftig und trotzdem viel zu laut.

Parmen schob jetzt den Tisch mit Essen in eine Ecke und rollte einen anderen heran. Der war mit Waffen beladen – mit Schwertern, einer Hundepeitsche, Messern und einer Kampfaxt. In der Mitte stand eine große Kohlenpfanne mit einem Feuerhaken, der rot glühte. Die beiden Männer der *Enterprise* wurden von den Mädchen weggeholt. Kirk fand sich mit der Hundepeitsche in der Hand und sah, daß Spock nach dem Feuerhaken griff.

Kirk wirbelte zu den Logen herum. »Ihr seid alle tot, alle!« schrie er. »Seit Jahrhunderten seid ihr bereits tot! Wir können morgen schon verschwinden, aber heute leben wir noch. Das könnt ihr nicht ertragen. Ihr seid halb verrückt, weil ihr innerlich nichts habt. Nichts! Ihr seid leer wie taube Nüsse.«

Aber Parmen schaute zu den Mädchen hinüber. Kirk wurde sich klar darüber, daß sie hilflos auf ihren Couches festgehalten wurden. Die schwere Peitsche hob sich in seiner Hand, holte nach Uhura aus und sauste nahe an ihrer Wange herab.

Mehr konnte McCoy nicht ertragen. Er sprang auf. »Parmen, hören Sie auf damit! Ich werde alles tun, was Sie wollen.«

Aber seine Kapitulation kam offensichtlich zu spät. Parmen grinste nur höhnisch.

Alexander rannte von seinem Platz weg zum Tisch mit den Waffen, griff nach einem Messer und drang auf Parmen ein. Doch der Kleine blieb plötzlich wie versteinert stehen. Parmen erhob sich. »Schon wieder, Alexander! Sehr gut. Du liebst es, mit Messern zu spielen. Wir werden ihn...«

Langsam und unbarmherzig wurde die Messerklinge an den Hals des kleinen Mannes gedrückt. Dort blieb sie. Und plötzlich schleuderten unsichtbare Fäuste Parmen an die Rückwand seiner Loge.

Die Platonianer waren erschüttert und starrten ihn an. Taumelnd kam er zu seinem Sessel zurück. »Wer... hat... das getan?«

brüllte er.

Kirk warf die Peitsche weg. *»Ich war's!«*

Heraklit sprang auf. »Das ist unmöglich!«

»Was geht hier vor?« schrie Philana.

Kirk schaute zu den Logen. »Platonianer, hört mich an!« rief er. »Der nächste von euch, der ein krummes Ding versucht, kommt nicht ungeschoren davon! Wir besitzen eure psychokinetische Fähigkeit, und zwar doppelt so stark wie ihr.«

»Aber nicht doppelt so stark wie die meine.« Parmens Augen huschten zu Alexander.

Der Zwerg wurde herumgewirbelt, dann mußte er mit gezücktem Messer auf Kirk losgehen. Kirk aber stand still da, statt dem Angriff auszuweichen. Mit aller Kraft konzentrierte er sich. Seine neue Kraft verlangsamte den Angriff. Unter Aufbietung seiner ganzen Kraft drehte er Alexander einfach um, so daß er nun auf Parmen losging. Nun war der Kampf der feindlichen Willen in vollem Gang. Parmens kalte Augen quollen von Anstrengung fast aus dem Kopf, als er versuchte, die Kontrolle über den Zwerg zurückzugewinnen. Aber Alexander hatte inzwischen Tempo zugelegt, er war mit einem Satz in der Loge und zielte mit dem Messer nach Parmens Herz...

Der Platonianer kreischte. »Captain, nein! Ich flehe Sie an. Ich werde alles tun, was Sie fordern, aber ich will nicht sterben! Hören Sie mich, Captain?«

Kirk hielt das Messer in der Luft fest, doch Alexander bemühte sich mit aller Kraft, das Messer in seinen Peiniger zu stoßen, um sich für die langen Jahre der Qual zu rächen. »Lassen Sie's mich doch tun!« rief er.

Kirk betrat die Loge. »Willst du so schlecht sein wie er, Alexander?« fragte er.

Der Zwerg schaute ihn an. Nach einer kleinen Pause schüttelte er den Kopf. Dann warf er Parmen das Messer vor die Füße.

Ah, es war eine Befriedigung, sich dieser neuen Kraft bedienen zu können! Kirk ließ Parmen vor dem Zwerg niederknien. Alexander schaute auf den arroganten Kahlkopf hinab. »Hör mir zu, Parmen«, sagte er. »Ich hätte die Kraft auch haben können, aber ich wollte sie nicht. Ich könnte jetzt an deiner Stelle stehen, aber dein Anblick und der deiner Akademiker widert mich an. Trotz eurer Gehirne seid ihr schmutziger als sonst jemand, der je im ganzen Universum herumgekrochen ist.«

Mit einem Satz stand er neben Kirk. Er drehte sich nur kurz um und befahl: »Steh jetzt auf!«

Parmen, dessen ganze Welt zusammengebrochen war, wandte sich an Kirk. »Captain, Sie wissen, daß es meine Absicht war, Sie und die *Enterprise* zu vernichten. Und doch haben Sie mich geschont.«

Kirk musterte ihn eine ganze Weile. »Für uns ist Töten Mord, auch wenn es aus Rache geschieht. Aber ich teile Ihnen jetzt offiziell mit, daß andere Sternenschiffe sehr bald nach Platonius kommen werden.«

Er hatte recht gehabt. An diesen Leuten war nichts, absolut nichts. Als ihre Macht einmal in Frage gestellt war, schrumpften sie zu einem Nichts zusammen. Ihr Regent war viel zu hastig mit seinen Versicherungen. »Captain, Sie brauchen keine Sorge zu haben. Alle werden sicher sein. In letzter Zeit hatte ich manchmal das Gefühl, daß wir ein bißchen bizarr und unproduktiv wurden. Höchste Zeit für ein wenig frische Luft. Wir werden unsere interstellaren Besucher herzlich willkommen heißen.«

»Ich glaube Ihnen nicht«, entgegnete Kirk. »In dem Augenblick, da wir Sie verlassen, ist auch Ihre Angst weg. Dann werden Sie so sadistisch wie eh und je. Ich warne Sie also. Dieser Vorfall wird mit allen Einzelheiten an das Oberkommando der Sternflotte berichtet.«

Nun wurde seine Stimme eisig. »Behalten Sie Ihre Fähigkeit. Wir brauchen sie nicht. Aber wir können sie, falls es nötig sein sollte, in wenigen Stunden selbst erschaffen. Also versuchen Sie nicht noch einmal Ihre faulen Tricks.«

Parmens schwammiges Gesicht zeigte nun seine ganze Schwachheit. »Verstanden, Captain. Und Sie haben recht. Keinem von uns kann man Vertrauen entgegenbringen. Unkontrollierte Macht verwandelt sogar Heilige in Wilde.«

»In großen Redensarten sind Sie ausgezeichnet«, stellte Kirk fest. »Ich hoffe nur, das Ihre Erkenntnisse allmählich in Sie hineinsickern. Und jetzt treten Sie zurück.«

Gehorsam zog sich Parmen eiligst in die Loge zurück. Philana sah hager aus und uralt. McCoy verließ sie und trat zu Kirk.

»Alexander!« rief der Captain.

Der Zwerg eilte herbei. Kirk nahm seinen Kommunikator aus dem Gürtel und öffnete ihn. »Kirk an Scott«, sagte er. »Ich bringe einen Gast mit an Bord. Machen Sie sich bereit, uns an Bord zu beamen.«

Alexander sah den Captain an, und Verehrung blickte aus seinen leidgeprüften Augen.